Um romance paranormal que o levará
a outras dimensões da realidade.

ÁURICA

Áurica
Relativo à aura, campo de energia que irradia dos seres vivos.

GINA ROSATI

ÁURICA

Tradução:
DENISE DE C. ROCHA DELELA

JANGADA

Título do original: *Auracle*.
Copyright do texto © 2012 Gina Rosati.
Copyright da edição brasileira © 2013 Editora Pensamento-Cultrix Ltda.
Publicado mediante acordo com Roaring Brook Press, uma divisão da Holtzbrinck Publishing Holdings Limited Partnership, Nova York, NY.
Texto de acordo com as novas regras ortográficas da língua portuguesa.
1ª edição 2013.
Todos os direitos reservados. Nenhuma parte desta obra pode ser reproduzida ou usada de qualquer forma ou por qualquer meio, eletrônico ou mecânico, inclusive fotocópias, gravações ou sistema de armazenamento em banco de dados, sem permissão por escrito, exceto nos casos de trechos curtos citados em resenhas críticas ou artigos de revistas.
A Editora Jangada não se responsabiliza por eventuais mudanças ocorridas nos endereços convencionais ou eletrônicos citados neste livro.
Esta é uma obra de ficção. Todos os personagens, organizações e acontecimentos retratados neste romance, são também produtos da imaginação do autor e são usados de modo fictício.

Editor: Adilson Silva Ramachandra
Editora de texto: Denise de C. Rocha Delela
Coordenação editorial: Roseli de S. Ferraz
Produção editorial: Indiara Faria Kayo
Assistente de produção: Estela A. Minas
Editoração eletrônica: Fama Editora
Revisores: Maria Aparecida A. Salmeron e Poliana Magalhães Oliveira

Dados Internacionais de Catalogação na Publicação (CIP)
(Câmara Brasileira do Livro, SP, Brasil)

Rosati, Gina
    Áurica / Gina Rosati ; tradução Denise de C. Rocha Delela. — São Paulo : Jangada, 2013.

    Título original: Auracle
    ISBN 978-85-64850-29-3
    1. Ficção - Literatura infantojuvenil I. Título.

13-01708   CDD-028.5

Índices para catálogo sistemático:
1. Ficção : Literatura infantojuvenil 028.5
2. Ficção : Literatura juvenil 028.5

Jangada é um selo editorial da Pensamento-Cultrix Ltda.
Direitos de tradução para o Brasil adquiridos com exclusividade pela
EDITORA PENSAMENTO-CULTRIX LTDA., que se reserva a
propriedade literária desta tradução.
Rua Dr. Mário Vicente, 368 — 04270-000 — São Paulo, SP
Fone: (11) 2066-9000 — Fax: (11) 2066-9008
E-mail: atendimento@editorajangada.com.br
http://www.editorajangada.com.br
Foi feito o depósito legal.

Para Jerry,
meu marido, meu herói, meu "felizes para sempre"

Capítulo 1

Rei Ellis sussurra para mim quando a luz se apaga.
— Anna, não vá.

Eu me viro e o pego olhando na minha direção em vez de prestando atenção à tela da TV, na frente da sala de aula, onde os créditos do filme estão começando a rolar.

— Por quê? — sussurro de volta.

— Porque — ele aponta o lápis para o nosso professor de inglês, o senhor Perrin, que está ocupado mexendo no botão do volume —, você vai arranjar encrenca.

No caminho para o ponto de ônibus esta manhã, Rei me contou que tinha ouvido falar de um vulcão em erupção numa pequena ilha desabitada, não muito longe do Havaí. Ele parecia achar esse acontecimento bem interessante, e até eu fiquei toda empolgada também.

— Sinto muito — sussurro. Eu não consigo resistir. Isso é algo que venho esperando há muito tempo, e uma grande erupção não é o tipo de coisa que acontece todos os dias aqui na Terra.

Três outros alunos já estão cochilando em suas carteiras, a cabeça apoiada nos braços, como se fossem um travesseiro, então eu faço o mesmo. Fecho os olhos e respiro fundo, afasto dos ombros o peso do olhar fixo de Rei me encarando, e expiro lentamente. Inspiro. E expiro. A trilha sonora *country* do filme se desvanece gradualmente, dando lugar às batidas do meu coração, ao pulsar da corrente sanguínea nos meus tímpanos.

Respirações lentas e profundas.
Inspiro.
Expiro.
Inspiro.
Expiro.

Isso não é tão simples quanto tirar um cubo de gelo da forma. Eu relaxo a mente, deixo-a deslizar para aquele espaço entre o sono e a vigília e meu corpo começa a ficar cada vez mais pesado. O formigamento começa nos dedos dos pés, sobe pelas pernas e passa pelos joelhos. Depois que subiu por toda a minha coluna e chegou ao pescoço, meu corpo fica tão pesado que parece que vai atravessar a cadeira. Agora eu me entrego, deixo a parte de mim que é matéria afundar, enquanto a parte que é pura energia sobe para a superfície como uma bolha, para cima e para fora do meu corpo... livre!

Dou um pequeno rodopio invisível no ar, de pura felicidade.

Rei nunca saiu do corpo, pelo menos não que ele se lembre, então não sabe como é fenomenal ter esse tipo de liberdade. Eu disse a ele que é como tirar as botas de esqui depois de um dia inteiro na montanha; você sente como se os pés fossem flutuar no ar. Mas imagine tudo flutuando, mais leve do que o ar, mais rápido do que a luz. O corpo é incrivelmente útil para coisas como comer *cheesecake* e levantar objetos pesados, mas é lento demais e exige muita manutenção.

Claro, nada disso é à toa. Tudo é muito mais intenso quando estou fora do corpo — a trilha sonora do filme é mais alta, a tela da TV é mais brilhante, o perfume da Courtney Merrill faria até um porco vomitar. E todas as pessoas ficam envolvidas em suas verdadeiras cores.

Meus olhos físicos são como óculos de sol filtrando as cores, mas quando estou aqui fora, a aura que emana de todos os seres vivos é claramente visível para mim. As pessoas, os animais e até as plantas estão, cada um deles, rodeados por essa bolha transparente de cor. Ao longo dos anos, aprendi que a aura pode revelar muito sobre uma pessoa. Como agora. Rei está cercado de um tom amarelo-limão que parece muito bonito; no entanto, é o mesmo tom que a minha mãe adquire quando vende uma casa, mas o empréstimo que o cliente faria não é aprovado pelo banco.

Suspiro.

Por alguns segundos fico flutuando por ali, analisando a situação... Devo ficar (e deixar o meu melhor amigo feliz) ou ir (e testemunhar uma erupção incrível!). Depois de calcular as chances de ser perdoada, tomo uma decisão. Absorvo um pouco do excesso de energia que flutua em torno de mim e dou um peteleco no lápis sobre a carteira de Rei, fazendo-o sair do lugar. Ele o agarra antes que se mova mais um centímetro e escreve algo em seu caderno. *Não se atrase!!!*

Como se por acaso existissem relógios para onde estou indo.

Eu levo apenas uma fração de segundo para chegar aos arredores do Havaí, e dali é impossível não ver o enorme cilindro de fumaça no horizonte ao longe. *Aloha*, vulcão! Eu me aproximo lentamente e deixo os meus sentidos hiperativados se ajustarem um de cada vez.

O ar cheira a milhares de ovos podres fritando sob o sol de verão. Eu me acostumo rápido, porém, porque há muito para ver... uma lava quente e alaranjada escorre pelas rochas, enquanto nuvens de fumaça negra são expelidas da boca da cratera e raios vermelhos brotam aleatoriamente da fumaça. O calor é intenso, um vento escaldante espalha cinzas sobre o oceano ao redor, e o barulho constante de trovões é ensurdecedor.

Por que isso é tão legal?

Estou cercada por uma força que foi reprimida em silêncio durante centenas, talvez milhares de anos. Essa energia é como uma coisa com vida própria, e agora que ela está sendo liberada, posso sentir sua fúria e frenesi, sua alegria e êxtase, desencadeando o caos. Eu pairo acima da boca da cratera e absorvo tudo isso.

Eu poderia usar um pouquinho do poder do vulcão agora.

Cedo demais, sinto aquele puxão, uma força que me chama de volta da distância em que eu estiver, não importa qual ela seja — o cordão invisível que liga o que é etéreo ao que é matéria. O filme deve ter terminado e Rei está provavelmente cutucando o meu tênis com o dele, tentando me trazer de volta antes que as luzes se acendam.

Eu aterrisso na sala de aula escura, tão cheia de energia que sinto como se pudesse iluminar a sala inteira, como uma lâmpada de mil watts. Quando passo pela mesa do senhor Perrin, o cheiro rançoso de fumaça é tão forte que me pergunto se por acaso não o trouxe comigo do vulcão. Recuo alguns metros até perceber que o cheiro vem da velha jaqueta de veludo do senhor Perrin, que está jogada sobre a sua cadeira. Senhor Perrin, seu trouxa. Professores não deviam fumar. Ninguém devia fumar. Eu decido aliviá-lo desse fardo.

Dentro do bolso lateral da jaqueta de camurça marrom, encontro um maço de cigarros amassado e fósforos. Ninguém parece notar quando os cigarros vão escorregando do bolso, um a um, e caindo silenciosamente na lata de lixo. Eu ajeito algumas bolas de papel amassado em volta para escondê-los. Pronto. Um dia ele vai me agradecer.

Ao lado do meu corpo inconsciente, Rei está empurrando ansiosamente o meu pé com o dele. A aura amarelo-limão em torno dele passou para néon brilhante. *Relaxa!*, quero dizer a ele, mas Rei não pode me ouvir. Ninguém pode me ouvir quando estou fora do corpo, e ninguém pode me ver também, a menos que eu queira. Dou mais um peteleco no lápis antes de voltar para o meu corpo.

Imediatamente, começo a me alongar; não o meu corpo físico, mas o que acabou de voltar para dentro dele. A religião nos ensina que toda pessoa tem uma alma, um espírito, um *chi*. A ciência nos ensina que tudo no universo é matéria ou energia. Em algum lugar no meio de tudo isso, estou me apressando para fundi-los outra vez.

O suspiro de alívio de Rei chega até mim, fazendo cócegas na minha bochecha.

— Fez boa viagem? — ele sussurra. Vou levar um minuto até realinhar essa energia no meu corpo a ponto de poder responder, mas ele sabe disso. Rei sabe dessa minha capacidade desde que tínhamos quatro anos de idade e eu fui cuspida para fora do meu corpo durante uma reação anafilática a um sanduíche de geleia com manteiga de amendoim.

Ele é o *único* que sabe.

Houve uma época em que Rei achava que a minha capacidade de fazer projeções astrais era a coisa mais legal do mundo. Ele gostava de me ouvir contar sobre todos os lugares que eu visitava; costumava dizer que gostaria de poder me acompanhar. Então, um dia, quando tínhamos uns quatorze anos, eu contei a ele sobre uma... *coisa* inexplicavelmente espetacular que eu tinha descoberto no espaço sideral. Tenho quase certeza de que era uma supernova. Foi uma megaexplosão de poeira e luzes de todas as cores imagináveis, mas a energia que irradiava era cerca de um milhão de vezes mais forte do que o sol. Voltei hipercarregada, como se tivesse tomado uma superoverdose de cafeína.

Rei não ficou impressionado.

Ele estudava artes marciais desde os cinco anos, então não fiquei surpresa quando passou a se interessar por filosofias orientais. Buda, ele me disse, não aprovava a projeção astral recreativa. Buda, eu disse a ele, não era um cara divertido. Além disso, aquilo contradizia totalmente o que Rei havia me dito algumas semanas antes. Ele tinha me contado que Buda incentivava os monges a praticar a projeção astral, para que, ao morrer, eles não ficassem desorientados nem reencarnassem automaticamente, em vez de buscar a iluminação. Quando o lembrei disso, meu amigo acrescentou que Buda não gostava que seus monges ficassem se exibindo.

Por isso, nem preciso dizer que, na opinião de Rei, eu faço projeção astral para me exibir. Então já não conto a ele sobre a maioria das minhas viagens. E isso me deixa infinitamente triste, mas eu também não digo isso a ele.

Ouço os zíperes das mochilas se fechando. O professor recapitula os pontos mais importantes do filme e passa a lição de casa. Fragmentos de conversas desarticuladas giram em volta de mim. Quando o barulho finalmente diminui, eu abro um olho e espreito por cima do braço. Rei está sentado em sua carteira com a mochila no ombro, observando-me pacientemente.

Ele me cumprimenta com o mais ínfimo dos sorrisos.

— Anda dormindo tarde, senhorita Rogan? — a voz rouca do senhor Perrin vem de algum lugar dentro da sala. Eu penso em olhar em volta para ver onde ele está, mas a minha cabeça ainda não está funcionando em sincronia com o meu corpo. — É melhor se apressar. A próxima aula nesta sala começa em dois minutos. — Sua voz vai enfraquecendo à medida que ele se afasta.

Exceto pelo tique-taque do relógio, o silêncio é absoluto. Não me movo, não porque não possa, mas porque ainda não consigo fazer isso com uma certa elegância. A ironia é que eu me sinto como uma lata de refrigerante quente, sacudida com toda a força. Quero saltar como pipoca na panela, mas tudo o que consigo fazer é contar silenciosamente até cem, antes de levantar a cabeça bem devagar para não ver tudo girando.

Rei me oferece a mão.

— Quer ajuda?

— Não, obrigada, estou bem. — Empurro a carteira e me espreguiço, arqueando o pescoço e as costas até conseguir ver a pintura manchada do teto. — Obrigada por me esperar.

— Não esquenta. — Rei consultou o relógio. — Não precisa ter pressa. É hora do almoço, mesmo.

— Tudo bem. — Os meus pés dormiram enquanto eu estava fora do corpo e tenho que batê-los no chão para acabar com a câimbra antes de me arriscar a ficar em pé. Rei está tão acostumado com todas as minhas pequenas esquisitices e peripécias que nem se dá ao trabalho de perguntar.

Um, dois, três... tudo bem, estou de pé. Solto a carteira, uma mão de cada vez.

— Então, Mágica e Mística Menina Áurica. — Ele pega a minha mochila do chão e a joga sobre o próprio ombro. — De que cor estou hoje?

Rei me deu esse apelido idiota alguns anos atrás, quando contei não só que eu podia ver as cores da sua aura quando estava fora do corpo, mas que elas também mudavam de acordo com o seu humor.

— Você está... amarelo-limão.

— E isso é bom?

— Não muito.

— Ah, fala sério. Como foi com o seu vulcão?

Não consigo reprimir um sorriso abobado.

— Foi *incrível*! Foi... o que é melhor do que "incrível"? Inacreditável! Foi...

Enquanto me esforço para encontrar o adjetivo certo, vejo um sorriso largo aparecer lentamente no rosto de Rei, aquele que eu conheço há quase dezessete anos. Ele estende o braço e aperta levemente a minha nuca, seu jeito de mostrar sua afeição por mim.

— Me conte no caminho para o almoço.

Estou perdoada.

Capítulo 2

O refeitório cheira a brócolis cozido demais, e até Rei franze o nariz. Como chegamos tarde, são poucas as mesas vagas, mas o melhor amigo de Rei, Seth Murphy, está sentado a nossa mesa de sempre. Sua mochila cor de terra reserva uma cadeira para Rei à sua esquerda, e os seus grandes tênis emporcalhados estão sobre o banco em frente a ele, guardando o meu lugar.

— Quer que eu fique na fila com você? — Rei pergunta.

— Não, obrigada. Vou sozinha.

— Tem certeza? — Ele põe a mão sobre a minha cabeça e diz o óbvio. — Você ainda está tremendo.

— Eu não estou tremendo — digo enquanto entro na fila. — Estou me "convertendo".

— Se convertendo! — Rei sorri para mim. — Em quê?

Eu lhe dou uma cotovelada de leve.

— Foi você quem disse que a energia não pode ser destruída, só convertida em outra, por isso pare de rir de mim e vá comer. Seth parece solitário.

— Ele está bem. Você tem dinheiro para o almoço?

Eu mexo os pés e flexiono os dedos.

— Tenho, sua mãe me pagou no último sábado.

Os pais de Rei têm uma loja de produtos naturais na avenida principal, e a mãe de Rei, Yumi, também dá aulas de yoga e de Reiki, uma técnica de cura com as mãos. Ela tem uma sala onde eu tomo conta das crianças pequenas enquanto as mães fazem aula de yoga.

— Tudo bem, mas a *sua* mãe te deu dinheiro para o almoço? — Rei pergunta enquanto ajeita a minha mochila em seu ombro.

— Eu tenho dinheiro para o almoço — repito. — Vá se sentar. Eu já vou.

Dou uma olhada no cardápio do dia: sopa de tomate, salada e aquele brócolis fedorento com purê de batatas e bolo de carne. Nada muito interessante. Há sempre a opção de escolher os infames Sanduíches de Carne Misteriosa, que são bem tentadores, mas Seth vai roubar o salame se eu pegar um deles. Apesar de termos chegado atrasados, a fila ainda é longa, o que é bom. Isso me dá tempo para me encaixar melhor no meu corpo. Eu mexo os pés um pouco mais, giro os ombros, balanço os braços e basicamente incomodo as pessoas de pé à minha volta. Quando começo a me servir de salada, pão de alho e uma garrafa de água, já estou me sentindo bem melhor. Na verdade, me sinto ótima! Entrego à moça do caixa uma nota de cinco dólares e pego algumas moedas no bolso de trás da calça.

Saio da fila com a bandeja equilibrada numa mão, no alto da cabeça, como uma garçonete experiente, só que agora tenho que contornar Jason Trent, um jogador de futebol americano do último ano que me lembra o Abominável Homem das Neves. Ele fica bem no meio da passagem, sabe-se lá por que e duvido que ele saiba também. É claro que, assim que eu passo por ele, Jason decide se virar e dar de cara comigo, quase derrubando a bandeja da minha mão. Eu volto a equilibrá-la antes que caia, mas a garrafa de água tomba. Estou tão energizada com o barato do vulcão que consigo equilibrar a bandeja e ao mesmo tempo pegar a garrafa um segundo antes de ela bater no chão.

Jason olha para baixo e tem a audácia de piscar para mim. Que verme! Bufo baixinho enquanto endireito o corpo, e então me apresso para chegar à mesa de Rei e Seth.

Coloco a bandeja na mesa e me sento sobre uma perna para ganhar mais altura.

Rei estende o braço e garfa um tomate-cereja da minha salada, porque sabe que não gosto deles.

— *Arigatô* — ele agradece.

— De nada. Aqui, pegue este também.

— Ok. Ei, acabei de ver Jason Trent piscando para você? — Rei parece se divertir com isso.

Eu não.

— Não sei, piscou? — Dou de ombros. — Ele devia estar com um cisco no olho.

— Trent é um mala — diz Seth, enquanto se apodera do meu pão de alho e dá uma mordida enorme nele antes que eu possa reclamar.

— Eu ia comer esse pão, sabia?

Seth me mostra a língua e faz uma grande encenação lambendo todo o meu pão de alho, antes de devolvê-lo para mim.

— Quer de volta?

— Você é nojento.

— Está uma delícia! — Ele dá outra mordida.

Rei nem se dá ao trabalho de interferir. Em vez disso, enfia a mão na sua mochila e pega dali uma laranja, depois uma maçã verde levemente machucada.

— Tenho frutas a mais, se quiser — ele me diz como se isso fosse novidade e ele não trouxesse frutas extras todos os dias. Coloca-as em cima da mesa, na minha frente.

Eu estendo a mão para pegar a maçã, mas Rei intercepta a minha mão com a dele. Droga. Ele empurra um pouco a manga do meu moletom preto e mede com o polegar um hematoma no meu pulso, antes de largar a minha mão.

— De onde veio isso? — pergunta como quem não quer nada.

— Bati o braço na lava-louça ontem à noite. — E eu tinha mesmo. Ele ficou me olhando nos olhos até se convencer de que eu estava dizendo a verdade.

— Sabe, se tomasse mais vitamina C, não iria se machucar com tanta facilidade — diz ele. — Você bem que podia gostar de laranjas.

— Eu gosto mais de tangerinas. São mais fáceis de descascar.

Rei olha minhas unhas mastigadas, então rola a maçã para mim, com um sorriso de quem sabe que foi derrotado.

— Você pelo menos tomou um suco no café da manhã?

Será que tomei café da manhã hoje? Minha mãe estava se preparando para ir a uma convenção de corretores de imóveis; portanto, as coisas estavam meio agitadas. Acho que só comi alguns cereais Froot Loops. Rei enfia o polegar na casca da laranja e o doce aroma cítrico se espalha no ar.

— Vou trabalhar hoje — Seth anuncia ao acaso, com a boca cheia de pizza.

— Então você não vai correr comigo? — Rei não tira os olhos da laranja que está descascando com as mãos, mas sei que está decepcionado.

— Não, preciso de dinheiro para a gasolina e Remy me ofereceu algumas horas.

Seth trabalha na Oficina do Remy, na avenida principal, alguns dias por semana depois da escola, fazendo coisas como trocar óleo e pneus. É um bom trabalho para ele, considerando que não se importa de ficar com as mãos sujas e prefere mexer em carros a estudar.

Rei também não se importa de sujar as mãos, desde que elas não fiquem sujas por muito tempo. E, ao contrário de Seth e eu, ele gosta de livros. Ele é um cara naturalmente inteligente, que está em quase todas as aulas avançadas e sempre se classifica entre os três melhores alunos do nosso ano. Eu não o invejo por isso.

É ótimo que Rei seja inteligente, mas, se quer saber a minha opinião, a pressão que Yumi coloca nele é um pouco exagerada. Ela sempre sonhou em vê-lo entrar no M.I.T., o Instituto de Tecnologia de Massachusetts, ou em alguma grande universidade, mas agora que estamos no penúltimo ano do ensino médio, a tensão entre eles está se acumulando ainda mais do que a pilha de folhetos de faculdades que enche a sua caixa de correio todos os dias. Todas as faculdades querem Rei. Ele é inteligente, atlético, interessado na comunidade, tira notas absurdamente altas e não tem fotos comprometedoras na internet. Seus pais pouparam mais do que o necessário para cobrir o custo de seus cursos de graduação e pós-graduação, mas tenho certeza de que as universidades vão lhe oferecer todo tipo de bolsa de estudos. No que diz respeito ao seu futuro, o céu é o limite.

Os outros dois alunos que disputam os cobiçados três primeiros lugares do *ranking* são Shawna Patel e Taylor Gleason. Eu gosto muito de Shawna. Ela é ainda mais brilhante do que Rei, ouso dizer, mas é brilhante de um jeito positivo, do tipo que não faz com que eu me sinta burra quando estou conversando com ela. Taylor, por outro lado, simplesmente não fala comigo. Bem, uma vez, no vestiário feminino, ela perguntou se eu podia lhe emprestar o meu batom, mas eu nem sequer tenho um batom e ela deixou claro que não ficou nem um pouco impressionada com o meu *gloss* de cereja.

Eu não entendo Taylor muito bem. Ela tira nota máxima em todas as matérias, se veste como se tivesse saído de uma capa de revista e há boatos de que seja uma audaciosa garota da noite, mais rápida no gatilho do que a Internet banda larga de Rei. De qualquer forma, eu não costumo dar muita atenção a boatos, porque, se prestasse, teria que acreditar que sou meio esnobe e que Rei e eu estamos saindo desde o quarto ano, quando na verdade eu sou meio tímida e Rei tem sido não apenas o meu vizinho desde que eu tinha três dias de vida, mas também meu melhor amigo e autodeclarado guarda-costas ninja.

Taylor se mudou de Long Island para a nossa pacata Byers, em Vermont, no verão passado. Quando as aulas começaram em setembro, já havia rumores de que, aos quinze anos, ela acusara um universitário de vinte e um anos de violentá-la. Há uma dúzia de variações dessa história, incluindo uma em que os pais dela a obrigaram a fazer um aborto, e até mesmo outra em que ela própria começou os boatos para se tornar popular na nova cidade, porque, afinal, que adolescente não iria querer sair com a novata cercada de escândalos? Agora ela faz parte de um grupinho de garotas bonitas e superproduzidas que gostam de ir de carro ao centro da cidade, nos fins de semana, para frequentar festas com universitários, o que provoca ainda mais boatos. A maioria deles procuro ignorar, com exceção de um que eu sei com certeza que é verdade... Taylor Gleason tem uma queda por Seth.

Seth e eu temos aula de economia depois do almoço. Acompanhamos Rei até sua aula de química e, em seguida, viramos à direita e seguimos o lento fluxo de alunos até o segundo andar. Taylor Gleason senta-se numa carteira perto da porta, envolvida em uma névoa de perfume almiscarado. Enquanto todo mundo na classe veste jeans e moletom, tênis ou botas de caminhada, Taylor usa uma minissaia vermelha muito justa e uma blusa preta decotada. Não usa meia-calça, mas suas pernas são bronzeadas artificialmente e os saltos dos seus sapatos poderiam ser classificados como armas letais.

Sento-me no meu lugar de costume, perto de Teri Barnes e Lisa MacNamara. Seth fica mais perto da janela, que é, por acaso, o lugar mais longe possível de Taylor. Ele está ouvindo música em seu iPod, apenas cuidando da própria vida, mas posso ouvir o barulho dos saltos dela estalando no chão, seguindo na direção dele — sinal de problema.

— Oi, Seth! — Taylor diz com sua voz provocante, enquanto põe seus livros na carteira vazia ao lado da dele.

Ele responde aumentando o volume do iPod.

Ela encena uma cruzada de pernas cinematográfica depois de se acomodar na carteira. Quando já está toda confortável, inclina a cabeça de forma dramática para a esquerda, jogando o cabelo sobre o ombro, como uma longa onda loira varrendo a areia da praia. Sua orelha cintila com uma fileira de brinquinhos de brilhante.

— Gostei da sua camiseta. É uma marca de skate? — Ela se inclina mais para alisar uma prega de tecido com uma de suas longas unhas cor de vinho.

Seth se afasta e lhe dirige um olhar fulminante, mas isso não a intimida.

— Eu vi algumas das suas lutas. Você é incrível. É skatista também?

— O cabelo é jogado sobre o outro ombro.

Agora ela tem a atenção de Seth. Por mais incrível que pareça, percebo que Taylor consegue provocar alguma reação nele.

— Não! — ele diz rispidamente, muito mais alto do que o necessário. — E pare de me perseguir! — Ele volta a se concentrar no iPod, de cara feia.

Todos na classe, inclusive a professora, ouvem Seth. Teri e Lisa olham para mim com as sobrancelhas levantadas e a boca formando um "o". Encolho os ombros em resposta. Ah, pelo menos ele não soltou um palavrão.

A senhora Watson pigarreia alto.

— Algum problema, Murphy?

— Não!

— Ótimo. Então vamos começar a aula.

Taylor joga os cabelos sobre o ombro direito e eu a olho pouco antes de ela se virar para a frente.

Surpreendentemente, ela está sorrindo.

Capítulo 3

Rei e eu conhecemos Seth no jardim de infância, onde tínhamos uma regra chamada "Não Interrompa a Professora na Hora da Historinha". Eu tenho uma lembrança muito vívida de Seth sentado de pernas cruzadas no chão de linóleo ao meu lado, os olhos pregados na professora e uma poça de xixi amarelo-claro aumentando rapidamente em torno dele. Nós todos ficamos nos empurrando para tentar escapar do xixi, mas foi só quando já havia uma poça considerável ao redor de Seth que a professora finalmente percebeu e levou-o depressa à enfermaria para tentar arranjar outra roupa para ele.

É sempre divertido fazer Seth se lembrar dessa história.

No entanto, quando qualquer outra pessoa faz piada dele por fazer xixi nas calças, Rei assume o seu lado protetor ninja. Mesmo no jardim de infância, ninguém mexia com Rei. Foi então que a dupla Anna e Rei se tornou um trio, e eu descobri que preferia dividir meus biscoitos do que ter que dividir o meu melhor amigo.

Taylor não foi testemunha do lendário "Episódio do Xixi", e eu também não acho que ela já tenha ouvido Seth arrotar o alfabeto. Isso explica muita coisa. Suponho que, se ela só o julgasse pela aparência, ele seria um ótimo pretendente: um cara de quase dois metros de altura, cabelos pretos e ondulados e implacáveis olhos azuis, que fazem as garotas suspirar.

Mas e daí? Rei é tão alto, moreno e bonito quanto Seth, e também é filho de mãe japonesa; seus olhos castanho-escuros amendoados são uma mudança bem-vinda neste recanto tão pouco diversificado etnicamente do mundo em que vivemos. Além disso, meu pai tem olhos azuis. Eles não são meus favoritos.

Se Taylor conhecesse Seth, perceberia que ele é um cara complicado, que tem Problemas de Raiva Não Resolvida, de acordo com o psicólogo da escola, ou como Seth o chama, Aquele Babaca Convencido.

Cerca de três anos atrás, Seth chegou da escola e encontrou um bilhete da mãe dizendo basicamente que ela tinha conhecido outro cara e ido embora. A reação de Seth foi socar a coisa mais próxima a ele, que por acaso era uma porta de correr, de vidro. Isso lhe rendeu dezessete pontos na mão direita e uma visita semanal obrigatória Àquele Babaca Convencido, para poder discutir seus problemas de raiva.

O pai de Seth é um cara honesto, e Seth também tem um irmão mais velho, Matt, que agora está na faculdade. Eles lidaram com a crise da maneira que qualquer homem abandonado faria... com a ajuda da ESPN e um serviço 24 horas de entrega de pizza. Rei e seus pais ofereceram todo tipo de apoio a Seth, e eu sabia que tinha que fazer a minha parte, deixando-o passar mais tempo com Rei. Os pais deviam nos amar mais do que tudo: mais do que o trabalho, mais do que a bebida, mais do que o entregador de galões de água, que nunca parecia se importar em subir as escadas com aquele galão pesadíssimo até o escritório particular da mãe de Seth, sobre a garagem.

Seth lida com a raiva canalizando toda a energia negativa em coisas como lutar, levantar peso, correr com Rei... coisas que o fazem suar e esquecer.

A Oficina de Remy fica a poucos quarteirões da escola. Por isso, enquanto Seth vai para o trabalho, Rei e eu pegamos o ônibus para casa juntos. É um belo dia de primavera, a temperatura na casa dos dezesseis graus, com uma brisa leve e nuvens brancas e fofas como algodão.

— A sua mãe não está naquela convenção de corretores em Boston esta noite? — Rei pergunta. As mochilas estão no chão do ônibus, servindo de apoio para os nossos pés, e Rei está caído ao meu lado no banco, os joelhos uns quinze centímetros mais altos que os meus.

— Está. Ela só vai chegar em casa amanhã por volta das cinco.

— Então ela te pediu para fazer o jantar para o seu pai esta noite?

— Pediu. E não é simplesmente um total desperdício de tempo?

— Total — ele concorda, enquanto navega pela *playlist* do seu iPod.

— Então, que refeição *gourmet* você planejou?

— Vou apostar tudo numa sopa enlatada — digo a ele. — Porque assim ele pode simplesmente beber a sua droga de jantar.

— Você pensa em tudo, hein, garota?

— Em tudo. — Eu ainda estou um pouco inquieta por causa da energia do vulcão; por isso, estico os joelhos e abro a janela para deixar entrar uma brisa.

— Então, como é que ele está? — Rei pergunta.

— Quem? Meu pai? Está bem. — Deslizo de volta para o meu lugar e desabo novamente no banco.

— Bem? — Rei parece indiferente, só dando uma olhada em suas músicas, mas eu sei o que ele está pensando.

— Não se preocupe com isso.

Ele não olha para mim, mas nem precisa, eu sei o que ele vai dizer.

— Então, você realmente bateu o pulso na lava-louça?

— Isso mesmo. — Essa é a segunda vez. Ele normalmente me pergunta três vezes antes de ficar satisfeito.

Encosto no braço dele e estico o pescoço para ver que música ele está procurando.

— Ei! — Rei protege o iPod de mim. — Não olhe. É surpresa.

Ele tira um fone da orelha e passa o braço em torno de mim para colocá-lo no meu ouvido.

— Certo, ouça esta introdução. — Ele aperta o *play* e equilibra o iPod no meu joelho. Uma melodia com acordes de violão complicados, mas bonitos, entra pelo meu ouvido, enquanto Rei dedilha no ar as cordas de seu violão imaginário.

— É legal — eu digo cedo demais. A música delicada acaba abruptamente e um som metálico e rouco de guitarra e palavras indecifráveis quase racham a minha cabeça ao meio. Eu sabia! Arranco o fone do ouvido enquanto Rei continua a dedilhar, sorrindo para mim.

— Demais, né? — diz ele um pouco mais alto do que o necessário.

Pego o iPod e giro o volume até o mínimo. Speed metal, power metal, thrash metal, não consigo distinguir uma coisa da outra. Para mim é tudo a mesma droga, mas Rei adora essas coisas.

— Eu sinto como se o meu cérebro tivesse explodido e os miolos estivessem vazando pelos meus ouvidos — informo a ele.

— Provavelmente é só cera.

— Não é. — Eu cutuco sua canela com o meu joelho.

Ele ri e balança a cabeça quando eu lhe devolvo o iPod.

— Pode escolher agora.

Eu dou uma olhada na lista de músicas que ele guarda ali especialmente para mim e escolho algo calmo e acústico. Rei dedilha o violão no ar docilmente ao meu lado pelo resto do trajeto.

Minha parte favorita da casa de Rei é o balanço pendurado na varanda. Nós deixamos nossas mochilas e sapatos dentro da casa, perto da porta da frente, e nos acomodamos no balanço, ouvindo música enquanto esperamos a irmã de sete anos de Rei chegar em casa. Saya salta do ônibus pontualmente às três horas. Com exceção do médico e das enfermeiras, eu fui a quarta pessoa a segurar Saya no colo depois que ela nasceu. Olhando para o pequeno milagre em meus braços, comecei a tratá-la como a irmãzinha que o destino se esqueceu de me enviar, por isso não é nenhuma surpresa que ela corra para os meus braços primeiro em busca de um abraço, depois se jogue no colo de Rei.

Saya faz uma careta para Rei.

— Seth vai vir hoje?

Seguro uma risada. Eu não sou a única que não gosta de compartilhar Rei com Seth.

— Não, ele tem que trabalhar. — Ele diz isso com naturalidade, mas eu ouço aquela pontinha de decepção na sua voz novamente. Rei se levanta e coloca Saya em seu ombro esquerdo, arrancando dela um gritinho de felicidade. — Vamos arranjar um lanche para você.

Saya se agita como um pardal, esperando Rei descascar uma cenoura de onde ainda pendem folhas verdes. Logo que ele a enxágua, segura-a no ar e pergunta:

— Você vai fazer cócegas em mim e na Anna com isso? Tenho que cortar a ponta fora?

— Eu não vou. Juro.

— Os ovos no prato estão cozidos, se você quiser — Rei me diz enquanto eu olho a geladeira, mas não quero um ovo. Eu quero açúcar-açúcar-açúcar. No freezer, encontro picolé caseiro que Yumi fez com chá-verde, suco de limão e mel — vão ter que servir. Assim que Saya acaba de roer sua cenoura, vamos para a varanda e nos sentamos no balanço, chupando nossos picolés. Rei e eu chutamos levemente a porta de madeira com os pés descalços para manter o ritmo do balanço.

A brisa agita os sinos dos ventos e um passarinho canta a distância. Eu fecho os olhos e ouço aquela melodia harmoniosa ao mesmo tempo que o gosto doce e azedo derrete na minha língua e o ligeiro aroma de flores de cerejeira paira no ar.

Balançamos para a frente.

Balançamos para trás.

Ainda sinto como se pudesse correr uma maratona, com toda a energia que absorvi do vulcão, mas ela está sob controle. Saya está inquieta, porém, e o balanço sacode quando ela pula para fora. Mesmo com os olhos fechados, posso sentir uma vibração familiar quando Rei desliza a mão ao longo das costas do balanço para preencher o espaço onde Saya estava. A energia de cada pessoa flui numa vibração tão única quanto suas digitais. Quando Rei começou a meditar alguns anos atrás, sua vibração mudou e ficou mais forte, mais calma, mais... reconfortante. Absorvo dela o que posso, deixo se misturar com a energia do vulcão ainda fervilhando dentro de mim e guardo tudo para mais tarde, quando eu estiver em casa, onde vou precisar mais.

Abro os olhos a tempo de ver Saya desaparecer dentro da casa e reaparecer um minuto depois com um frasquinho para fazer bolhas de sabão.

— Eu quero ir à cachoeira — diz ela, fazendo beicinho, e nenhum ser humano que tenha sentimentos pode resistir àqueles olhos azuis maravilhosos.

Rei e eu arregaçamos as calças jeans. Descalços, pegamos a trilha de terra em meio ao bosque, o que é uma ótima ideia num dia quente como hoje, mas também uma idiotice, porque aqui em Vermont ainda estamos na estação da lama. Saya adora lama. Ela adora o jeito como a lama escorrega sob os pés, o barulho que faz quando pisa nela, as minhocas meio escondidas que tentam escapar inutilmente dos seus dedos perigosos. Rei e eu não estamos tão animados assim para pisar em todo aquele barro, mas, como ele ressalta, é mais fácil lavar a lama de pés descalços do que da sola dos nossos tênis.

Enquanto atravessamos o bosque, o sussurro suave e constante que nos embala para dormir todas as noites se amplifica, como o som de um trovão líquido. A cachoeira de Byers não é tão alta, talvez tenha uns quinze metros de altura e um pouco mais de vinte de comprimento, antes de o rio ficar plano novamente. No entanto, a corrente é rápida e cheia de pedras, especialmente nesta época do ano, com todo o degelo da primavera descendo das montanhas e das estações de esqui. Yumi e Robert encheram nossas cabeças com vários sermões antes de nos deixarem ir até a cachoeira sem eles. O penhasco de granito é grande o suficiente para cerca de dez adultos ficarem em pé sem esbarrar uns nos outros. Saya sabe a regra. Ela sobe pela beirada e deixa que Rei segure firme a sua mão.

Anos de exploração de bosques e pedras deram a mim e a Rei a coordenação de cabras-monteses, mas ainda assim tomamos cuidado enquanto caminhamos a poucos metros da borda, onde o chão ainda é seco. A água está especialmente turbulenta hoje e a luz do sol lança um arco-íris na névoa. Tudo a trinta centímetros da extremidade está molhado e brilhante.

— Cuidado! — Rei me avisa.

Sento-me, deixando um espaço entre nós para Saya. Ela para de saltar e se senta cuidadosamente, então desenrosca às pressas a tampa do frasco de bolhas e vai ao que interessa. Sopra uma quantidade enorme de bolhas de sabão na direção da cachoeira e olha enquanto elas estouram na neblina. Estendo as pernas na beirada do rochedo, deixando a névoa lavar a lama dos meus pés.

— Eca! De quem foi a ideia de vir aqui descalço? — pergunto. Rei e eu olhamos para Saya, que dá uma risadinha e sopra outra leva de bolhas coordenadas.

Rei deita de costas com um braço apoiando a cabeça e o outro em volta da cintura de Saya, olhando o céu. Eu me deito também e fecho os olhos.

A vida é boa. A luz do sol é quente, a brisa é fresca; o cabelo preto e sedoso de Saya é macio contra os meus dedos. Até a névoa gelada que entorpece os meus pés e o implacável chão duro de pedra contra as minhas costas são reais e bons. Por mais que eu adore fazer projeções astrais, algumas coisas são melhores quando se está num corpo. Apesar do meu encontro com uma lata de sopa mais tarde esta noite, eu usufruo deste momento e me sinto feliz.

Meu nirvana é interrompido por um solo de guitarra estridente e espasmódico saindo do bolso da calça de Rei.

— Segura ela, tá? — Rei espera até eu segurar Saya, então pega o celular e cobre os olhos da luz do sol para verificar o identificador de chamadas antes de atender.

— Oi. — Ele rola para o lado e desenha com os lábios a palavra "Seth" para mim. — Tá. Tudo bem. Não sei. Espera um pouco. — Ele afasta o telefone da orelha e me olha com esperança. — Seth saiu mais cedo. Você cuida da Saya pra que a gente possa correr um pouco?

— Não! — Saya diz com firmeza.

— Sim — eu a corrijo.

— Obrigado — ele sussurra para mim, a adrenalina já abastecendo o seu sorriso. — Anna disse que vai cuidar da Saya, mas estamos na cachoeira agora. Posso te encontrar na minha casa daqui a uns dez minutos.

Assim que guarda o telefone no bolso, Rei se levanta com cuidado, e pega Saya no colo e a coloca de volta no chão, do outro lado, a uma distância segura das cataratas. Ele mantém uma mão em seu ombro e estende a outra mão para mim, mas eu já estou me levantando. Ah, que seja. Eu o deixo ser cavalheiro e me conduzir pelo resto do caminho.

— Vamos, macaquinha — ele coloca Saya sobre os ombros. — Isso vai manter seus pés limpos. — Eu sei que a verdadeira razão para pôr Saya nos ombros é que ele está com pressa e prefere não ter que esperá-la examinar cada pedra e inseto ao longo do caminho. Ele segura o tornozelo dela com uma mão e puxa uma mecha do meu cabelo com a outra.

— *Arigatô*.

O carro enferrujado de Seth já está estacionado na garagem de Rei quando chegamos.

— Volto já — Rei diz a Seth, e vamos para o quintal lavar nossos pés enlameados com a mangueira. Embora os pés de Saya estejam limpos, ela nos segue de perto para brincar na água. Quando consegui convencê-la a largar a mangueira, Rei já estava em suas roupas de corrida e eles já tinham ido.

* * *

Enquanto os garotos correm, Saya e eu nos divertimos. Primeiro, deixamos o talo verde da cenoura debaixo de um arbusto para qualquer coelhinho com fome que por acaso passar por ali. Em seguida, assisto a Saya deitando-se de costas no chão e fazendo pontes, até que ela se cansa e quer que eu demonstre uma rodada de mortais para trás. E mais uma, e mais uma... até finalmente, e só porque eu já estava ficando tonta, irmos brincar de Barbie.

As bonecas são uma das poucas coisas desagradáveis quando se trata de brincar com Saya. Tendo crescido com Rei, eu não era uma grande fã de bonecas. Minha mãe respeitava isso, mas minha avó insistiu em me comprar uma num dos meus aniversários. Rei e eu concordamos que ela era horripilante, então decidimos simular um funeral e a enterramos na floresta.

Saya traz quatro Barbies parcialmente vestidas para a varanda e divide-as, três para ela e uma para mim. O cabelo da minha Barbie está num dia difícil. Depois de um período de tempo interminável conversando com as bonecas de Saya acerca de roupas, maquiagem e qual Barbie sortuda Ken vai convidar para o baile, fico aliviada ao ver Rei e Seth virarem a esquina, caminhando para desaquecer. Ambos tiraram a camiseta e estão secando com elas o suor do rosto e do pescoço. Seth secava as axilas também, por precaução.

Eu dou uma risada, porque Seth às vezes me faz rir muito, e olho para ver se Rei está rindo também, mas agora ele está andando com os braços balançando ao lado do corpo, a camiseta pendurada na mão, e eu percebo pela primeira vez que Rei é... uau!

Realmente, *realmente*, uau! Quando foi que todo esse *uau* aconteceu?

Não sinto que tenha sido há muito tempo, quando éramos apenas duas crianças raquíticas correndo pelo gramado perto dos irrigadores, só de roupas de baixo, bem aqui no quintal de Rei. Agora eu olho além dessa mesma grama verde e ainda me sinto a mesma Anna magrela, mas Rei é agora esse bronzeado e resplandecente... *cara!*

Como eu não notei isso antes?

Eu sabia que eles tinham começado a levantar peso no outono. Há um cômodo sobre a garagem de Rei na qual só se pode chegar através do quarto dele, então seus pais o deixaram transformar numa sala de musculação. Fui convidada para a sessão de estreia do levantamento de peso, mas, cada vez que eles erguiam qualquer peso significativo, ambos ficavam com um olhar tenso de prisão de ventre no rosto e eu não podia deixar de rir. Eu acho que devo ter tirado algumas fotos com meu celular também. Nem preciso dizer que não fui convidada a voltar.

Durante todo o inverno, eu os vi usando principalmente jeans e suéteres, e nem mesmo os shorts de ginástica e camisetas que usam nas aulas de educação física revelaram o tamanho do seu progresso.

    Seth para e amarra o tênis de corrida, mas Rei continua atravessando a grama, rindo ao ver as bonecas Barbie e a tortura pela qual eu tinha passado. Seth se levanta e corre alguns passos, em seguida pula para jogar Rei no chão. De algum modo Rei percebe, talvez pela vibração dos passos de Seth, porque ele para e passa os braços em torno de si mesmo, sustentando o peso de Seth uniformemente nas costas. Ele estende o braço para cima, em volta do pescoço e dos ombros de Seth, inclina-se para a frente de forma abrupta e joga-o na grama.

    Caído de costas no chão, Seth deixa escapar um palavrão em voz baixa, junto com o resto do ar dos seus pulmões.

    Rei se curva sobre ele, rindo.

    — Eu pensei que tinha dito para não fazer isso. — Ele estende a mão para ajudar o amigo, mas mesmo daqui vejo um olhar malicioso nos olhos de Seth. Rei solta uma risada. — Se eu fosse você não faria isso.

    Seth pensa por um segundo, então deixa que Rei o puxe até ficar de pé e solta outro palavrão, ganhando de Rei uma cara feia. Todo o repertório de palavrões de Rei se resume a "maldito", "droga" e algumas palavras japonesas que ele não quer traduzir para mim. Ele dá um tapa na testa de Seth, com a mão aberta.

    — E cuidado com a boca na frente das garotas.

    Eles andam em direção ao caminho de pedras à frente, rostos familiares sobre corpos lisos e esculturais de modelos, embora a pele branca de Seth, depois do inverno, empalideça em comparação ao brilho dourado da pele de Rei.

    Aquele sorriso bobo está de volta ao meu rosto.

    — Só uma perguntinha — eu os chamo. — Quem são vocês e o que fizeram com Rei e Seth?

    Rei levanta as sobrancelhas para mim, mas posso dizer que ele está feliz por eu ter notado o resultado de todo seu trabalho duro.

Saya sobe os degraus e inclina-se pesadamente sobre os meus ombros.

— Eca! Vocês estão fedendo! — ela reclama quando o cheiro do suor de Seth passa por nós enquanto ele entra na casa em busca de um copo d'água.

— Venha aqui, Homem de Ferro. — Eu aceno para que Rei se aproxime, mas ele apenas fica parado ali.

— Tem certeza? Eu pensei que estivesse fedendo.

— Você está! — Saya insiste. — Está cheirando a cabeça de peixe fervida!

— Não, Seth é que cheira assim — digo a ela. — A Barbie não está derretida ainda, então eu acho que Rei não está fedendo tanto. — Eu pisco para ele e dou uma batidinha no degrau próximo a mim. — Tenho certeza. Sente aqui!

Rei revira os olhos, mas se senta.

— Uau! — exclamo ao cutucar seu bíceps malhado. — Impressionante! Então, é isso que vocês fizeram durante todo o inverno em seu esconderijo secreto?

Rei enxuga o lábio superior com a camiseta úmida para esconder um pequeno sorriso.

— É isso que fizemos.

— Ah, o quê? — Eu seguro a Barbie perto da minha orelha e finjo ouvir. — A Barbie Medusa acha você um gato. Ela diz que vai trocar Ken por você.

Saya não entende o comentário e só fica me olhando, mas Rei ri.

— Ah, não enche...

Seth deixa a porta de tela bater atrás de si ruidosamente e dá um arroto alto e molhado para anunciar melhor sua presença.

— Ah, não enche por quê? — ele pergunta.

— A Barbie Medusa trocou Ken por Rei porque ele está malhadão.

— Ei, eu estou malhadão também! — Para provar, ele faz uma pose mostrando os músculos e infla o peito, um músculo de cada vez.

Saya dá risadinhas agora.

— Não se preocupe, Seth — Rei se levanta e lhe dá um tapinha no ombro. — Tenho certeza de que a Barbie Medusa tem uma amiga para você.

Agora Saya me abandona e puxa os braços de Rei.

— Faz também! Faz!

— Calma aí, estou todo suado.

— Mas eu quero que você faça seus peitinhos saltarem também! — ela pede.

Eu racho de rir.

— É, Rei — consigo dizer. — Pode fazer seus "peitinhos" saltarem também?

Ele faz uma pausa e sorri (ai, ai) lentamente para mim.

— A questão não é se eu *posso* fazer, é se eu *vou* fazer, e a resposta é... não.

Capítulo 4

A distância entre a casa de Rei e a minha parece muito maior do que entre a minha casa e a dele. São sete horas da noite, o sol ainda brilha no céu, e eu não me apresso nem um pouco enquanto caminho sinuosamente para casa. Eu fiquei e cuidei de Saya enquanto Rei tomava banho e se trocava, e os pais deles chegaram da loja não muito tempo depois. Yumi me convidou para ficar para o jantar, mas o prato principal era algo com tofu, o que não me agrada muito.

Além disso, tenho um encontro com uma lata de sopa.

A porta da frente range um pouco quando abre. Eu sinto o cheiro dele antes de vê-lo: o cheiro pungente de álcool misturado com suor, que escorre por todos os poros do seu corpo e polui o ar da minha casa. Eu tento não respirar muito. Ele está largado na cadeira de vinil preta rachada, com suas habituais cuecas e camiseta manchadas, e a garrafa ao lado dele já está meio vazia. Embora eu não consiga ver suas cores agora, sei que ele está em meio a uma névoa cinzenta colada ao corpo.

Não há nenhuma indicação de que ele tenha me ouvido ou me visto entrar, sua atenção permanece fixada no brilho suave da televisão. Passo por ele em direção à cozinha, sem que ele me note, e abro o gabinete em busca de uma lata de sopa. Eu preferiria miojo de frango, mas é muita coisa para ele mastigar. Pego a sopa cremosa de frango, abro a lata e despejo o conteúdo numa tigela para micro-ondas.

Ele não olha para mim nenhuma vez durante os dois minutos em que o micro-ondas está ligado, mas o *ding* chama sua atenção. O rosto que se volta para mim está manchado e inchado e tenta focar no meu rosto seus olhos avermelhados.

— *Issuu* é pra mim? — Sua voz está rouca, e eu percebo que essas são provavelmente as primeiras palavras que ele pronunciou durante todo o dia.

— Sim.

Ele se vira para a televisão e pega o copo.

— *Num tô* com fome.

Nenhuma surpresa.

— Vou deixar aqui caso você mude de ideia.

Nenhuma resposta.

Depois que eu despejo metade da sopa numa tigela para mim, pego uma lata de refrigerante, algumas bolachas salgadas e uma colher e, em seguida, desapareço no meu quarto, fechando a porta atrás de mim. Ar fresco! Se eu tiver sorte, só vou ter que sair uma vez, para ir ao banheiro antes de ir dormir.

Minha mãe me diz que meu pai não foi sempre assim. Na minha estante, entre a caixa onde eu escondo as minhas economias e uma pilha de folhetos de viagem que eu baixei da internet, há um álbum com todas as minhas fotos favoritas. No meio dos muitos instantâneos de mim com Rei e sua família, há uma foto de um cara bonito com olhos azuis sorridentes, cabelos loiros ondulados, e um corpo magro e bronzeado de quem trabalha em construção civil, segurando uma Anna bem pequena nos ombros. Esse era o meu pai.

De acordo com a minha mãe, ele era carinhoso, engraçado e beijava muito bem, o que já é informação demais. Ela o conheceu quando começou a vender imóveis. Ele trabalhava no loteamento que ela fora contratada para vender, e não demorou muito até se casarem, mudarem-se para esta casinha precisando de reforma, e eu nascer.

Quatro anos depois, alguns andaimes no trabalho quebraram e meu pai sofreu uma queda de mais de seis metros, aterrissando de costas no chão. Eu era muito jovem para me lembrar dos detalhes, só que depois disso a minha mãe me pedia frequentemente para ficar quieta, e que ele gritava "Faça essa menina calar a boca!" sempre que eu chorava.

Os médicos não tinham certeza se ele iria voltar a andar, mas ele surpreendeu a todos eles. Meu pai consegue andar muito bem da cama até o banheiro e dali para o armário de bebidas e então para a sua cadeira reclinável, antes que o álcool comece a fazer efeito.

Contanto que eu não o provoque, ele é bastante calmo. Às vezes pode pegar o meu braço e não perceber o quanto está apertando, mas só me bateu de fato uma vez. Quando eu tinha treze anos, fiz uma aula preparatória de álgebra que era demais para a minha cabeça. Eu estava no meu quarto estudando para uma prova e ele estava na sala gritando para eu ir buscar uma garrafa na garagem. Fui burra. Ignorei-o, mas ele apenas gritou mais alto, até que finalmente saí com tudo do quarto. Eu deveria ter pensado antes de responder para ele, especialmente quando a minha mãe não estava em casa. Nem vi quando ele se aproximou: me deu um tapa no rosto tão violento que eu caí e bati a testa na quina do balcão da cozinha.

Eu sabia que chorar só ia deixá-lo mais furioso, então corri o mais rápido que pude para a porta da frente até... onde mais? Eu nem tinha sapatos nos pés. Não tinha ideia de como estava sangrando até que cheguei à casa de Rei e vi o olhar no rosto dele. Tivemos que levar um rolo de toalha de papel e um saco plástico no carro, a caminho para o hospital. Foi somente porque eu menti para o médico e porque o hematoma no meu rosto não estava totalmente visível que ninguém chamou a polícia e relatou o acidente como violência doméstica.

Depois disso, Yumi teve uma conversa muito longa com a minha mãe, e minha mãe me disse que fez meu pai prometer que nunca mais me bateria de novo. Mas apertar não é bater, e é isso que eu vivo tentando explicar ao Rei. Se eu mostrasse os hematomas no meu braço para o nosso conselheiro da escola, iria acabar, na melhor das hipóteses, com uma consulta semanal como Seth ou, na pior das hipóteses, morando num orfanato. De qualquer maneira, não vale a pena. Eu posso aguentar alguns apertões. Posso esconder os hematomas com mangas compridas e, em um ano, acabo a escola de qualquer maneira.

Depois que Rei for para a faculdade, eu não tenho certeza do que vou fazer. Eu gostaria de ir para a faculdade, mas é caro e eu nem sei o que quero cursar. Provavelmente vou tirar um ano de folga, encontrar um trabalho de período integral e alguns colegas para dividir um apartamento a fim de que eu possa economizar algum dinheiro. Se há uma coisa que eu admiro na minha mãe é que ela não depende de um homem para sustentá-la.

Eu assopro a minha sopa enquanto espero o computador iniciar. Para ser justa com a minha mãe, preciso dizer que ela de fato garante que eu tenha tudo de que preciso para sobreviver... um computador com internet de alta velocidade, um telefone celular e meu iPod. Assim que eu faço o login, meu computador emite um bipe para mim.

Rei da Guitarra: oi!
Auracle: oi!
Rei da Guitarra: você fez a sopa dele?
Auracle: creme de galinha.
Rei da Guitarra: ele comeu?
Auracle: o que você acha?
Rei da Guitarra: eu acho que saya quer que você venha dormir no beliche dela hoje à noite.
Auracle: diga a saya que eu a amo, mas vou ficar bem.
Rei da Guitarra: você bateu na lava-louça de novo hoje?
Auracle: não, mas a noite é uma criança.
Rei da Guitarra: como vai indo a lição de casa?
Auracle: acabei de jogar meu livro de química na lareira. tem marshmallows aí?
Rei da Guitarra: haha, você precisa de ajuda?

A palavra-chave aqui é *precisa*, e sim, eu preciso de ajuda. Rei me explica alguns problemas de química que exigem que eu calcule algo sobre uma solução que se prepara dissolvendo-se duas substâncias, até eu pedir licença para ir enfiar um garfo no olho. Depois da química, conversamos mais um pouco, enquanto eu navego na internet em busca de lugares legais para visitar mais tarde esta noite, a Grande Barreira de Corais, Madagascar ou... Eu me pergunto se aquele castelo de gelo enorme na Suécia já derreteu. Rei sabe que eu ainda faço viagens astrais, mas eu não conto meus planos a ele, porque não quero que pense que estou me exibindo.

Ali pelas dez e meia, ouço o meu pai cambaleando para o banheiro e vomitando, engasgando-se e sufocando com o que quer que esteja saindo dele. Eu coloco os fones de ouvido e ligo o meu iPod o mais alto que consigo suportar.

> Rei da Guitarra: estou tirando uma música nova.
> Auracle: legal. no violão ou na guitarra?
> Rei da Guitarra: violão.
> Auracle: que ótimo! que música?
> Rei da Guitarra: é uma surpresa.
> Auracle: e você sabe o quanto eu adoro surpresas.
> Rei da Guitarra: :)
> Auracle: você pode me ligar no celular e me acordar amanhã? ^o^
> Rei da Guitarra: claro. vá escovar os dentes antes de desligar.
> Auracle: ok, me espera.

Meu pai está praticamente na mesma posição em que o deixei, e a sopa ainda está intacta no balcão. Dou um jeito nisso amanhã.

No banheiro, não posso fazer xixi enquanto não limpar a mancha de bile sanguinolenta do assento. Eu uso uma toalha de papel nova para limpar a sujeira espalhada no chão e na parede. Depois que lavo as mãos na água mais quente possível e escovo os dentes, volto para o meu quarto na ponta dos pés, tranco a porta e prendo silenciosamente a minha cadeira sob a maçaneta.

Auracle: obrigada. minha cadeira está contra a porta.
Rei da Guitarra: por que você demorou tanto?
Auracle: tinha que limpar o vômito do meu pai do assento do vaso, da parede e do chão.
Rei da Guitarra: >o<
Auracle: haha.
Rei da Guitarra: meu telefone fica ligado a noite toda, ligue se precisar de mim.
Auracle: obrigada. vou ficar bem.
Rei da Guitarra: te vejo amanhã.
Auracle: tá. tchau.
Rei da Guitarra desconectou às 23:14.

Eu fecho a tela e desligo o computador. Do outro lado da porta do meu quarto, a televisão emite um zumbido. Ela vai ficar ligada a maior parte da noite, talvez até umas quatro da manhã, quando meu pai vai provavelmente vomitar de novo, cambalear até a cama e dormir até meio-dia. Então vai se levantar e abrir outra garrafa para o café da manhã.

No sétimo ano, um policial veio à nossa classe para nos ensinar sobre os perigos das drogas e do álcool; foi quando eu percebi que meu pai é alcoólatra. Quando contei sobre essa descoberta para a minha mãe, ela imediatamente o defendeu.

— Não é culpa dele — ela disse. — Ele está doente.

Quando penso em pessoas doentes, penso em gripe, inflamação na garganta, câncer. Não penso em alcoolismo.

— Ah, para com isso! — eu disse à minha mãe um dia, quando eu estava escondendo um hematoma particularmente grande no braço. — Ele não está doente. Ele tem escolha. E prefere a bebida a nós.

— O alcoolismo é uma doença, querida. Ele não pode evitar. O pai dele era alcoólatra também.

— E daí? Está me dizendo que isso é genético? Que esse é o meu futuro também?

— Tenho certeza que isso não vai acontecer com você.

— Mas você não pode ter certeza.

— Ele estava bem antes do acidente, mas depois começou a sentir muita dor e os médicos não lhe deram mais analgésicos. Se pelo menos o tivessem ajudado a enfrentar a dor, ele não teria que se automedicar.

Eu sei que ela ainda o ama. Já entendi. E sei que ela me ama também. Eu só detesto que ela dê todas essas desculpas e nem sequer tente resolver o problema.

— Então só pare de *comprar* bebida pra ele! — eu disse a ela. — E ele vai *ter* que parar de beber ou vai ter que sair e comprar ele mesmo!

— Esse parecia um plano simples e lógico. Ela para de comprar, ele para de beber e nós todos acordamos na manhã seguinte como uma família perfeita.

— Anna, querida, não é tão simples. Existem sintomas de abstinência. Eles podem ser muito incômodos.

Incômodos. Bem, nós não iríamos querer isso agora, iríamos?

Eu me deito na cama, imaginando que nova música Rei está aprendendo no violão e se está sem camisa agora ou...

Alô, Anna, interrompe minha consciência, é em Rei que você está pensando: seu vizinho e melhor amigo desde sempre. Por que você quer saber se ele está sem camisa? Você não está a fim dele, está? Sério! Como você se sentiria se ELE estivesse a fim de você?

Bom, na verdade, eu me sentiria um tanto lisonjeada.

E, *é claro*, eu não estou a fim dele, porque isso seria simplesmente... estranho. Por outro lado, seria muito fácil sair para fora do meu corpo e flutuar até a janela do quarto dele, sem ser vista, ouvida... ou convidada.

Eu não apareço inesperadamente no quarto de Rei desde que éramos pequenos e privacidade não era grande coisa para nós. Mas depois de vê-lo em sua nova (e nada má) musculatura essa tarde, ficou claro para mim que ele já está crescidinho, e o pensamento de aparecer de repente seria, aos olhos dele, imperdoável.

Mas e se eu não espiar? Se eu só ficar do lado de fora da janela, perto do salgueiro, ouvindo-o tocar? O que a Senhorita Bons Modos, da coluna da revista, diria sobre isso?

"*Cara leitora*", ela diria, "*você me assusta!*"

Eu sinto quando começa — aquela sensação física que precede todas as minhas viagens. O formigamento começa nos dedos dos pés e sobe pelas pernas e pelos quadris. Quando começa a espiralar pela minha coluna e eu sinto que estou me descolando do corpo, percebo que tenho escolhas a fazer também.

Capítulo 5

Quando o meu celular toca na manhã seguinte, atendo com a consciência relativamente limpa. Eu de fato saí do corpo na noite passada, mas decidi voar alto até Madagascar, em vez de voar baixo até o quarto de Rei.

— Filhotes de lêmures são umas gracinhas! — eu digo a ele, dando bom-dia. — Eu quero um!

— Madagascar? — ele adivinha, depois suspira. — Você é incorrigível.

Ele não faz ideia.

Como Seth tem dinheiro para abastecer seu carro, ele dirigiu até a escola esta manhã em vez de pegar o ônibus conosco, por isso eu não o vejo até a terceira aula, que é educação física. Hora da aventura. Essa é a única aula que eu faço com Rei. Seth está na mesma classe, assim como a minha amiga Callie Stavros. Eu adoro a Callie, porque ela é quase tão baixinha quanto eu e, nos dez anos em que a conheço, nunca perguntou por que eu não a convido para ir à minha casa.

Hoje vamos finalmente fazer o nosso percurso mais desafiador, que significa subir a parede de escalada até uma plataforma, pular para um trapézio, balançar até uma viga suspensa a uns três metros de altura, cruzá-la e depois saltar, até que o nosso colega que controla a corda nos traga de volta ao chão. Que divertido!

Eu vou para os vestiários com Seth. Quando troco a minha calça jeans por um short e entro no ginásio, Rei está surtando porque Callie não vai deixá-lo segurar a minha corda.

— Rei, recebemos nossa nota de acordo com a nossa capacidade de atravessar o percurso e de manejar a corda. Se você não me deixar segurar a corda para Anna, como vou aprender? Não consigo sustentar o seu peso ou o do Seth. — Callie está ocupada prendendo seu equipamento a um mosquetão enquanto fala.

— Tá... mas... — Rei não está muito à vontade com tudo isso. — Você sabe que precisa ficar com as duas mãos na corda o tempo todo.

— Deus! Rei! — Callie ri. — Não se preocupe!

Seth bufa.

— É hoje...

Eu luto com o meu equipamento, principalmente porque as correias das pernas são muito grandes para mim, mesmo quando eu ajusto as alças. Rei vem e se agacha diante de mim para garantir que estou colocando tudo direito.

— Você apertou bem a fivela? — ele pergunta enquanto ajusta as minhas correias. — Quer que eu segure a corda pra você?

Não, eu não apertei bem a fivela e sim, eu quero que ele segure a corda para mim, porque eu confio nele e sei que nunca me deixaria cair. Mas o professor designou Callie como minha parceira e Rei não pode segurar a minha corda para sempre.

— Não, ela tem razão. Como é que vamos aprender isso se deixarmos você e Seth fazerem todo o trabalho? Além do mais, qual é o problema? Você nunca ficava preocupado quando eu fazia ginástica olímpica.

— Eu não me preocupava *tanto* — ele me corrige.

— Minhas pernas estão bem presas nisso? Parece meio grande.

— Está apertado ao máximo — Rei dá um puxão nas correias das pernas e eu fico subitamente consciente das suas mãos nas minhas coxas.

— Ok, então, vamos lá! — Eu dou um passo para trás, balançando o mosquetão na minha frente. — Onde eu prendo isso?

Ele pega o mosquetão e o prende, dá um puxão na corda, em seguida me lança um olhar severo.

— Você não é a Mulher-Aranha.

— É, sim, Anna, você é a Mulher-Aranha — Callie insiste. — Agora vá e escale esta parede.

Rei limpa a garganta.

— Capacete?

— Ah, certo. Obrigada.

É muito mais divertido escalar a parede se eu ignorar todas as brigas acontecendo abaixo de mim. Callie recusa com bom humor todas as sugestões de Rei, e Seth apenas ri dos dois. Minha única contribuição à conversa é gritar "Mais corda!" por cima do ombro até finalmente alcançar a plataforma, que fica a seis metros de altura.

Todo mundo parece menor do que eu aqui de cima. Eu gosto disso.

— Tem certeza de que está segurando firme? — eu ouço Rei perguntar a Callie pela milésima vez.

— Não, eu vou deixá-la cair de ponta-cabeça — ela diz a Rei e então grita para mim: — Vamos lá, Mulher-Aranha. Pule!

Eu decido não atormentar Rei com palhaçadas diabólicas, então subo no trapézio que vai até o cabo, atravesso-o, e Callie me baixa com segurança até o chão, da forma menos emocionante possível.

— Foi divertido? — Rei pergunta assim que meus pés tocam o chão.

— Foi! — Eu solto o mosquetão. — Foi incrível! Eu gostaria de poder fazer aulas de escalada pra valer.

Ele suspira.

— Era isso o que eu temia...

— Não se preocupe. Eu não posso pagar.

Depois que Callie, Rei, Seth e o resto da turma tiveram uma chance de atravessar o percurso, eu tiro o meu equipamento e vamos almoçar.

— Eu só preciso de uma ducha rápida — Rei diz. — Encontro vocês lá embaixo.

Ele não tinha nem suado durante a aula, mas como não me provocou sobre o fato de *eu* não tomar banho, apenas aceno com a cabeça e sigo para o refeitório. Quando consigo vencer a imensa fila do almoço, Rei já está sentado à mesa, com o cabelo despenteado e úmido.

Ouço o burburinho familiar no refeitório, aquela conversa coletiva que se ouve todos os dias. Eu ignoro todas as vozes, menos a de Rei e Seth, e me concentro em dissecar uma fatia de tomate com o garfo. Quando ia adicionar outra semente viscosa à pilha, Rei pede que Seth lhe escreva uma mensagem de texto sobre alguma coisa mais tarde, mas depois há um daqueles longos silêncios que faz você olhar para cima para se certificar de que as pessoas à sua volta ainda estão lá.

Seth está procurando algo desesperadamente na mochila.

— O que está procurando? — pergunto.

— Meu celular. Lembro que coloquei no bolso esta manhã, mas agora ele não está mais aqui.

Rei puxa o seu próprio celular do bolso de trás da calça.

— Eu vou ligar para o seu número.

— Tá, mas talvez eu tenha colocado para vibrar.

— Ainda vai dar para ouvir. — Rei pressiona uma tecla de discagem rápida e nós ficamos com os ouvidos atentos à mochila de Seth, mas há uma centena de adolescentes barulhentos no refeitório conosco. Para tornar as coisas ainda piores, a duas mesas de distância, Taylor Gleason e as amigas riem tanto que estão sufocando com a própria saliva.

Seth balança a cabeça em sinal de frustração.

— Eu não consigo ouvir nada. Talvez tenha deixado no carro.

Rei tira uma maçã de um saco de papel pardo e morde-a, segurando-a na boca enquanto coloca o saco de volta na mochila abarrotada.

— Vamos — diz ele, com a maçã ainda presa na boca.

O estacionamento para os alunos do nosso ano fica a dois quarteirões de distância. O céu é de um azul profundo, sem nuvens, e o sol está tão quente que fico contente por termos deixado nossos moletons nos armários. Rei e Seth andam mais rápido do que eu, é claro, e eu fico vários metros para trás.

Eu nunca percebi isso antes, mas Seth usa a calça baixa. Não é tão radical a ponto de parecer que as suas calças possam cair a qualquer momento, mas são baixas o suficiente para que eu possa ver que ele está vestindo uma boxer xadrez; em vermelho e verde. Festiva. As calças jeans de Rei caem muito melhor nele; na verdade, fazem seu bumbum parecer bem...

Opa! Rei vira a cabeça para trás e eu olho para cima bem na hora. Ele sorri para mim, engancha dois dedos na manga da minha blusa e me puxa para o lado dele.

— Vamos lá, lerdinha.

Vasculhamos o carro de Seth, em meio a um amontoado de guardanapos manchados de gordura, embalagem de canudinho, garrafas de Coca-Cola vazias, batatas fritas petrificadas e exemplares esfarrapados da revista de carros *Muscle Mustangs and Fast Fords*. Nada de celular. Mas eu encontro um livro da biblioteca com a devolução atrasada sob o banco do passageiro.

— Ei, eu estava procurando este livro! — Entrego-lhe o livro e ele bate a porta, balançando a cabeça. — Bom, isso é uma droga.

— Eu vou ligar de novo. Talvez a gente só não tenha visto. — Rei disca o número de Seth; em seguida, ativa o viva voz.

Ele toca uma, duas vezes, em seguida uma menina com uma voz cantada atende.

— Alôôô.

— Oi! — Rei fica todo feliz. — Ótimo! Você encontrou o telefone do meu amigo.

Ouvimos várias meninas rindo, depois silêncio como se tivessem desligado. Rei franze a testa quando fecha o telefone.

— Isso não é nada bom. Vamos denunciar a perda na secretaria.

Voltamos pelo estacionamento, seguindo na direção da escola. Enquanto Seth e Rei vão à secretaria preencher a papelada, eu espero no corredor, avaliando cada menina que passa para ver se alguma delas está com um ar culpado.

Seth sai e fica ao meu lado, com cara de desânimo.

— Meu pai vai me matar. Esse é o terceiro telefone que eu perco desde setembro.

Rei aperta o ombro de Seth.

— Não se preocupe, vamos recuperá-lo... Ei, o seu telefone tem GPS? — Essa pergunta desencadeia uma longa discussão tecnológica sobre aparelhos eletrônicos, satélites e outras coisas que eu não tenho absolutamente nenhum interesse em saber.

Enquanto eles falam, Taylor Gleason e seu grupinho passam com seu andar bamboleante sobre saltos incrivelmente altos, cercadas por uma nuvem de perfume e popularidade. Exceto por Taylor, eu estudo com essas meninas desde o jardim de infância. Elas nunca foram rudes ou cruéis comigo, mas já devem ter nascido com o traseiro virado para a lua e eu posso muito bem ser invisível para elas. Enquanto andam pelo corredor, eu as observo e me pergunto quanto devem gastar em roupas da moda, sapatos, cabeleireiro, manicure, maquiagem, joias e bolsas de marca. Devem ser milhares de dólares.

Opa! Taylor se vira para olhar para mim, então eu desvio os olhos rapidamente para Seth e Rei e aceno como se concordasse plenamente com o que quer que eles estejam falando. Quando dou uma olhada para trás, na direção dela, percebo que Taylor não estava olhando para mim, e sim para Seth. Seu sorrisinho presunçoso me diz exatamente com quem está o telefone desaparecido.

Capítulo 6

Eu não digo a Seth que acho que Taylor roubou seu celular, pelo simples fato de que não tenho nenhuma prova. Além disso, mesmo depois daquela longa conversa com Rei, Seth ainda está tão mal-humorado que eu vou para a aula de economia sem ele. A primeira coisa que noto quando chego é que a minissaia jeans de Taylor é tão curta que dá para ver sua calcinha, agora que ela está sentada. Mas que elegância... Assim que Seth entra, ela lhe lança aquele sorriso arrogante de novo, que apenas consolida a minha suspeita de que em algum lugar naquela bolsa cara ela esconde o celular de Seth. Acho que foi fácil para ela pôr as mãos no telefone dele enquanto estávamos na aula de educação física, pois a escola não permite que tranquemos os armários, embora eu tenha subestimado sua ousadia... Entrar furtivamente no vestiário masculino é realmente um ato de coragem.

Seth escolhe uma carteira longe de Taylor e passa a maior parte da aula limpando graxa de debaixo das unhas e batendo o lápis na coxa. Assim que o sinal toca, ela sai pela porta, esperando por ele.

— Você vai...? — ela começa, mas Seth passa apressado e se afasta, engolido pela multidão do corredor, antes que ela consiga terminar a frase. Taylor joga o cabelo sobre o ombro e procura-o com o olhar, como um caçador ao ver escapar sua presa.

Lisa pisca para mim depois que Taylor vai embora.

— Acho que a ficha dela não caiu.

— É tão óbvio assim?

— Claro! — diz Teri.

— Eu não entendo — digo, pondo a mochila no ombro. — O que uma garota como Taylor vê num cara como Seth?

— Ele é um gato — Lisa deixa escapar.

— Você acha? — pergunto.

— Anna, todas as garotas desta escola acham, menos você.

— Ok, bom, talvez ele não seja feio, mas eu conheço Seth melhor do que a maioria das pessoas. Talvez eu o veja de um jeito um pouco diferente do que as outras garotas.

— Talvez — Lisa concorda. — Mas você conhece Rei ainda melhor.

— Sim, e daí?

— Então, caso não tenha notado — Teri dá uma piscadela para mim —, Rei é um gato, também.

Lisa e Teri seguem para seus armários, deixando-me ali refletindo sobre o quanto Rei e Seth são gatos e as chances de que um dia eles me abandonem para ficar com suas respectivas namoradas.

Mas *seria* bom se Seth arranjasse uma namorada. Eu entendo que ele tenha dificuldade para confiar nas pessoas por causa da mãe, mas espero que perceba que nem todas as garotas estão a fim de magoá-lo. E espero que encontre uma menina que goste dele pela sua personalidade e não apenas por sua aparência; alguém que possa neutralizar toda aquela raiva e ganhar sua confiança, alguém que goste de esportes e carros velozes e esteja disposta a compartilhar com ele seu sanduíche de carne misteriosa. Além disso, se Seth tivesse uma namorada, ele não monopolizaria Rei durante tanto tempo.

E *não* seria bom que Rei tivesse uma namorada. Já é ruim o suficiente ser deixada de lado quando Seth está por perto, mas se Rei começasse a namorar, o que seria de mim? Nenhuma garota iria querer que eu andasse atrás deles.

Eu fiquei um pouco nervosa no ano passado, quando Callie convidou Rei para participar com ela do show de talentos da escola. Callie tem uma voz incrível. Rei é um guitarrista incrível. Eu cuidava de Saya enquanto eles praticavam na casa de Rei pelo que pareciam horas. Achei que, mais cedo ou mais tarde, Callie ia declarar que ela e Rei tinham uma sintonia perfeita, mas isso nunca aconteceu.

Eu tenho tão pouca confiança na minha voz que não canto nem "Feliz Aniversário" em voz alta. Eu queria saber cantar, não para participar de um show de talentos, mas porque seria divertido cantar com Rei de vez em quando. Quando finalmente confessei isso a ele, ele deu de ombros e apertou minha nuca como sempre faz.

— Nós somos tipo yin e yang, Anna — ele me disse. — Eu sou a música e você é a dança.

Isso fez com que eu me sentisse muito especial, até que percebi que é difícil dançar sem música.

Rei está esperando por mim em frente ao meu armário.

— Então, como posso provar que Taylor Gleason está com o telefone de Seth? — pergunto enquanto abro a porta do armário.

Ele estica o braço sobre a minha cabeça e põe a mão dentro do armário para segurar minha instável pilha de livros, enquanto enfio o livro de economia ali dentro.

— Por que você acha que está com ela?

— Obrigada. Porque ela ficou olhando para Seth no corredor e na aula de economia com aquele sorrisinho assustador. Assim. — Eu me viro e demonstro o sorrisinho assustador para ele.

— Assustador — ele concorda.

— E a saia dela é tão curta que dá para ver a calcinha.

— Então o que você está me dizendo é que não tem prova nenhuma.

— Exatamente. — Eu puxo o livro de espanhol da pilha. — Não tenho absolutamente prova nenhuma.

— Ela está na minha próxima aula.

— Ótimo. Dê uma sacudida nela e arranque uma confissão.

— Talvez eu só tente confirmar o que você disse sobre a calcinha.

Eu empurro o ombro dele.

— Pervertido!

Ele ri e dá um passo para trás com o meu empurrão.

— Eu tenho aula de aikido às quatro. Quer ir andando comigo até a loja e depois eu te levo para casa de carro?

— Claro. Encontro você aqui.

— Cor-de-rosa — Rei diz quarenta e cinco minutos mais tarde, quando aparece atrás de mim.

— Viu? — pergunto sem me virar. — Peguei você. É preta.

— Seth está vindo. Vamos perguntar a ele.

Seth parece chateado. Mesmo a cinco metros de distância, posso ver o seu termômetro da raiva subindo. Rei também vê.

— Ei, o que aconteceu? — Rei pergunta, todos os pensamentos sobre a calcinha de Taylor logo esquecidos. Nós dois seguimos o olhar de Seth até um bilhete colado em seu armário.

As letras no bilhete foram cortadas de várias revistas e coladas em estilo bilhete de resgate.

— Uau! — exclamo. — Este deve ser o seu dia de sorte. Acho que seu pai não vai matar você, afinal.

Seth fecha a cara para mim enquanto transforma o bilhete numa bola de papel e o atira sobre a montanha de lixo dentro do seu armário. A fileira inteira de armários chacoalha quando ele bate a porta.

— Que idiota faz um merda dessas? — Seth esbraveja.

— Eu acho que foi Taylor, mas é só um palpite.

— Aposto que Anna está certa — Rei concorda e se volta para Seth.

— Vou matar a aula de aikido hoje e ir até a cachoeira com você.

— Bobagem! Posso cuidar dela sozinho.

— Eu *quero* ir, Seth. Não me importo de perder a aula. — Ele olha para mim para ver se eu vou dizer que aquela é uma mentira e tanto.

— Eu vou — ofereço. — Acho que uma tarde na cachoeira com Taylor e Seth seria muito divertido.

Seth me lança um olhar fulminante.

— Eu posso cuidar dela sozinho, muito obrigado aos dois.

Nós saímos da escola e seguimos para o estacionamento juntos, ouvindo Seth desabafar sobre como ele acha Taylor uma vaca. Rei e eu sabemos que o pai de Seth não vai ficar tão chateado assim sobre o celular perdido. O que não sabemos, porém, é até quando Seth vai conseguir controlar sua raiva quando estiver cara a cara com Taylor. Trocamos olhares de preocupação pelas costas dele.

— Você tem certeza de que não posso ir com você? — Rei pergunta quando Seth abre a porta do carro.

— Claro! E nem sequer pensem em simplesmente aparecer — ele nos avisa. Rei e eu ficamos ali, impotentes, enquanto Seth bate a porta do carro, liga o motor e sai cantando pneu do estacionamento.

— Mas que droga... — murmura Rei, enquanto observa a poeira baixar atrás do carro de Seth.

Eu suspiro.

— É mesmo, mas ele tem razão. Precisa cuidar disso sozinho.

Rei não parece convencido enquanto anda em direção à rua principal.

— Não sei, não. Fico pensando sobre aquele boato de quando ela se mudou para cá.

— Qual? São dezenas de boatos.

— Sabe o Zack Gillespie?

Levo alguns segundos para associar o nome ao rosto.

— O cara sardento que faz luta livre?

— É. O irmão dele foi para a mesma faculdade que o cara que ela acusou de estuprá-la. Ele diz que ela mentiu sobre sua idade e jurou para o cara que estava tomando anticoncepcionais. Quando descobriu que estava grávida, disse aos pais que foi estuprada.

— Mas não foi.

— Bem, tecnicamente, foi. Ela tinha quinze anos. Em Nova York você precisa ter dezessete.

— Ah, certo. E quantos anos ele tinha?

— Vinte e um.

— Ah. — Agora eu entendo. — Então, ela praticamente ferrou a vida dele.

— É isso aí. O pai dela conhecia um advogado criminalista muito bom que garantiu que o cara fosse expulso da escola, e agora ele é um agressor sexual registrado.

— Ah! Então podemos encontrá-lo num mapa na internet, com uma nuvenzinha preta de ofensor sexual sobre a casa dele.

— Exatamente.

— Certo. — Eu reflito sobre isso enquanto nos aproximamos do cruzamento da avenida principal e viramos à esquerda, em direção à loja dos pais de Rei. — Sabe, eu tenho um pouco de dificuldade para simpatizar com qualquer um dos dois.

— Eu sei. Eu também. Mas é por isso que os caras fogem dela.

— Viu? E eu sempre pensei que fosse porque ela usava muito perfume. Então você acredita em Zack?

Rei pensa por um minuto.

— Acredito. É melhor eu matar a aula e encontrar Seth na cachoeira.

— Eu pensei que você estava sendo avaliado para passar para o próximo nível.

— E estou.

— Então não devia faltar. Além do mais, ele vai te matar se você aparecer.

— Que mate. Eu simplesmente não confio que ele vá conseguir controlar seu temperamento perto dela.

— Rei — eu me viro e vou andando para trás. — Vá para a aula. Isso é importante. Eu vou para a cachoeira garantir que os dois se comportem. Não tenho mais nada para fazer hoje.

— Ele vai ficar furioso se vir você lá. Eu prefiro que fique com raiva de mim.

— Ele não vai me ver.

Rei olha para mim por um longo minuto, depois balança a cabeça.

— Não, essa não é uma boa ideia.

— Por quê?

— Porque estamos no meio do dia, Anna. Você não pode simplesmente... não. É uma péssima ideia.

— Ok, que seja. — Dou de ombros, me viro e continuo caminhando. — Você vai para a aula. Seth pode descobrir sozinho o que fazer sobre o celular. E eu vou para casa.

— Você ficou brava.

— Não fiquei. Juro. — Eu mostro o dedo mindinho por força do hábito, e ele entrelaça o seu dedo ao meu, olhando em meus olhos fixamente.

Ele está buscando garantias de que eu não estou brava, e não estou mesmo; estou mais é irritada. Solto seu dedo e começo a andar novamente.

— Rei — digo gentilmente, porque sei como ele pode ficar chateado às vezes. — Lembra quando você costumava achar que as minhas viagens eram legais?

— Lembro. Eu costumava achar as minhas cuecas dos Power Rangers legais também.

Ele diz isso com uma expressão tão séria que eu começo a rir.

— Mas elas *eram* legais, especialmente quando você usava junto com aquela capa vermelha.

Então eu dou um sorrisinho para ele.

— Você achava que o que eu fazia era mágico.

— E é, Anna. É legal e você será sempre aquela Mágica e Mística Menina Áurica que me impressiona pra caramba, porque eu não consigo entender como você pode fazer isso.

— Sério? Eu te impressiono? Uau! É difícil te impressionar — eu brinco com ele.

— A questão é que, quanto mais eu aprendo sobre física, mais eu percebo que o que você faz também é muito perigoso.

— Como assim, perigoso? — pergunto. — Quando estou fora do corpo, sou só energia. Não tem como eu me machucar.

A loja dos pais de Rei está a uns quinze metros de distância, sinalizada por um toldo vermelho sob uma placa rústica de madeira que diz:

Mercado da Yumi
Orgânicos — Reiki — Yoga

Ele vê a loja e pega a minha mão para me deter.

— Isso não é um livro didático de física, Anna; é metafísica. E, sim, há muita coisa que pode te machucar — ele insiste. — Você me disse que pode se deslocar pelo espaço na velocidade da luz. E se for sugada por um buraco negro? Nada pode sair de um buraco negro.

— Meu Deus, Rei! — Eu riria se ele não parecesse tão sério. — Quais são as chances de isso acontecer?

— Eu não sei, mas você quer se arriscar? E se houver um incêndio na sua casa? Você iria voltar e descobrir que foi cremada. E se o seu pai entrar no seu quarto enquanto você está fora do corpo e você não voltar a tempo? — Seus olhos deixam os meus por um segundo e se voltam para a cicatriz branca fininha na minha testa.

— Eu já disse a você. Se algo perturbar o meu corpo, eu sinto um puxão bem aqui — aponto para o meu umbigo. — E eu sei que você odeia o meu pai, mas...

— Eu não odeio o seu pai. Eu só não confio nele — Rei ressalta.

Não, eu tenho certeza de que ele o odeia, e há dias em que eu o odeio também. Mas, no final do dia, ele ainda é meu pai. Mesmo que eu precise bloquear a porta do meu quarto, não acredito que ele me machucaria seriamente de propósito.

Ainda assim...

Rei apresenta argumentos lógicos. Eu *sei* que existem riscos quando eu saio do corpo, mas não vejo como pode ser mais arriscado do que atravessar a rua. O cordão que me prende ao corpo é como um botão de emergência, e eu sei que vou sentir o puxão se estiver em algum tipo de perigo.

Eu não sei se a minha capacidade de me projetar astralmente quando quero é um talento ou se sou apenas uma aberração, mas considero isso um dom. De que outra maneira eu conseguiria visitar tantos lugares, alguns dos quais eu não poderia ir nem se tivesse um zilhão de dólares? E eu adoro aquele movimento rápido, o sentimento de euforia que brota em mim quando viajo à velocidade da luz. Eu voo por aí há tanto tempo que não posso imaginar como a minha vida seria se eu ficasse presa neste corpo sem nenhum jeito de sair dele. Eu provavelmente morreria de claustrofobia. Não é algo que eu queira fazer, é algo que eu *preciso* fazer, mas não é uma necessidade ruim... Não como a necessidade que o meu pai sente de beber. É diferente.

Será que não é?

— Sinto muito — eu digo, porque não sei mais o que dizer. Saber que Rei não aprova o meu passatempo favorito me deixa triste, e eu detesto que cada viagem seja pontuada de culpa. Ele ainda segura a minha mão, e a aperta antes de soltá-la.

— Você não tem que pedir desculpas pelo seu pai.

— Não estou pedindo. É só que... — Eu olho para as placas nas vitrines da loja divulgando todas as muitas coisas boas e saudáveis que são vendidas ali dentro. Eu sei que Rei só está cuidando de mim, tentando me proteger, como ele sempre faz. Eu só lamento que às vezes ele tente me proteger de... mim mesma.

Capítulo 7

Rei faria qualquer coisa para me fazer comer coisas saudáveis, então meu plano brilhante para mudar de assunto é sugerir que comamos salada de frutas na loja dos pais dele. Yumi está no caixa, registrando a venda de uma das suas famosas refeições para uma garota chamada Chelsea, que está na minha classe de química.

— Ei, vocês dois! — ela nos chama com sua voz melódica, que tem apenas um resquício de sotaque.

A loja de Yumi é uma mina de ouro. Além de ser bem pertinho da escola, Yumi é uma cozinheira fantástica, muito artística, que sabe o que adolescentes gostam de comer. Nós gostamos de comida *kawaii*. Até eu como peixe cru, desde que seja bonitinho. Yumi faz aqueles adoráveis pratos, sem que ela molda arroz, legumes picados, nori, peixe, todo tipo de coisas, em carinhas encantadoras de bichinhos. Quem não gostaria de comer uma bolinha de arroz com cara de panda feliz?

— São três dólares e vinte e nove centavos — Yumi informa Chelsea.
— Troco para cinco. — Ouço o barulho da caixa registradora. *Ring!*

Rei imediatamente contorna o balcão e se serve de uma tigela descartável, mas ainda assim ecológica, enchendo-a com salada de frutas.

— Você quer *hashis* ou um garfo? — ele me pergunta.
— Surpreenda-me — digo a ele.

Ele sorri e pega os *hashis*.

Consegui que mudássemos de assunto. Durante o trajeto para casa, Rei conecta seu iPod aos alto-falantes do carro e aumenta o volume.

Yumi faz a melhor salada de frutas que já comi. Enquanto Rei dirige, eu fisgo com os *hashis* pedaços de abacaxi e melão e os ofereço em sua boca, porque são seus favoritos.

— Eu ligo para você à noite — ele me diz quando me deixa na frente de casa.

— Ok, obrigada. Divirta-se na aula.

Meu pai está em sua poltrona, acumulando poeira. O conteúdo da garrafa já baixou uns quinze centímetros, o que significa que ele ainda está bastante sóbrio para os meus padrões, mas eu sei que é melhor não cutucar o dragão. Eu passo por ele sem ser notada, pego uma lata de refrigerante na geladeira e me tranco no quarto. São três e meia. Estou quase certa de que o bilhete dizia que ela se encontraria com Seth às quatro horas.

Eu não disse a Rei que *não* iria. Ele não exigiu promessas e eu tampouco fiz alguma. Ele só não achava que fosse uma boa ideia. Ok, talvez ele tenha dito que era uma má ideia. Mas, ainda assim...

Eu visto um short de ginástica e a minha camiseta preta favorita, com um coelhinho na frente, e tiro o elástico que prende o meu cabelo num rabo de cavalo. Minha porta está trancada e eu coloco a cadeira sob a maçaneta. Meu despertador vai tocar alto o suficiente para me lembrar de que preciso voltar antes que a minha mãe chegue em casa da sua viagem de negócios, mas não alto o suficiente para chamar a atenção do meu pai. Toda a conversa com Rei tinha sugado a alegria que geralmente me acompanha nas minhas viagens. Eu soco o travesseiro para afofá-lo e me ajeito até me sentir confortável. Há uma mancha de goteira no teto que tem a forma de uma tartaruga. Eu fico olhando para ela por um tempo para relaxar.

Dentro de uns dez minutos, o formigamento se espalha pelos dedos dos pés, sobe através das pernas e pelas minhas costas. Assim que ouço um ligeiro zumbido, eu sei que estou pronta. Sinto-me descolar do corpo, libertando-me, elevando-me e estou livre, flutuando acima do meu corpo. Se alguém entrar e olhar para mim, vai parecer que estou dormindo pacificamente. Antes de sair, verifico a minha casa: o fogão está desligado e meu pai está em seu estado catatônico habitual. Eu lembro a mim mesma de que Rei me deixou meio paranoica.

Tudo vai ficar bem. É hora de ver o que Taylor está tramando.

Segundo os cientistas, não existe nada mais rápido no universo do que a luz, que viaja a cerca de trezentos mil quilômetros por segundo. Eu nunca cronometrei a minha velocidade, mas sei que sou mais rápida. Tudo o que tenho que fazer é pensar num lugar e já estou lá. A cachoeira ainda ruge violentamente por causa do degelo da primavera, tão alto que parece que um jato supersônico está voando a três metros da minha cabeça. Não há ninguém aqui, exceto as árvores e os arbustos, que esperam pacientemente, ano após ano, brilhando em sua suave aura azul.

Eu recuo um pouco pela trilha até ver Taylor desfilando pelo caminho em sandálias de tiras douradas com falsos brilhantes. Bem, pelo menos ela foi inteligente o bastante para deixar o salto alto em casa. Para que a lama não arruíne os seus sapatos, ela caminha à beira da estrada, sobre a grama, onde há uma camada de lustrosas folhas verdes. Parte de mim gostaria de se materializar e dizer a ela para ficar longe da hera venenosa, mas é muito tarde para isso agora.

Eu só posso ver a aura de alguém quando estou fora do corpo; por isso, nunca tinha visto as cores de Taylor antes. Sempre a imaginei cercada de um vermelho forte como pimenta, poderoso e confiante, mas, em vez disso, descobri que sua aura é cor de salsicha. Exceto por isso, ela está bem bonita. Veste uma saia rodada toda colorida que esvoaça com a brisa e flutua um pouco abaixo dos joelhos quando ela anda, e uma blusa transparente preta, com uma dúzia de botõezinhos prateados na parte da frente. Suas unhas são tão longas que devem ser falsas, e estão pintadas com esmalte dourado brilhante.

Sob as unhas douradas, vejo o celular de Seth.

Assim que Taylor pisa no rochedo, fica evidente que não está ali para apreciar a paisagem da cachoeira. Ela ignora as quedas, enquanto decide onde deve se sentar para conseguir a exposição máxima. Cogita as duas trilhas que acabam no penhasco, uma à direita e outra à esquerda, e escolhe se sentar bem entre elas, num local facilmente acessível a partir de qualquer uma das duas. Alternando entre várias poses provocantes, ela opta por dobrar as pernas de lado e se reclinar um pouco para trás, apoiada numa das mãos, com os cabelos jogados sobre o ombro. Enfia o celular debaixo da saia, tirando-o de vista, depois arranca as sandálias e atira-as para o lado, certificando-se de que as unhas douradas dos pés estão aparecendo por debaixo do tecido.

Ouço um barulho, como se um animal selvagem se aproximasse a passos pesados pela trilha, esmagando folhas mortas e fazendo galhos estalarem sob os cascos pesados. Taylor ergue a cabeça ao ouvir, e estampa no rosto um sorriso largo e inocente. Espero para ver se é um urso ou um alce que se aproxima, mas não, é só Seth, cercado por uma aura da cor de lagosta cozida.

— Eu sabia que era você — ele rosna.

— Oi...

— Cadê o meu celular?

— ...Seth. Podemos conversar um minuto, por favor?

— Não! Devolva o meu celular.

— Seth, por favor... — Mas ele a interrompe.

— Escute aqui! Você roubou o meu telefone e deixou aquele bilhete idiota no meu armário. Bom, aqui estou eu. Agora devolva o meu celular!

— Eu sei que foi errado pegar o seu celular, mas não consegui pensar em outra maneira de fazer você falar comigo. Não pode pelo menos me dar uma chance?

— Uma chance para *quê*?

— Eu só... — Ela se agita no lugar onde está sentada, e o tom rosado em volta dela empalidece. — Quero que a gente se conheça melhor.

— Eu te conheço muito bem — Seth investe na direção dela e estende a mão. — Devolve o meu celular. *Agora!*

Ela se levanta lentamente e, segurando o telefone nas costas, dá um passo para trás. Seus olhos estão calculando tudo.

Seth tenta agarrar o braço dela, mas ela recua mais três passos. Ela está a apenas dois passos de distância da beirada escorregadia, e a névoa da cachoeira cobre os seus pés descalços. *Afaste-se da borda, sua tonta!* Eu grito com ela, mesmo sabendo que ela não pode me ouvir. Se Rei estivesse aqui, estaria tendo um ataque.

— Por que você não gosta de mim? — Taylor exige saber.

— Porque eu não gosto. — Seth está de olho na distância entre eles, e eu cruzo meus dedos imateriais para que ele não seja burro a ponto de fazer o que eu acho que vai fazer.

— Você é... — Com um sorriso pouco agradável, ela aperta os olhos. — Você gosta de *alguma* garota?

Leva alguns segundos para Seth processar a pergunta. Estou esperando que ele solte um grande e terrível palavrão, mas ele me surpreende com uma risada curta e amarga.

— Você acha que, só porque não estou interessado numa vadia como você, eu sou gay... Por que isso não me surpreende?

A expressão dela se transforma em algo sinistro e, por baixo da aura cor-de-rosa desbotada, uma camada verde-oliva brota da sua pele como um nevoeiro. Agora eu espero *dela* um palavrão, mas Taylor está tão furiosa que só ouço um sibilar saindo dos seus lábios. Ela lança o celular de Seth em direção ao vazio, mas o tempo parece passar em câmera lenta.

Ela se vira rápido demais e perde o equilíbrio sobre a pedra escorregadia. Seus olhos e sua boca se abrem, os braços se agitam como um cata-vento. Quando seus pés deslizam para fora do rochedo e a gravidade começa a sugá-la em direção à cachoeira, Seth agarra a primeira parte de Taylor que consegue alcançar. O pé direito dele recua, com dificuldade para se equilibrar, e posso dizer pelos lábios franzidos que ele está sustentando todo o peso dela. No entanto, a camisa fina que ele agarra não é suficiente, e os botões prateados se rompem em rápida sucessão. Quando o último botão se desprende e a camisa se escancara totalmente, Taylor cai um pouco mais em direção às rochas e solta um grito agudo. Todo o seu peso é sustentado pelo pedaço molhado de pano esgarçado na mão de Seth. Ela balança como um pêndulo, arranhando freneticamente o braço escorregadio de Seth. Suas unhas acrílicas deixam profundos sulcos sangrentos na pele dele, até o pulso.

— Me dê a outra mão!

Parece que ela está tentando, mas seu braço está como que paralisado.

— Não consigo! — ela choraminga.

Seth se agacha, apoiando-se em um joelho, e inclina-se para trás na tentativa de servir de contrapeso. Ele não tem dificuldade para sustentar o peso dela, é contra a névoa escorregadia e o sangue que ele está lutando.

— Você quer morrer? Me dê a sua *mão*! — ele grita rispidamente.

Os pés descalços de Taylor tentam se firmar na lateral da rocha escorregadia, mas isso só serve para afrouxar ainda mais o aperto no pulso de Seth e a mão dele agarrada à camisa dela.

— Pare de chutar! Me dê a outra mão!

Mas ela não consegue parar de chutar. Algum instinto selvagem assumiu o controle do seu corpo e seus pés estão lutando pela sobrevivência. Seth estica ainda mais o outro braço, tomando cuidado para não ser carregado para a cachoeira, mas a névoa escorregadia misturada com o seu sangue faz com que suas mãos comecem a deslizar lentamente.

Eu gostaria que houvesse algo que eu pudesse fazer, mas fora do corpo, só consigo levantar coisas muito pequenas. Tento segurar a outra mão dela, com esperança de conseguir erguê-la o suficiente para Seth agarrá-la, mas ela passa através da minha.

Quando a mão dele escapa, ela grita e seus olhos se arregalam enquanto a gravidade a suga em direção à água corrente. Há um terrível silêncio quando a cabeça de Taylor bate na primeira pedra. As cores vivas de sua saia esvoaçam alegremente sobre os braços e pernas que se agitam, enquanto seu corpo é lançado com violência contra as pedras, na água corrente. E, então, ela desaparece, engolida pelo rio.

O tempo para. Exceto por uma brisa súbita que despenteia o cabelo de Seth, o rugido onipresente das quedas e o ruído irregular da respiração de Seth, tudo está estático. As únicas testemunhas do acidente de Taylor são os pássaros e as árvores.

E eu.

Eu gostaria de lembrar quais são os sintomas do choque. A pele de Seth descorou até adquirir uma tonalidade de tapioca; suas pupilas estão enormes e, de repente, o seu suor começa a cheirar a cebola crua. Tudo o que era vermelho em torno dele some e é substituído por um cinza sombrio. Isso é que é choque?

Gostaria que Rei estivesse aqui. Estou mentalmente me recriminando agora por ter insistido para ele não vir, porque eu sei com toda a certeza que, se Rei tivesse vindo, nada disso teria acontecido. Rei teria pensado numa maneira de acalmar os ânimos. Ele nunca teria permitido que Taylor ficasse tão perto da borda. Ele a teria pegado pelo braço e a levado para um lugar mais seguro, se fosse obrigado. Sim, se eu não tivesse falado para Rei não vir, Taylor estaria viva agora e Seth teria seu telefone em segurança no bolso.

Seth fica de pé, trêmulo, e olha a correnteza. O rio faz um cotovelo para a direita, e a vista é bloqueada pelas folhas que começam a brotar na nova estação. Eu sinto a familiar puxada no estômago, me dizendo que é hora de voltar. O despertador deve ter tocado, mas, felizmente, o volume é baixo, então posso ficar mais alguns segundos procurando, rio abaixo, pelo corpo de Taylor. A cerca de uns quatrocentos metros além da curva, encontro seu corpo flutuando num local de águas mansas e rasas perto da margem, a saia enroscada no galho de uma árvore caída. Eu sinto o puxão de novo, mais insistente desta vez, mas não consigo parar de olhar. Sua camisa desabotoada ondula ao ritmo da corrente, expondo seu tronco cheio de arranhões. O cabelo flutua na superfície como espaguete numa panela cheia de água, emoldurando um corte roxo e profundo logo acima da orelha, lavado pela água corrente, revelando fragmentos de crânio esmagado e o que só pode ser massa cerebral.

Surpreendentemente, o resto do seu rosto está intacto. Seus braços e pernas estão dobrados em ângulos artificiais, cobertos de cortes profundos. Três das unhas de acrílico da sua mão direita estão dobradas para trás, sem dúvida pela tentativa de se agarrar ao braço de Seth. Todos os vestígios de maquiagem foram lavados de seu rosto, e ela parece mais jovem, mais inocente do que a Taylor que eu conhecia. Eu sinto uma grande tristeza por ela. Ninguém merece um fim tão brutal.

Eu sinto outro puxão, mais insistente, mas só quero verificar como Seth está antes de voltar.

Eu me pergunto quantas amigas de Taylor sabiam que ela iria se encontrar com Seth aqui hoje. Provavelmente todas. Volto rápido para a borda e encontro Seth jogando as sandálias de Taylor na cachoeira, ação seguida por uma longa série de palavrões que terminam num soluço.

Pobre Seth. Eu já o vi com raiva antes, mas nunca chorando, nem quando era criança ou quando sua mãe o abandonou. Só não tenho certeza se o motivo dessas lágrimas é a tristeza que sente por Taylor Gleason estar morta ou por praticamente ouvi-la dizendo: "Você está ferrado, cara".

Um dos botões prateados da camisa de Taylor reflete a luz do sol e pisca para mim de uma fenda na rocha. *Uma prova.* Eu reúno energia suficiente para jogá-lo na água. Detesto ter que deixar Seth desse jeito, mas realmente tenho que voltar. A sensação de ser puxada parece ter desistido de mim, mas minha mãe estará em casa em breve; além disso, preciso falar com Rei. Sou a única testemunha ocular humana. Se as amigas de Taylor falarem com a polícia, eu sou a única que pode atestar a inocência de Seth. Ele tentou salvá-la. Tentou de verdade.

Seth não está mais chorando. Está sentado ali, cercado por um tom desolador de cinza.

— *Vá pra casa, Seth* — digo a ele, mesmo sabendo que não pode me ouvir.

E então eu vou para casa me recompor, para que possa dar a má notícia a Rei.

Capítulo 8

Cada religião tem a sua própria versão da vida após a morte. Os antigos gregos tinham os campos elísios. Os cristãos têm o céu. Rei diz que os budistas acreditam que as almas reencarnam até chegarem a um lugar de iluminação chamado nirvana. Algumas pessoas desperdiçam muito tempo se preocupando em saber se existe algo pela frente depois que os seus corpos morrem e elas mergulham no sono eterno.

Uma coisa eu sei com certeza: cada um de nós possui uma energia sensível que pode existir fora do nosso corpo físico. Eu sou a prova viva de que isso é verdade, mas por que alguém deveria acreditar no que digo quando até mesmo os livros didáticos de física dizem que a energia não pode ser destruída?

E a luz que, segundo dizem, aparece quando alguém morre? Alguns anos atrás, vi um cilindro de luz irradiando do teto de um quarto no asilo em que estava a minha bisavó. Vinte minutos depois, a paciente era retirada do quarto dentro de um saco. É real. Mas para onde é que a luz vai? Existe algum lugar incrível para as pessoas que são realmente boas? Será que os nove círculos do inferno realmente existem? Será que aquela luz é a nossa carona para a maior festa de todas ou ela apenas suga a nossa alma como um aspirador de pó?

Bem, isso eu não sei.

Eu entro no meu quarto e paro de repente.

Algo está errado.

Alguma coisa está faltando!

Fico por alguns segundos num estado de confusão perplexa antes de perceber que a minha cama está vazia. O que falta é o meu *corpo*. Eu não estou lá! Olho no chão, nada. Olho debaixo da cama, nada, *nada*, NADA!

Um pânico em estado puro me engole como um tsunami.

Onde, afinal, eu estou?

É isso que as pessoas devem sentir quando saltam de um avião e percebem que se esqueceram de afivelar o paraquedas; quando um mergulhador está no fundo do oceano e percebe que não tem mais oxigênio; quando você acorda e percebe que foi enterrado vivo!

Não posso voltar para o meu corpo se não puder encontrá-lo. O fio que normalmente me prende a ele parece estar à deriva, solto, retraindo-se enquanto eu penso. Deve ser por isso que os puxões que senti na cachoeira eram tão insistentes: meu alarme interno estava tocando e a idiota aqui estava ocupada demais, olhando estupidificada para o cadáver de Taylor.

Pare, Anna. Acalme-se e *pense*!

Eu olho em volta e percebo que a cadeira não está mais presa sob a maçaneta. A música do meu despertador ainda toca suavemente. Talvez a minha mãe tenha chegado em casa, não conseguiu me acordar e chamou uma ambulância. Mas eu senti o puxão poucos minutos atrás — não houve tempo suficiente para isso.

Na sala de estar, ainda afundado na poltrona, meu pai olha para a TV. Ele parece incapaz de se mover, quanto mais de carregar outra pessoa. Ouço a descarga e o barulho de alguém tropeçando antes de a porta do banheiro se abrir.

E... *caramba*! Ali estou eu, cambaleando para fora do banheiro, animada por alguma força desconhecida. Mas que diabos? É a minha cara, mas a expressão é algo saído de um filme de zumbi, olhos selvagens, boca babando. Seja o que for que esteja dentro de mim se agarra nas paredes e nas molduras das portas para conseguir se impulsionar para a frente, fazendo convulsivamente o caminho de volta para o meu quarto. Ela se atrapalha no trajeto até a escrivaninha e os seus joelhos quase se dobram várias vezes antes de ela finalmente se sentar. Parece completamente inconsciente da minha presença quando estende a mão para pegar o meu espelho cor-de-rosa, arranhando-o várias vezes antes de os dedos realmente se fecharem em torno dele. Quando vê o meu rosto refletido no espelho, solta um gemido não humano. É a minha voz, mas com algo diferente. O tom é meu, mas a inflexão é diferente, de alguma forma familiar...

Aquela *vaca*!

É a *Taylor* no meu corpo!

Mas como? A menos que, de alguma forma, ela tenha me visto na cachoeira. Provavelmente morreu assim que a sua cabeça bateu na rocha pela primeira vez. Se ela se separou do corpo em seguida, poderia ter me visto lá, observando a cena, em toda a minha glória etérea. Mas eu deveria tê-la visto também... se estivesse prestando atenção em outra coisa que não fosse o seu corpo sendo levado pela correnteza.

Eu posso descobrir mais tarde. O que importa agora é expulsá-la do meu corpo. Eu flutuo mais para perto e olho em seus olhos intensamente.

Taylor, através de meus próprios olhos aturdidos, olha através de mim. Eu estendo o braço e deslizo a mão através da minha própria mão de carne.

A reação é imediata. Taylor retrai a mão, afastando-a com violência suficiente para perder o equilíbrio. A cadeira de pernas bambas oscila, lançando-a de cabeça contra a borda da minha escrivaninha. O barulho é audível e amplificado pelos meus sentidos superaguçados. Vou ficar com uma terrível dor de cabeça logo que conseguir arrancá-la de lá!

Toda a simpatia que eu senti por Taylor na cachoeira evapora quando dou um passo para trás, pronta para voltar com força total para o meu corpo. *Pum!* É como se eu batesse numa parede. *Pum!* Uma parede de tijolos muito sólida. *PUM! PUM! PUM!*

Isso não vai me levar a lugar nenhum.

Ela se contorce no chão, choramingando.

Eu invisto novamente só para ter certeza, mas ricocheteio como uma bola de tênis. O som é muito baixo para Taylor notar, mas eu ouço a porta da frente se fechando.

— Olááá! — chama a minha mãe enquanto dá uma espiada no meu quarto, só para encontrar Taylor se contorcendo no chão como um besouro de barriga para cima. — Anna? Ah, meu Deus, querida, o que aconteceu?

Minha mãe chama o resgate com as mãos trêmulas. Não há nada de errado com Taylor que um analgésico, um pouco de tempo e um bom alongamento não curem. A última coisa de que a minha mãe precisa, depois de dois dias numa convenção de corretores de imóveis, é vir para casa e encontrar todo esse drama. Meu pai não se mexeu, exceto para pegar o controle remoto e aumentar o volume.

Eu recuo para um canto do quarto para esperar o socorro e tentar pensar, em meio aos gritos e lamentos de preocupação maternos.

Por que Taylor não foi para a luz? Eu estava tão ocupada olhando para o seu corpo levado pela correnteza que não procurei nenhuma luz. Será que eu não a vi? Talvez o sol estivesse muito brilhante e eu não pudesse vê-la. Será que, se ela mudar de ideia, a luz volta para buscá-la?

Ou talvez ela não tenha convidado Taylor. E se não havia *nenhuma* luz esperando por ela? E se a luz não brilha para pessoas que roubam celulares e *os* atiram em cachoeiras? Para onde vão essas pessoas mortas se não há luz para elas?

Obviamente, vão para a *minha* casa sequestrar o *meu* corpo.

Eu descobri que existem algumas dimensões diferentes. Existe a dimensão terrena, bem aqui, onde todos nós vivemos. Existe uma dimensão astral, onde eu me considero uma viajante sempre que deixo o meu corpo. E provavelmente existe pelo menos uma outra dimensão para onde os mortos vão pelo túnel de luz, mas eu não estou morta, então nunca estive lá.

Quando deixo o meu corpo conscientemente e viajo nessa dimensão astral, eu me lembro do que vejo e faço. De vez em quando, vejo outras pessoas flutuando por essa dimensão, mas a maioria delas não está morta. É muito comum que as pessoas saiam de seus corpos enquanto sonham. Elas não têm um propósito, não estão conscientes. Se encontram com outras pessoas sonhando e tudo se mistura num caos que vão mais tarde recordar como um sonho muito vívido ou, então, não vão se lembrar de nada. Já aconteceu de pessoas na escola me dizerem: "Meu Deus, Anna, eu tive um sonho muito louco esta noite com você", e eu digo: "Uau! Isso é muito estranho".

Só que eu me lembro, também, e não era um sonho.

De vez em quando, porém, eu topo com algum morto que está consciente, mas que decidiu não ir para a luz. Os mortos têm auras também, embora não sejam tão fortes quanto em vida. Eu não gosto de ficar conversando com os mortos. Especialmente se a sua aura está desbotada.

Taylor e minha mãe estão no hospital. Elas fizeram testes, uma tomografia e exames de sangue, mas não há exame para detectar uma possessão. O médico conclui que é uma concussão, que é *oushikuso*, como Rei diria, ou seja, uma coisinha de nada. Taylor está controlando melhor o meu corpo. Sua fala e movimentos ainda são lentos, mas mais normais do que antes. Ela é enviada para casa, toma alguns analgésicos e minha mãe recebe instruções para acordá-la a cada poucas horas.

Minha mãe seguiu a ambulância até o hospital em seu próprio carro, e agora leva Taylor para casa. Durante o trajeto, eu pairo sobro o banco de trás, ouvindo suas perguntas preocupadas e os murmúrios evasivos de Taylor. Deve pensar que estou confusa por causa do choque, mas me pergunto como Taylor vai lidar com aquilo depois. Como vai contornar o fato óbvio de que não sabe quase nada sobre mim? Eu não acho que saiba nem o meu sobrenome. Será que ela espera simplesmente invadir a minha vida e tomar posse dela dali em diante? Tento me imaginar em algumas das roupas de Taylor e quase começo a rir.

Em casa, minha mãe se senta na minha cama, acaricia o meu cabelo e me trata com o se eu fosse um bebê. Taylor ainda parece atordoada aos meus olhos. Ela ignora a atenção da minha mãe. Fecha os olhos e quer dormir. Minha mãe cobre-a com o cobertor e não demora muito até eu ouvir um leve ronco. Desde quando eu ronco?

Minha mãe parece muito preocupada. Se ela sequer soubesse a metade do que está acontecendo, aí sim ficaria completamente horrorizada! Ela apaga a luz e fecha a porta do quarto, deixando Taylor e eu na penumbra.

Eu pairo até a cama e vejo o peito de Taylor, sob as cobertas, subindo e descendo. Agora que está dormindo, talvez sua guarda esteja baixa e eu consiga ultrapassar a barreira que me impede de voltar para o meu corpo. Estendo um dedo e cutuco suavemente sua bochecha. Ela faz uma careta, mas não acorda. Flutuo até o outro lado da cama de solteiro e tento me deitar, mas na verdade fico pairando a alguns centímetros do colchão. Tento rolar para dentro dela, mas ainda é como se eu me deparasse com uma parede sólida de carne que solta um grunhido irritado.

Eu me inclino muito perto de seu ouvido.

— *Taylor Gleason.* — Eu sei que ela não pode me ouvir, mas eu digo de qualquer maneira. — VÁ EMBORA!

Ronco.

Passo a próxima meia hora tentando ganhar terreno, deslizar, empurrar e forçar caminho de volta para o meu próprio corpo, mas meus esforços são inúteis. Ela é teimosamente impermeável e estou cansada. Não fisicamente cansada, mas me sinto como um carro em movimento soltando fumaça. Há algo sobre estar aqui na minha casa, perto da minha mãe preocupada e do meu pai bêbado, que suga a minha energia. E como eu sou cem por cento energia agora, isso é um problema.

Uma vibração repentina me assusta, até eu perceber que é só meu celular, ainda enfiado no bolso da calça jeans que eu troquei há algumas horas pelo short que Taylor agora usa. Não tenho que olhar no identificador de chamadas para saber que é Rei. Ele disse que ia me ligar à noite, e eu duvido que houvesse alguém na casa dele quando a ambulância chegou, então ele provavelmente pensa que eu acabei me esquecendo de carregar o telefone. A culpa que sinto quando penso nele drena ainda mais meu espírito.

Como vou contar a ele o que aconteceu esta tarde? Além do fato óbvio de que ele não pode me ouvir desta dimensão, como faço para lhe dizer que não só ignorei o seu conselho, mas também estou agora presa fora do meu corpo por causa da minha própria teimosia?

Mesmo flutuando aqui no meu quarto, sinto uma terrível saudade de casa. O que eu quero, o que eu *preciso* é estar perto de Rei e de toda a calma que irradia dele.

Flutuo até a janela do quarto dele e encontro-a aberta para a noite quente. O som suave e doce da música de um violão me atrai mais para perto. Será esta a canção que ele quer usar para me surpreender? Rei toca de ouvido: ouve um pedacinho de uma música em seu iPod e depois tenta reproduzir as notas e os acordes em seu violão, tocando-os várias vezes até que tenha memorizado. Às vezes ele procura a letra no Google e canta junto. Apesar de sua preferência pelo metal, ele percebe que sua voz é mais adequada para a música acústica. Seja qual for essa canção que ele está aprendendo esta noite, ela é linda e complicada.

Eu me curvo, encolhida como uma bola, pairando no quarto perto da janela, e a música me acalma como uma xícara de chá doce e quente num dia de inverno. Uma brisa sopra levemente através de mim, agitando os sinos dos ventos num movimento delicado. Rei está totalmente concentrado em sua canção. Ele se senta de pernas cruzadas sobre a cama, vestindo uma camiseta preta e shorts de ginástica cinza, o cabelo ainda molhado do banho.

Lentamente, flutuo do parapeito da janela e voo para perto da cadeira de balanço pendurada no teto, próxima à cama de Rei, com cuidado para não sacudi-la e fazê-la se mexer. A partir dali, posso ver seus dedos dedilhando as cordas e acordes, escutando a sua voz clara e calma. O aroma do seu sabonete cítrico flutua ao redor dele, juntamente com uma aura da cor de um céu claro de verão.

Abraço meus joelhos junto ao peito e enterro a cabeça nos braços para poder me concentrar na música e não nos músculos flexionando-se suavemente em seus braços enquanto ele toca. Sentado ali com Rei, eu me sinto como uma esponja absorvendo a energia de que tanto preciso.

Quando a música para, eu não me mexo; só me deixo ficar ali descansando e recarregando as energias. Não sei quanto tempo se passa, mas de repente percebo que Rei não está se movendo. Dou uma olhadinha para ver se ele caiu no sono, mas não. Ele ainda está sentado de pernas cruzadas, com o violão no colo, mas seus olhos perplexos olham diretamente para mim.

— Anna?

Capítulo 9

Minha reação instintiva é fugir do quarto de Rei, e é exatamente o que eu faço. Escondo-me no emaranhado de galhos do salgueiro e o ouço chamar meu nome baixinho, várias vezes. Por fim, ele diz a única coisa que acaba com a minha determinação.

— Você está bem? — ele pergunta. — Tentei te ligar algumas vezes, mas você não atendeu.

Volto para o quarto pela janela aberta e ele relaxa quando me vê.

— Aí está você. — Rei sorri para mim enquanto eu flutuo em torno da cadeira de balanço.

Estou surpresa por ele poder me ver. Normalmente, tenho que reunir uma quantidade considerável de energia se quiser ser vista. Talvez eu tenha absorvido tanta energia de Rei esta noite, só por estar com ele, que me materializei sem querer.

— Você está dormindo?

O que ele quer dizer com isso? Eu devo ter feito um olhar confuso porque agora ele parece estar se divertindo.

— Imaginei. Por isso você não vai se lembrar desta conversa amanhã.

Isso é sério? Tento não mostrar a surpresa no meu rosto. Como ele sabe disso? Será que já apareci em seu quarto antes e tive conversas com Rei de que não me lembro?

Eu dou de ombros. Como não tenho voz nesta dimensão, esta conversa vai ser muito unilateral. Isso me traz um pouco de conforto.

— A sua mãe está em casa? — ele pergunta enquanto retoma seu lugar na cama e pega o violão.

Concordo com a cabeça.

— Ela se divertiu? — Rei dedilha alguns acordes aleatórios e em seguida afina uma das cordas um pouquinho. Eu espero até que ele olhe para cima e assinto.

— Você seguiu Seth e Taylor à cachoeira hoje à tarde?

Faço uma pausa, não sei direito como responder a isso. Não posso formular uma resposta elaborada, então apenas confirmo com a cabeça. Ele apenas revira os olhos.

— Eu imaginei que sim. Tentei falar com Seth, mas ele não atende ao celular e eu não acho que eles ainda tenham telefone em casa. Ela devolveu o celular a ele?

Hum... não. Eu balanço a cabeça, mantendo o rosto o mais impassível possível.

— Faz sentido. Ele deve estar mal.

Ah, pode apostar que sim. Confirmo com a cabeça.

Rei dedilha uma corda várias vezes, ajustando-a até ouvir o som que deseja, então dedilha todas juntas. Todas as luzes, com exceção do abajur, estão apagadas, e seus olhos estão meio ocultos nas sombras e sob o cabelo escuro.

— Eu sempre me pergunto sobre o que você está sonhando nas noites em que aparece aqui — ele diz enquanto o som da música se desvanece. — Mas você não pode me dizer agora e eu sei que não vai se lembrar amanhã.

Ele olha para cima e dá um sorriso largo e vagaroso.

— Ou você consegue se lembrar e simplesmente não quer me dizer?

Até hoje, eu nunca menti para Rei. Posso não lhe contar certas verdades que, eu sei, iriam comprometer sua opinião a meu respeito, mas a menos que a decisão de evitar a absoluta verdade seja considerada uma mentira, eu não o enganei deliberadamente. Além do mais, ele vem escondendo certas verdades de mim também. Como o fato de que eu sou uma daquelas pessoas que sai do corpo durante o sonho e fica vagando por aí à toa. E isso me incomoda quase tanto quanto o fato de que agora não tenho uma droga de corpo!

— Quer ouvir sua música surpresa? Você não vai se lembrar de nada, por isso ainda vai ser uma surpresa quando ouvi-la depois.

Parece que haverá muitas surpresas hoje. Estou começando a perceber como sei pouco sobre essa dimensão, mesmo depois de tantos anos perambulando por aí. Como Taylor entrou em mim? Por que não consigo tirá-la do meu corpo? Como Rei conseguiu me ver todas as vezes em que disse que eu estive aqui, enquanto estou sonhando? Normalmente, tenho que absorver uma quantidade considerável de energia do ambiente à minha volta para me materializar na frente dele. Quando ele me vê, sei que pareço sólida para ele, tão sólida quanto quando estou no meu corpo, mas não consigo me lembrar de mais ninguém que tenha me visto fora do corpo.

Quando a música acaba, Rei olha para mim, e eu sorrio e bato palmas silenciosamente. Amo tudo o que ele toca no violão, e ele sabe disso. Ele sorri um sorriso sonolento, então eu sei que é hora de ir. Aceno e aponto para a janela.

— Ok, vejo você amanhã — ele sussurra enquanto coloca o violão num suporte ao lado da cama. — Bons sonhos.

Por um momento insano, quero dizer a ele o que aconteceu, que o corpo sem vida de Taylor está preso num galho rio abaixo, que Seth provavelmente vai ser acusado de ter causado a morte dela, que eu não posso sonhar porque não posso dormir, pois fiquei presa fora do meu corpo depois que Taylor o roubou de mim. E então imagino o olhar que veria no seu rosto, pois ele iria pensar que é tudo culpa dele e, se tivesse faltado à aula de aikido, poderia ter evitado toda essa tragédia. Eu tenho que conseguir o meu corpo de volta antes que ele descubra o que aconteceu.

Eu passo a noite pairando sobre a minha cama enquanto Taylor ronca, esperando que ela saia do meu corpo durante um sonho para que eu possa voltar. Em torno da uma da manhã e depois novamente às quatro, minha mãe vem e sacode o ombro de Taylor, assim como o médico disse para ela fazer. Taylor acorda o suficiente para resmungar, e depois minha mãe nos deixa no escuro de novo.

Eu me pergunto se Rei tinha considerado o risco de alguém se apossar do meu corpo se eu não estivesse nele. Eu nunca pensei nisso antes, mas faz sentido. Se uma concha vazia é deixada na praia, um caranguejo eremita não pode tomar posse dela? Eu encontrei espíritos nesta dimensão que estão obviamente mortos e perdidos, mas sempre evitei falar com eles. Talvez meu subconsciente seja inteligente o suficiente para perceber que deixar uma pessoa morta saber que deixei um corpo *vivo* em perfeitas condições deitado em algum lugar sem proteção é um convite para ter problemas.

Assistir a Taylor dormindo é como esperar uma panela de água ferver. Eu preciso de um plano de ação melhor e, como planejar nunca foi o meu forte, imagino como Rei lidaria com a situação.

Uma das citações favoritas dele é de *A Arte da Guerra*, de Sun Tzu: "Conhece o teu inimigo e conhece a ti mesmo e você pode lutar uma centena de batalhas sem ser derrotado". É também um princípio do aikido entrar na mente do inimigo e descobrir como ela funciona.

Teoricamente, isso deve funcionar, mas como vou me conhecer? Eu não consigo nem *entrar* em mim agora! Mas talvez eu possa aprender um pouco mais sobre Taylor. Sério, tudo o que eu sei sobre ela é o que vi na escola. Ouvi dizer que ela mora numa mansão na avenida principal, o que me faz pensar em como ela vai se virar na humilde casinha onde eu moro. O que ela vai pensar quando acordar de manhã e tiver que enfrentar o meu pai de ressaca? Eu espero pela primeira luz da manhã para pegar a avenida principal e percorrê-la de cima a baixo até encontrar uma caixa de correio onde haja cartas para os Gleason. Não me incomodo com formalidades como tocar a campainha. Apenas atravesso a parede e me vejo num banheiro maior do que o meu quarto.

A garota é cheia da grana. Quer dizer, a minha casa e a dela são tão diferentes que não dá nem para compará-las a maçãs e tangerinas; elas são mais como melancias e passas. Atravesso uma parede e vejo que estou na opulenta suíte principal onde a cama *king size* ainda está feita, e depois entro em outro cômodo que dá a impressão de ser um quarto de hóspedes vazio. Um dos quartos está decorado com um tema esportivo masculino, e há um pré-adolescente dormindo na cama. O último quarto parece uma foto de revista, e os móveis ali com certeza custam mais do que todos os da minha casa juntos. O computador é de última geração, e há uma TV de tela plana fixada numa parede. Numa outra, há um quadro magnético que vai do chão até o teto, onde estão um arco-íris feito com aquelas fitas que se ganham em concursos e dezenas de fotografias. Levo um minuto para conferir todas as fotos glamorosas de Taylor. Não, ela não vai gostar de viver no corpinho magricela de Anna Rogan.

Três portas conduzem para fora do quarto de Taylor. Atrás de uma delas está escuro, por isso suponho que seja um *closet*; uma porta leva ao corredor e uma última leva a um banheiro particular. Ela tem seu próprio banheiro? Ela *tinha* o seu próprio banheiro... com papel higiênico de folha dupla e tudo o mais. Mais uma vez eu me pergunto: o que uma menina de papel higiênico de folha dupla como Taylor via num cara de papel higiênico de folha simples como Seth?

E como essa garota de classe alta pretende viver a minha vida de classe baixa? Talvez depois de ter de limpar o vômito do meu pai do assento da privada algumas vezes, ela deixe o meu corpo por vontade própria.

Ou talvez ela descubra que ter a minha vida é melhor do que não ter vida nenhuma.

O cheiro de café chega ao primeiro andar da casa. Eu o sigo até a cozinha, no andar térreo, onde os pais de Taylor andam de um lado para o outro ao lado de dois celulares silenciosos sobre uma bancada de granito. Suas auras são uma estranha mistura de raiva, tristeza e esperança. Se eu pudesse aparecer ali e dizer a eles o que aconteceu com sua filha, eu faria isso? Ou será que deixaria que continuassem com esse fio de esperança um pouco mais?

É uma pergunta ridícula, porque não posso fazer com que essas pessoas me vejam no meu estado astral, e Taylor está obviamente morta, mas ainda assim...

Ia preferir deixá-los com esperança.

Capítulo 10

Deixo os Gleason com toda a tristeza que os aguarda e volto para casa numa melancolia cinzenta.

Hoje teria sido um bom dia para ficar na cama e ouvir a chuva forte martelar o telhado. Através da parede do quarto, ouço o alarme do relógio da minha mãe começar a tocar. Ela vai apertar o botão da soneca uma vez, então vai se levantar e, como geralmente faz, vai me acordar logo depois de tomar banho. Não acredito que vá obrigar Taylor a ir à escola depois da noite que ela teve. Vou para a sala de estar por uma única razão: estou cansada de ouvir Taylor roncar. Não está muito mais claro aqui, com exceção de uma luzinha sobre a pia da cozinha. A poltrona está vazia, mas não é convidativa. Há um recuo gorduroso onde a cabeça do meu pai geralmente repousa e uma camada de pó viscoso sobre o vinil preto. A garrafa vazia e o copo de ontem à noite esperam, na mesa de canto, que minha mãe vá buscá-los, abrindo caminho para a garrafa e o copo de hoje.

Vai ser interessante ver a reação de Taylor quando ela conhecer o meu pai. Na melhor das hipóteses, vai ficar completamente enojada e preferir estar morta do que conviver com ele. Na pior? Ela vai mostrar seu atrevimento e ele vai lhe mostrar as costas da mão, tenha ou não prometido não me bater mais.

O alarme do relógio da minha mãe começa a tocar de novo. Ela sai do quarto de pés descalços, abre a porta do meu quarto sem bater e dá uma espiada no corpo sobre a cama. Suspira quando fecha a porta atrás dela, em seguida vai até o telefone e liga para a escola para dizer que eu não irei. Em seguida, liga para o escritório e diz que vai trabalhar em casa hoje. Finalmente, liga para o celular de Rei e deixa uma mensagem.

— Rei, querido, é a Lydie. Não espere pela Anna esta manhã. Ela não está se sentindo bem, então vou deixar que fique em casa. Leve uma capa de chuva.

Essa é a mesma mensagem que ela deixa sempre que eu tenho cãibras, e Rei descobriu isso há muito tempo, então não vai se preocupar. Muito. Minha mãe vai tomar café, então eu volto para o meu quarto. Deus! Eu pareço uma motosserra! Vou até Taylor, apenas para ver se alguma coisa mudou durante a noite. Não. Sinto uma barreira que me impede de entrar no meu corpo e sou jogada contra a parede. Ela abre um olho e rosna para mim, depois puxa as cobertas sobre a cabeça.

Mantendo distância, vou dar uma olhada em Rei. Se ele me vir, provavelmente vai achar que ainda estou sonhando, já que estou em casa doente, mas, ainda assim, prefiro que não me veja. Estou contente por saber que a minha mãe não lhe disse que bati a cabeça, porque ele só iria culpar o meu pai. Há um pinheiro bem grande perto da rampa da sua garagem que pode oferecer uma boa camuflagem, caso eu apareça sem querer novamente. Depois de um tempo, ele sai na varanda da frente, olha para a minha casa e depois para o telefone, e ouve a mensagem que espera por ele. Não, ele não parece muito preocupado. Fecha o telefone e puxa o capuz do moletom antes de deixar a varanda e sair sob o aguaceiro.

Eu me pergunto se Seth estará no ônibus. Ele ainda deve ter muita gasolina no carro, mas sinto aquela mistura desagradável de medo, culpa e curiosidade quando penso nele. Fiquei tão assustada ao descobrir Taylor em meu corpo que admito: eu me esqueci de Seth até este momento. Fico imaginando onde ele possa estar.

Eu não acho que ele vá estar no ônibus, mas dou uma olhada de qualquer maneira e descubro seu lugar habitual vazio. Passo em sua casa, mas Seth não está lá. Vou até o estacionamento da escola, mas não vejo o carro dele.

A essa altura, os pais de Taylor já devem ter falado com as amigas dela, e ao menos uma deve ter conhecimento dos seus planos de se encontrar com Seth na cachoeira. Ele sabe que a polícia virá procurar por ele. Ele pode não gostar muito de estudar, mas não é burro.

Depois que eu toco alguém algumas vezes, consigo memorizar o ritmo único de seu padrão de energia. É como ouvir o rufar dos tambores de uma canção e, onde quer que essa pessoa vá, deixa um eco sutil da sua vibração. Embora Seth pareça estar sempre suado para mim, nós batemos as palmas de nossas mãos algumas vezes, ao nos cumprimentar, e uma vez disputei com ele uma queda de braço durante três quartos de segundo, antes de ele bater o meu braço contra o tampo da mesa, com muito mais força do que o necessário, e gritar como se tivesse acabado de marcar o gol da vitória na Copa do Mundo. Aquilo já bastou para mim em matéria de toque, e eu conheço o seu padrão de energia bem o suficiente para encontrá-lo.

De sua casa, sigo o eco da vibração de Seth e o encontro caminhando por uma estrada cheia de valas e buracos lamacentos que só os motoristas mais ousados ou burros se atreveriam a enfrentar. Tudo está em silêncio, exceto pelo barulho constante dos pingos de chuva e de uma picape sendo dirigida através das poças por um cara audacioso. Seth parece um corcunda, levando uma mochila volumosa sob uma capa de chuva com estampa verde de camuflagem. Ele parece exausto e sua aura está tão enlameada quanto a estrada sob seus pés.

Gostaria de saber para onde ele está indo. Está a uns vinte e cinco quilômetros da fronteira com o Canadá, então vou pressupor que tenha estacionado seu carro perto dela para enganar as autoridades e fazê-las acreditar que conseguiu atravessá-la. Duvido que a polícia seja tão burra. Só parece estranho que ele esteja viajando a pé agora e sem carregar nenhuma barraca, nenhum saco de dormir. Eu me pergunto se ele tem um plano, porque eu com certeza não tenho nenhum.

Falta um bom tempo para a aula de hoje acabar, então resolvo verificar as evidências. O corpo de Taylor ainda está preso pela saia, flutuando e afundando com a correnteza. Ela está inchada e sua pele adquiriu uma tonalidade cinza, cheia de manchas. Algo mordeu ou bicou seu pé, porque um pedaço de bom tamanho está faltando. Se ela não tivesse roubado o meu corpo, eu ficaria tomada de emoção ao vê-la agora, mas diante da situação só consigo pensar que os corvos também têm que comer.

De volta à minha casa, Taylor ainda está dormindo. Eu me jogo contra ela, apenas para o caso de conseguir expulsá-la dali, e ela acorda de mau humor. Ela se senta, com os olhos turvos, e solta um palavrão. Por um minuto, parece confusa, mas então se dá conta da realidade e enterra a cabeça debaixo do meu travesseiro, gemendo.

— Por que eu simplesmente não morri quando tive chance?

Boa pergunta. Eu me jogo contra ela novamente.

— Vá embora, Anna — ela olha diretamente para mim e sussurra. — Você não vai voltar para cá, então pare de tentar.

Tento novamente, mas toda a energia que absorvi de Rei na noite anterior está se esvaindo rapidamente agora que estou de volta. Ela rola na cama e olha para o relógio.

— Sua casa é um lixo — ela zomba.

Então vá embora, digo a ela.

— O quê? Eu não consigo te ouvir. Está falando comigo? — Taylor provoca.

POR FAVOR, VÁ EMBORA! Eu pronuncio as palavras lentamente de propósito e, por mais que me doa, educadamente.

— O quê? Você está me dizendo para ir embora?

Ei, vale a pena tentar. Concordo com a cabeça.

— Achado não é roubado, Anna. Eu não vou a lugar algum. *Você vai embora.*

Ela volta a cobrir a cabeça com o travesseiro.

Eu não tenho energia para tentar entrar novamente.

Se ao menos a frustração fosse uma emoção positiva, eu estaria com minha bateria recarregada agora. É uma ironia que eu possa andar pela Casa Branca, entrar nos cofres da Casa da Moeda, mas não possa voltar para o meu próprio corpo. O que eu faço agora? Essa confusão toda é culpa minha, e agora eu não sei como resolver isso.

Rei está almoçando e não parece feliz. Tenho certeza de que já descobriu que Seth não foi à aula. Ele se senta sozinho à nossa mesa e faz uma lição de casa, ignorando os boatos que se espalham pela escola sobre Taylor e Seth. Quando disca meu número, quem atende é o correio de voz. Ele deve estar solitário, porque deixa uma longa mensagem para mim.

— Oi, Anna, sou eu. Como está se sentindo? Seth não veio à escola hoje também, então eu queria saber se você tem alguma ideia de onde ele está. Você me liga assim que ouvir isso? Por favor? De qualquer forma, vou ver você quando chegar em casa.

Um carro de polícia vazio está estacionado do lado de fora da escola, na zona contra incêndios. Encontro dois policiais na diretoria, perguntando sobre Taylor e Seth. O diretor parece preocupado, mas não surpreso. Ao contrário de Rei, ele ouviu a fofoca. O policial mais baixo e careca tira um bloco de notas do bolso da jaqueta e mostra uma página ao diretor. Há nomes rabiscados ali — os nomes de todas as amigas de Taylor. O diretor os anota numa folha de papel pautado amarelo, aperta um botão e uma secretária aparece na porta.

— Pois não, senhor Bowers.

Ele entrega a ela a lista.

— Por favor, peça a essas alunas para virem à diretoria.

Eu a sigo até o refeitório, onde as amigas de Taylor estão amontoadas em sua mesa de sempre, ao lado da janela. Nenhuma delas parece surpresa quando a secretária se aproxima. Elas trocam olhares confidentes e levantam-se calmamente, seguindo-a pelo corredor.

Elas se sentam em fila na diretoria, inclinando-se para cochichar umas com as outras enquanto esperam. Todas contam a mesma história, como se já tivessem ensaiado. Taylor tinha planos de se encontrar com Seth na cachoeira às quatro horas de ontem, e não ouviram falar dela desde então. Ela não atende ao celular. Sua mãe ligou para cada uma das meninas na noite anterior, procurando pela filha, mas nenhuma sabia onde Taylor estava. Se ela tinha algum tipo de relacionamento com Seth Murphy? Taylor realmente gostava dele, mas Seth era cruel com ela. Cruel em que sentido? Ele a ignorava, olhava feio para ela. Trocava de carteira se ela se sentasse muito perto. Às vezes gritava com ela. Elas convenientemente deixam de fora a parte sobre Taylor ter roubado o celular de Seth e usado o aparelho para obrigá-lo a se encontrar com ela. Cori Schneider masca chiclete impacientemente durante todo o interrogatório.

Por volta de uma da tarde, a chuva parou e o sol apareceu, secando as ruas. Às três, Rei me surpreende entrando na garagem com o carro dos pais. Saya deve ter ido para a casa de uma amiga, porque, tão logo Rei tira dos ombros sua mochila, ele começa a digitar o número do telefone da minha casa em seu celular. A minha mãe atende.

— Claro, querido, venha. Ela precisa mesmo de companhia.

Eu me escondo atrás de plantas, portas, qualquer coisa que houver por perto, só por precaução. Sinto-me como uma cobra. De volta à minha casa, minha mãe está apressando Taylor para que se arrume e vá receber Rei. Com os olhos ainda sonolentos, ela se levanta lentamente e vai ao banheiro jogar um pouco de água no rosto e escovar os cabelos e os dentes. Ela olha minha escova de dentes com total repulsa, como se fosse pegar alguma doença horrível ao usá-la. Inclinando-se sobre a pia, Taylor olha para o meu reflexo no espelho.

— Menina, você precisa urgentemente de uma maquiagem.

Vestindo o mesmo short de ginástica e a mesma camiseta que Rei me viu usando ontem à noite, ela vai para a varanda e se senta nos degraus úmidos perto da porta. Vejo Rei descendo pela trilha entre os nossos quintais.

— Oi! — ele diz antes mesmo de chegar aos tufos esparsos de grama que chamamos de gramado.

— Oi — ela responde, desconfiada.

— Como está se sentindo?

— Minha cabeça está me matando — ela responde, como se isso fosse óbvio e ele fosse um idiota.

— Eu pensei que você estivesse com cãibras. — Ele chegou aos degraus e seu rosto é só preocupação agora. — O que há de errado com a sua cabeça?

— Ela não contou que sofri uma concussão?

— Não! O que aconteceu?

— Eu caí daquela merda de cadeira e bati a cabeça na quina da escrivaninha.

O olhar de desaprovação de Rei diante do linguajar de Taylor supera a sua preocupação por um segundo, antes que ele pergunte:

— Onde? Me mostre.

Taylor levanta a mão e passa os dedos pelo cabelo, primeiro no local onde ela bateu a cabeça contra a pedra ontem, em seguida do outro lado, onde bateu a cabeça contra a escrivaninha. Ela aponta.

— Bem aqui. Dá para ver?

Rei estende a mão e a toca suavemente.

— Aqui?

— Ai!

Ele tira a mão.

— Desculpe. Eu estava tentando ter cuidado. Dói tanto assim?

— Dói! — ela confirma, jogando o cabelo por cima do ombro. O efeito definitivamente não é tão bom quando ela faz isso com o meu cabelo.

— E o médico disse que foi uma concussão? O que ele recomendou que você fizesse?

— Repouso. Eles me deram analgésicos fortes, que não estão ajudando em nada. Ela — Taylor faz um sinal com a cabeça em direção à minha casa e estremece — ficou me acordando a noite toda.

— Você devia deixar a minha mãe dar uma olhada.

— Por quê? Por acaso ela é médica ou algo assim?

— Uau! Você deve batido a cabeça mais forte do que eu imaginei.

Rei se senta no degrau de baixo, mas ainda assim é mais alto do que eu.

— Eu bati forte mesmo. Não me lembro de muita coisa. — Taylor baixa a cabeça até as mãos e passa os dedos pelo cabelo. — Ai!

— Bem, pare de pôr a mão aí, então. Ei, deixe-me ver as suas pupilas. — Ele coloca as mãos uma de cada lado do rosto de Taylor para segurá-la firme e olha nos olhos dela, estudando-os por um minuto. Ele franze a testa ligeiramente. — Estão do mesmo tamanho, é bom sinal. A luz está te incomodando?

— Não. Você também é médico agora?

Rei balança a cabeça sem sorrir e fala naquele tom monótono que as pessoas usam quando estão dizendo uma coisa e pensando outra.

— Às vezes, as pessoas batem a cabeça no aikido. A gente aprende quais sintomas deve procurar. — Ele olha nos olhos dela por alguns segundos e franze as sobrancelhas.

Ela se inclina para a frente e olha nos olhos de Rei.

— Olá? O que você está procurando aí?

Rei pisca e descansa as mãos no colo.

— Não sei. Então você realmente caiu da cadeira?

— Hum, sim. Você já viu aquela cadeira? Ele está quase se desintegrando.

— É, eu sei. Sua mãe está pensando em comprar uma nova para você já faz um tempo.

— Ah.

— Então, o que você quis dizer quando disse que não se lembra das coisas? Do que não se lembra?

— Hmm... Ah, o meu nome completo. Anna não é apelido ou algo assim, é?

A boca de Rei praticamente se escancara.

— Você não se lembra nem do seu próprio nome?

— Eu me lembro de Anna Rogan.

— Annaliese Grace Rogan.

— Ah. — Ela acena com a cabeça, pensativa. — É bonito. Onde está a minha carta de motorista?

Rei sorri.

— Você não tem carta de motorista.

— É brincadeira, né?

— Sinto muito. Sua mãe não fica em casa tempo suficiente para te ensinar a dirigir. Meu pai disse que ia te ensinar neste verão.

Taylor revira os olhos e se inclina para trás, apoiada nas mãos.

— Não tenho carta. Isso é um saco! Como é que eu vou para a escola?

— Você pega o ônibus comigo.

— O ônibus. — Ela estremece. — Ótimo. E qual é o problema do cara lá dentro?

— Seu pai?

Ela dá de ombros.

— Acho que sim.

Rei de repente parece desconfortável e baixa a voz.

— Anna, seu pai é alcoólatra há anos. Você não se lembra disso?

Taylor nega com a cabeça.

— E a minha mãe?

— Ela não fica muito em casa, mas é gente fina. Lembra-se? Ela vende imóveis.

— Então, ele é um bêbado escroto ou um bêbado alegre?

Rei morde os lábios e hesita antes de responder, encolhendo os ombros.

— Você se dá melhor com ele quando fica na sua.

— O que você quer dizer com isso? — Taylor pergunta, jogando os cabelos por sobre o ombro.

— Eu quero dizer que isso — ele ergue o braço e passa o indicador ao longo da cicatriz na minha testa — aconteceu numa época em que você não ficava na sua. Ele te bateu e você caiu contra o balcão da cozinha. Só aconteceu uma vez, e ele prometeu que não faria novamente. Anna, a sua mãe sabe que você não se lembra de tanta coisa?

Taylor dá de ombros.

— Eles acham que é temporário.

— Mas e se não for? Isso que você está esquecendo não são detalhes; são coisas importantes! Você se lembra de mim, né?

— Até que sim. Você não é, tipo, meu namorado ou algo assim?

Rei sorri com isso.

— Uau! Bem, eu sou seu amigo, e você nunca me considerou um namorado. Sempre pensou em mim mais como um irmão.

— Ah, é?

Ah, é?

— É.

Eu não me lembro disso.

— O que nós somos, então? Só vizinhos?

Rei ainda sorri. Obviamente, o conceito de nós dois namorando é extremamente divertido para ele.

— E nós temos sido amigos desde sempre. — Ele para de sorrir e suspira. — Isso não é engraçado.

— Não — ela concorda enquanto abraça os joelhos contra o peito. — Nem um pouco.

— Seth não apareceu na escola hoje também, e eu duvido que tenha conseguido o celular de volta — ele muda de assunto. — Queria saber aonde ele foi.

Taylor congela por um segundo, então se vira lentamente para Rei.

— Você quer dizer, depois que matou Taylor Gleason?

Rei me encara.

— Do que você está falando?

— Eu o vi matá-la. — Taylor senta-se ereta, e sua voz está mais esganiçada. — Eu fui até a cachoeira e vi o seu amigo Seth empurrando Taylor na cachoeira. Ele simplesmente atirou-a de lá. Ela está morta agora. Você não sabia? — Ela está fuzilando Rei com os olhos.

Rei está de queixo caído.

— *O quê?* Anna, você não está falando coisa com coisa. Seth nunca...

— Nunca o quê? Cometeria homicídio em primeiro grau? Eu vi tudo.
— Ela está falando mais para si mesma do que para Rei agora. — Eu preciso chamar a polícia! Preciso falar com os meus pais. Eu sou uma testemunha ocular.
— Anna! Ouça o que está dizendo. — Rei coloca uma mão no ombro dela e faz com que se volte para ele. — Você acabou de me dizer que não se lembra das coisas. Sem ofensa, mas você não consegue se lembrar nem do seu próprio nome!

A aura dela fica de uma cor de tijolos sujos quando ela dá um tapa na mão dele, afastando-a do seu ombro.

— *Disso* eu me lembro!

Capítulo 11

A voz de Rei está cuidadosamente controlada quando se despede da minha mãe, mas ele corre a todo vapor pelo caminho de casa, tentando expulsar a raiva através dos pés. Chuta os tênis para longe antes de desaparecer dentro de casa e fecha a porta da frente com um pouco mais de força do que o habitual. Eu não estou acostumada a ver Rei irritado, especialmente comigo.

Realmente queria dar um jeito nisso eu mesma. Talvez seja por teimosia ou então porque sou a causa dessa confusão, mas eu não queria que Rei tivesse que se preocupar com isso. Agora eu sei que Taylor não só está planejando pôr a culpa de sua morte acidental em Seth, como está me usando como testemunha. Se eu conseguir meu corpo de volta, posso inocentar Seth, mas como faço para tirá-la de lá? Tentei forçar meu caminho de volta para dentro. Cheguei até a pedir educadamente para ela sair, mas não adiantou nada. É hora de engolir o meu orgulho, admitir que errei e pedir ajuda.

A porta da garagem se abre com um ruído e Rei sai, vestindo apenas uma calça jeans rasgada e desbotada e botas de trabalho cobertas de sujeira. Carrega uma pá sobre o ombro nu. Ele caminha bem na minha direção, então eu devo estar invisível para ele neste momento, o que é uma coisa boa, porque estou meio que olhando para seu peito nu agora. Na lateral do jardim da frente há uma macieira pequena que Yumi ganhou no Dia das Mães e está à espera de ser plantada.

Acho que eu poderia me materializar agora e tentar dizer a Rei o que está acontecendo, mas ele parece meio ocupado no momento. Começa a cavar, pisando com todo o seu peso sobre a pá, até que ela afunda na camada espessa de grama. O gramado está muito vivo, e ele só consegue arrancar os grossos torrões com um silvo de raiva. O som da grama se rompendo parece acalmá-lo, no entanto, e quando já se vê um círculo considerável de terra no gramado, ele já está respirando num ritmo mais lento e sua expressão é neutra. Ele não presta atenção em mim, então ainda devo estar invisível para ele. Eu flutuo para perto do balanço da varanda e o observo empilhar terra e jogando-as pedras sobre uma lona, soltando as pedras maiores com a ponta da pá e jogando-as na floresta que separa nossas casas. Ele leva uns bons cinco minutos para remover uma pedra particularmente grande e, quando consegue, atira-a no meio da floresta com um olhar satisfeito no rosto. Depois de ter plantado a árvore e aplainado o terreno, está todo sujo de suor e terra, e... ok! Talvez eu esteja mesmo a fim dele. Um pouquinho.

Rei coloca no ombro a pá e a mangueira enrolada, em seguida volta para a garagem com sua calma habitual estampada no rosto, até que passa pela varanda. Ele para com uma expressão fria e olha diretamente para mim. Epa! Parece furioso novamente.

— Anna! — diz ele rispidamente.

Minha primeira reação é voar para trás do pinheiro tão rápido que parece que desapareci no ar. Rei continua a falar com o balanço no mesmo tom, frio como aço.

— Eu sei que está aí. — Ele espera alguns segundos até que eu me materialize e, quando não faço isso, ele baixa a voz. — Eu não sei o que você acha que aconteceu, mas gostaria que pensasse a respeito antes de falar com qualquer um sobre Seth. — Ele olha para o balanço com expectativa. — Você tem alguma ideia de onde ele está?

Suas cores estão oscilando entre vermelho e verde, como o Natal, mas nem de perto tão alegre. É a aura de conflito, de alguém que está tentando arduamente manter a mente aberta e dar sentido a isso. Saio de trás do pinheiro e dou alguns passos para a sua esquerda. Eu me agarro ao pouco de energia positiva que está irradiando dele e me recarrego com ela. Ele me vê de relance com a sua visão periférica e tem um sobressalto.

— Não FAÇA isso!

Claro que sei onde Seth está, mas eu não sei como dizer isso a ele. Ao longo dos anos, Rei e eu aprendemos a nos comunicar em silêncio através dos olhos e dos gestos. Pequenas coisas, como "Ei, você tem um lápis sobrando?" ou "Estou congelando, posso usar o seu moletom?" são fáceis de entender. Mas mesmo que eu não fosse péssima em mímica, como eu vou comunicar que "Seth está numa estrada a cerca de vinte e cinco quilômetros ao sul da fronteira com o Canadá"?

Rei senta-se ao meu lado e descansa os cotovelos sobre os joelhos, o queixo no punho. Seus olhos estão me avaliando de novo, tentando encaixar as peças do meu quebra-cabeça.

— Você vai realmente avisar a polícia?

Eu nego com a cabeça.

Ele relaxa um pouco.

— Então por que disse que ia?

Eu balancei a cabeça novamente.

— Sim, você disse. Eu ouvi. Ah, tá, você não se lembra, não é? — Seu tom é estranhamente condescendente.

Eu balanço a cabeça e aponto para a minha casa. Eu murmuro a palavra "aquela".

Rei revira os olhos. Ele é ainda pior do que eu em mímica.

— Ótimo. Agora eu tenho que adivinhar o que você está tentando dizer, certo?

Certo.

Ele observa atentamente quando eu murmuro a palavra novamente.

— Isto — ele arrisca.

Eu balanço a cabeça e tento novamente.

— Ah, aquilo.

Perto o suficiente. Concordo com a cabeça. Eu murmuro a palavra "não" e balanço cabeça.

— Não? — ele aposta. Bom, ele está indo melhor do que de costume.

Concordo novamente, e aponto para o meu peito, murmurando a palavra "eu".

— "Eu" — ele diz baixinho. — "Aquela não sou eu." Aquela não é você? Bem, então, quem é? — Ele parece mais confuso do que nunca. Na minha casa, a porta da frente se abre. Taylor sai descalça e caminha lentamente pela calçada em direção à caixa de correio. Ela não percebe, mas Rei a vê, e ele sabe que eu não posso estar aqui e lá ao mesmo tempo.

Eu murmuro o nome bem devagar.

"Taylor."

Capítulo 12

— Então o que você está me dizendo é que Taylor está dentro do seu corpo — ele diz calmamente.

Concordo com a cabeça. Ela ainda está na caixa de correio, tirando uma pilha de catálogos e contas, mas muito longe para ouvi-lo. Eu me esquivo para o lado, de modo que, se ela olhar, não poderá me ver.

— Por que ela não está dentro de seu próprio corpo?

Eu passo o dedo em riste pela garganta.

— Ela está morta mesmo? — ele sussurra.

Concordo com a cabeça.

Rei respira fundo e lentamente, e esfrega as têmporas com as mãos sujas de terra.

— Isso é ruim. Ela disse que Seth a empurrou.

Eu balanço a cabeça com força.

— Não, eu achava que não. Você sabe como encontrá-lo?

Faço que sim.

— Ok, ótimo. Vamos lá para dentro antes que ela nos veja — diz ele. Dentro de casa, ele olha para as mãos sujas e se desculpa. — Preciso de cinco minutos para tomar um banho.

Eu espero lá embaixo e imagino cada reação que Rei pode ter quando perceber tudo o que aconteceu. Ele é tão bom em esconder suas emoções do mundo, mas como pode não estar sentindo descrença, raiva, medo e, o pior de tudo, decepção?

De banho tomado e vestindo shorts e camiseta, Rei me chama para que eu suba ao andar de cima, fazendo sinal para eu segui-lo até o seu quarto. A visão da cadeira de balanço provoca com flash na sua memória.

— Então, na noite passada — diz ele —, você não estava aqui porque estava sonhando, não é?

Eu balanço a cabeça, concordando.

— E a essa hora Taylor já estava morta, não estava?

Concordo.

— Então, por que você não me contou?

Eu não contei a ele porque queria meu corpo de volta primeiro, porque não queria que ele se preocupasse, porque eu estava profundamente envergonhada por estar presa fora do meu corpo, por todas essas coisas. E a razão número um para não ter contado a ele? Porque enquanto estou presa nesta dimensão, não tenho voz, não tenho palavras, não tenho maneira de lhe contar todos os detalhes complicados desse fiasco.

Devo parecer muito arrependida porque a voz de Rei amolece.

— Eu sinto muito — dia ele, enquanto se senta na cama. — Você deve ter ficado bastante chocada ao voltar para casa e encontrar outra pessoa no seu corpo.

Arregalo os olhos para mostrar que "chocada" é pouco.

— Então você já tentou tirá-la de lá?

Faço que sim enfaticamente.

— Então... qual é o problema? O corpo é seu. Você não pode simplesmente expulsá-la?

Eu nego. Esta falta de voz começa a me enlouquecer. Eu olho em volta em busca de algo que possa usar para me comunicar, além da cabeça. O quarto de Rei está sempre arrumado, o que é uma droga porque um pouco de poeira seria útil para escrever. Há um lápis sobre a escrivaninha, mas, mesmo que eu possa pegá-lo, ele escorrega da minha mão quando eu tento escrever, produzindo nada mais do que rabiscos ilegíveis. Eu o deixo cair de volta na escrivaninha e olho em volta desesperada.

— Tudo bem, Anna — ele me consola. — Vamos conseguir. Então você pode levantar o lápis, mas não pode controlá-lo...

Rei liga a tomada com o pé e, enquanto espera o computador ligar, me dá tarefas para executar. Consegue mover este livro? Não, não consigo. Consegue mover este pedaço de papel? Sim, eu consigo. Ele parece estar à procura de um limite mágico de peso que eu possa levantar metafisicamente, e eu odeio acabar com suas ilusões, mas não acho que isso seja confiável. Eu posso manipular esses objetos em torno dele apenas porque estou me alimentando da sua energia. Rei parece vibrar a uma frequência muito maior do que a maioria das pessoas que eu conheço, provavelmente por causa de toda a meditação que ele faz em seu esconderijo secreto. Na minha casa, meus pais e Taylor têm um efeito negativo sobre mim. É como beber suco por um canudinho. Eu não acho que conseguiria levantar aquele lápis na minha casa.

O computador está ligado e Rei seleciona o ícone do editor de texto. Na tela aparece um documento em branco.

— Você consegue digitar?

Ele começa a puxar a cadeira para trás para me dar acesso ao teclado, mas então para e olha para mim com curiosidade.

— Você pode passar através de mim?

Quem sabe? Eu estendo a mão na direção dele para ver se ele parece sólido como Taylor, ou se é como um objeto inanimado que eu posso atravessar se quiser. Ele estende a mão para encontrar a minha e, quando as nossas mãos se tocam, ele parece firme e seguro, como uma âncora que me impede de afundar.

— Isso é tão legal! É como se você estivesse vibrando. — Eu o vejo olhar com um fascínio infantil para a minha mão descansando sobre a dele. Quando seus dedos se dobram naturalmente sobre os meus, afundam na minha mão. — Isso é estranho. — Ele parece desapontado. — Mas você não pode atravessar a minha mão com a sua.

Eu faço que não com a cabeça.

— Estranho. Bem — Rei se recosta na cadeira —, de volta à grande pergunta. Você consegue digitar?

Eu me abasteço da energia de Rei antes de passar os dedos com pressa sobre o teclado... *lkdjg oerufj*

Sim, eu consigo digitar.

— Bom! Isso vai facilitar as coisas. Agora comece do início e me diga tudo o que aconteceu a partir do momento em que deixei você ontem à tarde.

Eu sugo mais um pouco de sua energia, a fim de digitar toda a história, mas Rei não parece sentir. Ele se inclina para a frente, lendo enquanto eu digito, interrompendo-me com perguntas. Quando eu termino, ele se reclina na cadeira com aquele olhar preocupado no rosto.

— Eu deveria ter ido lá com ele. Pelo menos poderia servir de testemunha.

Se eu conseguir voltar para o meu corpo, posso testemunhar.

— Sim, bem, esse é o próximo tópico de discussão. Como você vai tirá-la de lá?

Não faço ideia. Eu continuo tentando expulsá-la, mas, como você pode ver, não consigo atravessar as pessoas. Se não consigo atravessá-la, não consigo expulsá-la.

— Bem, como ela conseguiu entrar no seu corpo, então?

Deve ser porque eu não estava lá. Talvez ela tenha me visto na cachoeira com Seth e imaginado que poderia entrar se eu não estivesse lá dentro.

Rei está em silêncio, pensando.

— Então você está em outra dimensão? — ele finalmente pergunta.

Acho que sim. É o mesmo lugar que eu sempre vou.

— E Taylor tomou posse do seu corpo.

Concordo, séria. Eu não acho que você deva dizer a ela que sabe que ela está no meu corpo.

— Não, tem razão, eu não vou dizer.

Eu não sei como ela acha que vai continuar fazendo isso. As pessoas que sofrem concussões realmente têm problemas de memória tão drásticos? Ela nem sabia o meu nome completo.

— Elas podem ter. E ela sabe o seu nome agora. Eu disse a ela.

Tenho a sensação de que ela vai ficar te enchendo o saco.

— Tudo bem. Sabe — ele diz em voz baixa —, eu achei mesmo que tinha algo estranho com você. Seus olhos. Eles pareciam... desconhecidos.

Eu me pergunto se minha mãe vai notar alguma diferença nos meus olhos também, ou se Rei é a pessoa que mais me conhece neste mundo.

Ele pressiona o ponto entre as sobrancelhas por um minuto, e as camadas de vermelho e verde em torno dele parecem se mesclar e tornar-se índigo.

— Ok, então vamos visualizar isso racionalmente. Se Taylor não tivesse entrado em você, o que ela teria feito?

Ela deveria ter ido para a luz, mas eu não vi nenhuma. Eu não sei se eu não estava prestando atenção ou se o sol estava muito brilhante. Ou se simplesmente não havia nenhuma luz esperando por ela.

— Ok, seja qual for o motivo, ela não foi para a luz. Portanto, ela é um espírito que possuiu um corpo vivo.

Agora que ele coloca isso dessa forma, parece tão sinistro! Concordo com a cabeça.

— Então podemos pesquisar sobre "possessão espiritual"? Vamos ver o que a internet tem a dizer.

Eu digito as palavras mágicas, aperto a tecla "enter", e *voilà*... nove milhões de resultados.

Faço uma cara de surpresa para ele, e Rei sorri pela primeira vez depois de muito tempo. Não um grande sorriso, mas o suficiente para me abastecer por mais alguns minutos.

— Então, por que eu não checo esses resultados e vejo o que consigo encontrar enquanto você vai procurar Seth?

Eu volto para a tela do editor de texto. *O que você quer que eu faça quando encontrá-lo?* Certamente ele não quer que Seth me veja.

— Só o encontre, certifique-se de que ele está em segurança. Diga-me onde ele está.

Ok, já volto.

Seth está um pouco mais ao sul agora. Eu o localizo numa área arborizada a pouco mais de trinta quilômetros de distância, e ele ainda está caminhando num ritmo constante. Eu adoraria saber aonde ele está indo. Como está arranjando comida e água. Que pensamentos estão se passando por trás daquela expressão vazia no rosto. Por pior que ele possa pensar que seja sua situação, não pode nem imaginar o quanto ela pode piorar se eu não voltar para o meu corpo.

Eu volto para o quarto de Rei antes que ele tenha concluído a leitura do primeiro artigo sobre possessão. Assim que ele me vê, impulsiona a cadeira para trás, de modo que eu possa usar o teclado.

Ele está bem. Está atravessando um bosque entre St. Albans e Milton.

— Então ele não está muito longe. Vamos atrás dele.

Levo um segundo e meio para avaliar se essa é uma ideia perigosa para Rei.

O que você vai fazer com ele depois que encontrá-lo?

— Eu vou convencê-lo a ir à polícia e eles vão resolver essa história toda — diz Rei. — Você mesma disse: ele não fez nada de errado.

Não importa o que eu diga — ninguém pode me ouvir. A polícia vai ouvir Anna Rogan, que vai lhes dizer que Seth empurrou Taylor.

— Bem, a lei diz que ele é inocente até que se prove o contrário.

Na escola ele já é considerado um aluno com problemas de comportamento. E todas as amigas de Taylor disseram à polícia que Seth estava lá com ela, e não retrataram Seth de forma muito positiva.

— Como você sabe?

Eu fui à escola hoje. Eu as ouvi falando com a polícia.

— Ok. — Rei recosta-se na cadeira e a gira enquanto digere essas últimas más notícias.

— Como posso ajudar Seth, então? Eu não posso deixá-lo sozinho por aí.

Ele parece ter algo planejado. Deixe-o fazer o que está planejando. Ele já acampou várias vezes, sabe se cuidar. Se ele não entrar em contato com você até amanhã à tarde, eu te levo até ele.

— Muito bem — ele volta para o computador. Sua expressão indica calma, mas sua aura me diz algo diferente. Ele não está feliz com esse acordo, e a cor azul dá lugar a camadas de desânimo.

O ar parece mais pesado, como se uma onda de negatividade tivesse coberto o quarto. Eu tenho certeza de que é a energia de Rei reagindo à minha relutância de levá-lo até Seth, quando ouço uma porta de carro bater, depois outra. Eu voo para a janela assim que a campainha toca.

Capítulo 13

Lanço um olhar de aviso a Rei, enquanto o som da campainha ecoa pela casa.

Tão logo vê quem está ali, ele resmunga um daqueles palavrões em japonês que não quer traduzir para mim.

— Espere aqui — ele me diz.

Sem chance. Eu pairo sobre o topo da escada, fora de vista. Os policiais olham com expectativa quando Rei abre a porta.

— Posso ajudar?

— Você é Rye Ellis? — pergunta o mesmo policial baixo e careca que eu vi na escola.

— Rei Ellis — ele corrige.

— Ok, Rei. Sou o oficial Daigle. Este é o oficial Mooney. Gostaríamos de fazer algumas perguntas sobre Seth Murphy.

Mesmo que Taylor tivesse chamado a polícia logo depois que Rei saiu, eles não estariam aqui fazendo perguntas tão cedo, a menos que...

Eu voo para o rio, onde vi pela última vez o corpo de Taylor balançando na corrente. O ramo de bétula agora boia livremente na água, e a lama ao longo da margem está pisoteada e carimbada com dezenas de pegadas de botas pesadas.

Eles sabem.

Rei tem muito pouco a contar à polícia sobre Seth. Ele menciona o celular roubado, o bilhete em seu armário, o fato de não ter ouvido falar de Seth desde ontem à tarde. A polícia pergunta a Rei sobre mim, então eu suponho que, depois que Rei saiu, Taylor não esperou muito tempo para ligar para a polícia. Ele menciona a minha concussão e problemas de memória. Duas vezes. Antes de sair, o policial entrega a Rei seu cartão e pede para ele ligar se souber de algo sobre Seth.

Rei amassa o cartão lentamente na mão enquanto observa a viatura sair da rampa da sua garagem e ir diretamente para a minha casa, então ele sobe as escadas de dois em dois degraus.

— Anna! — Ele para um pouco antes de passar direto por mim. — Desculpe. A polícia está indo interrogar Taylor. Você pode ouvir o que ela vai dizer?

Eu? Escutar uma conversa particular? Claro, por que não?

Vinte minutos depois, estou de volta, furiosa com Taylor e ainda mais preocupada com Seth. Rei está na janela do seu quarto vendo o carro da polícia deixar a rampa da minha garagem, quando ouve o som das teclas.

Ela descreveu tudo o que Taylor estava usando, como todos os botões se romperam e as unhas se curvaram para trás. Ninguém saberia disso a menos que estivesse lá ou tivesse visto o corpo. Que eles encontraram, a propósito — eu verifiquei.

Rei senta-se na beirada da cama e se inclina para enxergar o que eu escrevi no computador.

— Espere um segundo. Você havia me dito antes que, quando Seth agarrou Taylor, a camisa dela rasgou. Você quis dizer que todos os *botões* foram arrancados? — Pela expressão, posso dizer que a sua tentativa de visualizar a cena está levando a resultados surpreendentes. — Uau. Isso é realmente... ruim.

Era uma camisa bem fininha, mas, ainda assim, parece bem incriminador.

— Bem, tem razão. Parece mesmo.

Se eu ao menos conseguisse tirá-la do meu corpo, eles não teriam nenhuma testemunha.

— Sabe — Rei diz com um traço de amargura —, seria bom se o seu pai pudesse simplesmente dizer à polícia que você estava em casa, no seu quarto, o tempo todo.

Sim, seria, mas Rei sabe tão bem quanto eu que o cérebro do meu pai tem a capacidade de retenção mental de um cano de esgoto.

— Ok, então nós temos que pôr você de volta em seu corpo. Estávamos pesquisando no Google. Vamos voltar a isso.

Rei se senta na cadeira e eu leio sobre seu ombro.

— Eu li um artigo enquanto você estava fora que diz que só precisamos convencê-la de que está morta e que seus entes queridos estão esperando por ela do outro lado da luz.

Nada é assim tão fácil. Essa luz, esse caminho para o céu, é uma coisa meio obscura para mim. Se Taylor estiver qualificada para ela, se conseguirmos descobrir como convocar essa luz, podemos convencê-la a atravessar para o outro lado? Ah! Eu posso imaginar a conversa agora:

Rei: Taylor, eu sinto muito ter que dar esta triste notícia a você, mas, devido a um trágico acidente, você está morta. O lado positivo é que os seus entes queridos estão esperando por você do outro lado da luz!

Taylor: Cai fora.

Eu mostrei a ele o polegar para baixo e depois apontei para o próximo resultado.

Rei clica nele e nós dois lemos as informações do site.

— Este site quer que eu digite o número do meu cartão de crédito, e, por 100 euros, eles vão realizar um exercício de libertação espiritual a longa distância em seu corpo. — Ele sorri.

— Será que existe alguém tão burro assim?

Infelizmente, sim.

Ele clica em outro link.

— Este diz que algumas pessoas podem ser parcialmente possuídas. Talvez a sua mãe possa negociar o tempo em que cada uma de vocês toma posse do corpo. — Eu simulo o movimento de dar uma palmada no ombro dele e ele finge que sente, mas não olha nos meus olhos enquanto vai para a tela seguinte. Na parte inferior da página, um título me chama a atenção. Aponto para ele.

— Isso? — Ele clica.

Sim, isso mesmo. Eu pairo no ar perto de Rei para poder ler.

Defumação: Para eliminar a energia negativa, os nativos americanos amarram um maço de galhos de sálvia-branca (Salvia apiana)*, que são acesos, para fazer fumaça. A fumaça acre é espalhada no ar para cobrir todas as áreas em que supostamente há energia negativa. Por tradição, uma concha de abalone é usada para colher as brasas que caem.*

Rei parece pouco convencido enquanto lê o artigo, mas eu estou empolgada. Taylor não é nada mais do que energia negativa, e talvez, se ela for exposta a algumas baforadas de fumaça de sálvia-branca, isso a faça perder o controle do meu corpo e eu consiga voltar para ele.

— Essa não parece a mesma sálvia que os meus pais vendem na loja — Rei finalmente diz. — Onde é que iríamos conseguir esse troço?

Eu faço um gesto para que ele saia do teclado e faço uma busca por lojas esotéricas na região de Burlington. A mais próxima fica à beira-mar.

— Loja Esotérica "Gárgulas Sagradas". Descubra a magia do seu verdadeiro eu espiritual. — Os ombros de Rei caem enquanto ele lê. — Livros, joias, aromaterapia, tarô... instrumentos ritualísticos? Caldeirões? *Vudu?* — Ele parece realmente incomodado agora. — Sério? Você tem certeza?

Concordo com a cabeça enfaticamente. No mínimo, vai nos dar algo para fazer além de ficarmos sentados aqui nos preocupando.

— Tudo bem — ele suspira. — Vamos acabar logo com isso.

Num beco saído de uma rua lateral a vários quarteirões de distância da avenida à beira-mar, espiamos a fachada de uma loja de paredes cor de violeta e telhado tangerina. Quatro gárgulas com cara de dragão se sobressaem por baixo dos beirais largos, alternando-se com uma dúzia ou mais de birutas de néon. Há uma placa pintada com cores berrantes e um ar boêmio que nos convida a entrar na "Gárgulas Sagradas". Rei não parece muito impressionado.

Um sininho toca quando abrimos a porta e o cheiro enjoativo de incenso quase nos derruba. Eu sei que os meus sentidos são mais sensíveis quando estou fora do corpo, mas um olhar de Rei me diz que não sou a única que não aprova o cheiro.

— Espero que a tal sálvia-branca não cheire assim — murmura Rei.

Há uma mistura estranha de energia positiva e negativa ali, quase como se os utensílios de bruxaria e vodu expostos quisessem derrubar as estatuetas de anjos e fadas. Espalhadas pela loja há cestas rústicas cheias de pedras — quartzos, ametistas e outras pedras bonitas que eu não sei o nome, mas há uma vibração poderosa irradiando delas. Tento repelir a energia delas mais rápido do que a absorvo, num esforço para não me materializar na frente de ninguém. No meio de todo esse caos, a energia de Rei está tranquilamente inerte enquanto ele anda por essa loja estranha.

— Feliz encontro, irmão! — A mulher de meia-idade atrás do balcão me lembra um cardeal com seu cabelo ruivo armado, nariz cônico e delineador pesado ao redor dos olhos pequenos e penetrantes que medem Rei de cima a baixo sobre o aro dos óculos de leitura psicodélicos. Ela salta do banco e caminha em sua direção.

— Posso ajudá-lo a encontrar...? Oh! — Ela tira os óculos e pendura-os no seu colar de contas. Seus dedos se contraem nas laterais do corpo, e eu fico só um pouco horrorizada ao ver como suas unhas são longas. — Ah, meu Deus! Você tem uma aura encantadora! — Ela o elogia. — Você está aqui para uma leitura psíquica?

Rei não tem uma aura encantadora, pelo menos não no momento, a menos que ela goste de cor de mostarda Dijon.

— Hum, não. Estou procurando sálvia-branca — diz ele com cautela.

— Ela vem em maço.

— Claro! — A mulher pisca para ele. — Certamente que tenho. Siga-me, querido.

Ela conduz Rei por um labirinto confuso de estantes de livros e araras de roupas, vitrines fechadas expondo bolas de cristal, uma coleção de adagas ornamentadas ao lado de uma plaquinha com a inscrição Facas Rituais e uma variedade assustadora de bonecos de vodu, completas, com sua própria coleção de agulhas letais.

— Aqui está — ela cantarola. — Você gostaria de uma concha abalone também, querido? É muito útil para recolher as cinzas e custa apenas 9,99 dólares a mais.

— Não, obrigado. É só isso.

— Tudo bem, então. — Rei segue a senhora Rouxinol até a caixa registradora, na frente da loja.

Três minutos depois, ele está correndo para o carro, depois de ter sobrevivido às bizarrices da "Gárgulas Sagradas". Ao se sentar no banco do motorista, enfia o maço de sálvia mágica sob o assento.

— Você viu aquelas facas rituais? O que as pessoas *fazem* com aquilo? — ele me pergunta enquanto pega a rampa de acesso para a autoestrada. — E você deve ter adorado os bonecos de vodu.

Mais tarde, naquela noite, no quarto de Rei, tentamos descobrir a melhor maneira de pôr fogo na sálvia e defumar Taylor.

— Minha mãe vai me matar se eu acender isso em casa — ele diz, enquanto cheira o feixe de sálvia pela milésima vez. — Não tem cheiro de sálvia — diz, também pela milésima vez. Eu não faço ideia. Se alguém quiser saber qual é o cheiro de baunilha, eu sou a pessoa certa para se perguntar. Mesmo de olhos vendados, posso identificar alho, canela, até alecrim. Mas sálvia?

Rei está no computador, pesquisando "qual o cheiro da sálvia-branca" e ele não gosta do que encontra.

— Se eu queimar isto em casa, minha mãe não só vai me matar, como vai enterrar meu cadáver sob a varanda para que os vermes me comam — diz ele com a voz baixa. — Tem cheiro de maconha quando você queima.

Maconha. Rei é tão formal!

Eu já ouvi falar que Taylor e os amigos costumavam ir a Burlington beber com os caras da faculdade, mas eu não sei se as festinhas incluíam drogas, além do álcool. Será que ela fumava? Não sei. Eu não me interessava pelas conversas que ela tinha com as amigas.

Por que não vemos se ela fuma sálvia?

Rei aperta os olhos enquanto olha para a tela do computador, não porque seus olhos estão embaçados e não consegue ver o que digitei, mas porque não gosta do que lê.

— Como é que você vai saber o efeito que isso causará em você se fumar esta coisa? Aqueles são os seus pulmões também. E nunca se sabe o que essas coisas fazem com o cérebro. — Rei esconde a sálvia na gaveta inferior da escrivaninha, sob uma pilha de folhetos de faculdade. — Eu vou descobrir isso amanhã.

Ele se espreguiça em sua cama, alonga as costas e cruza os braços sob a cabeça. Fecha os olhos e eu deslizo no ar e pairo ao seu lado. Rei parece cansado. Eu absorvi muito de sua energia hoje, e posso ver o preço que ele está pagando por isso.

— Oi. — Ele sorri sem abrir os olhos. — Eu posso sentir você aí. — Ele abre os olhos e se vira para o lado, acomodando o travesseiro sob a cabeça. — Sabia disso?

Não, eu não sabia. Balanço a cabeça.

— É, eu posso sentir você perto de mim — ele repete, com um traço de melancolia na voz —, mas não posso te tocar. — Rei estende o braço e corre os dedos para a frente e para trás através do meu braço, como se eu fosse a chama de uma vela. Sinto cócegas quando ele faz isso. — Eu gostaria de saber como tudo isso funciona. Você é energia, eu sei disso, mas me pergunto de que tipo.

Provavelmente nuclear, eu brinco.

— Bem, quente você é — ele devolve a brincadeira. — Deixe eu ver a sua mão. — Eu estendo a mão esquerda, com a palma para cima, e deixo que ele a inspecione. — Acho que talvez você seja um tipo de energia que os seres humanos não identificaram ainda — ele conclui.

Quem sabe? Eu geralmente preciso absorver energia à minha volta para que você possa me ver, e eu preciso de muita se quiser mover coisas. Você está cansado?

— Sim, mas está ficando tarde.

Mesmo assim, eu estava absorvendo um pouco da sua energia. Será que o quarto está mais frio do que o normal?

— Sim, mas está bom assim.

Porque eu também estou absorvendo calor do ambiente, para ter energia suficiente para digitar.

— Eu ainda não entendo como você consegue digitar. — Ele corre os dedos através do meu braço mais algumas vezes. — Como você faz isso?

Não sei. Como é que o vento move coisas? Ele não é sólido, mas pode derrubar um prédio.

— O que aconteceria se eu não estivesse por perto para te dar energia e você estivesse em algum lugar frio, como o Polo Sul? O que você faria?

Extrairia energia do sol.

— E à noite?

Não faz diferença. As estrelas emitem uma grande quantidade de energia e tudo fica pairando no espaço. E a energia que vem das nebulosas ou supernovas é muito poderosa. É como beber alguns Red Bulls. Se eu me concentrar muito, posso absorver a energia delas.

O sorriso de Rei está carinhoso e sonolento.

— Quando é que você já tomou Red Bull?

Quando você não estava por perto para gritar comigo.

Ele sorri.

— Foi o que eu pensei. — Rei se deita de costas e olha para o teto. — Deve ser legal ver uma supernova.

Quer ver uma? Eu posso te mostrar. Não que eu realmente esperasse que ele pensasse seriamente nisso, mas como seria divertido mostrar o universo para o Rei!!

Ele se vira para ler a tela do computador e balança a cabeça, discordando.

— Muito engraçado. Boa tentativa.

Está com medo de que alguém sequestre o seu corpo também?

— Talvez. Mas, como eu disse antes, pense no quanto você se move rápido no espaço. O que aconteceria se fosse sugada por um buraco negro? Tem um monte de coisas no espaço que os cientistas não entendem. E se alguma coisa *pode* destruir energia, e nós simplesmente não descobrimos ainda?

Você se preocupa demais!

— E você não se preocupa o bastante — Rei diz. Ele fecha os olhos e, em poucos minutos, o ritmo de sua respiração se torna profundo e constante.

Apesar de todos os músculos que ele tem agora, ainda vejo o garotinho em Rei quando ele dorme. Seu rosto relaxa. Seus lábios se abrem ligeiramente, mas ele não ronca. Ele nunca roncou, *nunca*, e posso dizer isso sem exagero porque conheço Rei desde sempre. Nós dormíamos juntos quando éramos bebês, aprendemos juntos a usar o troninho, subimos no ônibus de mãos dadas no primeiro dia do jardim de infância. E é por isso que eu me sinto tão culpada agora.

Durante anos, eu pensei que era uma pena que o lábio superior de Rei fosse um pouco mais cheio do que o lábio inferior, só porque ficavam constantemente rachados. Mas Rei está crescido agora, e os lábios não são mais rachados; na verdade, são *realmente* tentadores.

Eu descanso a mão em seu peito para senti-lo subir e descer, sentir sua energia vibrar em harmonia com o ritmo cardíaco, e me ocorre pela primeira vez: Rei sempre foi meu protetor ninja, mas ele não é invencível. Eu sei que já é tarde, mas quanta energia eu absorvi dele hoje? Não posso continuar fazendo isso.

Yumi oferece em sua loja um tipo de cura com as mãos chamada Reiki. Literalmente, a palavra significa "energia invisível" ou "força vital", e é algo que Yumi aprendeu num curso quando estava grávida de Rei, cujo nome completo, não por acaso, é Robert Reiki Ellis. Eu costumava imaginar de onde ela tirava essa energia invisível, se seria do mesmo lugar que eu, mas isso não é algo que eu possa simplesmente perguntar, a menos que conte a ela o meu segredo.

Eu não sei qual é a fonte de energia de Yumi, mas me pergunto se eu poderia usar a minha do mesmo jeito que ela. Uma das leis da física afirma que a energia sempre vai da ordem ao caos. Bem, se eu não sou um completo caos, não sei o que sou. Eu me sento muito quieta, de olhos fechados, e me concentro na profusão de energia que existe no universo. Como um ímã, absorvo esse poder das fronteiras da criação, através de todas as dimensões além de mim, puxando-o para mim e através de mim, até sentir um formigamento. Posiciono as mãos sobre o peito de Rei e deixo a energia escoar para ele pouco a pouco, até a intuição me dizer "Chega!". Então eu tiro seu cabelo do rosto e deixo que ele durma sossegado.

Capítulo 14

Antes de se vestir para o trabalho na manhã seguinte, minha mãe acorda Taylor e conclui que ela está bem o suficiente para ir à escola. Taylor permite que ela a beije na bochecha e, assim que a porta do quarto se fecha, ela se levanta e começa a procurar no meu armário algo que possa usar.

— Isso é horrível. Isso é uma droga. Absolutamente horroroso. Nem morta que eu uso isso! — ela reclama enquanto tira uma roupa depois da outra do meu armário e as atira no chão por cima do ombro. Quando tira a última peça do armário, há uma pilha considerável de roupas espalhadas pelo quarto e nada que ela julgue digno de se vestir. Escolhe um jeans e uma camisa que a minha mãe comprou para mim um ano atrás e ainda está com a etiqueta, porque eu achei colada demais. Depois que Taylor a experimenta, percebo que eu estava certa.

Ela remexe todas as minhas gavetas à procura de maquiagem e não encontra nada, a não ser gloss de cereja, então espera a minha mãe sair e vai sorrateiramente até o quarto dela para usar suas coisas. A iluminação é melhor e o espelho é maior no quarto da minha mãe, então ela passa base, blush, sombra roxa, uma faixa grossa de delineador preto, rímel e uma espessa camada de batom vermelho-escuro. Ela esfrega os lábios e faz biquinho para o espelho.

Quem diabos é essa? Eu não reconheço mais o meu rosto. Ela fica lá se admirando no espelho, em seguida pega uma escova de cabelo e, com um olhar de desdém, começa a escovar. Eu não tenho aquele cabelo longo e loiro de Rapunzel a que Taylor está acostumada. Meu cabelo é liso, cor de casca de árvore e eu o mantenho longo só o suficiente para fazer um rabo de cavalo. Eu tolero a inconveniência de uma franja de lado apenas porque ela esconde a cicatriz na minha testa. Taylor não tem escolha a não ser fazer o melhor que pode com ele, esta manhã.

Depois de pronta, ela parece incerta. Consulta o relógio, em seguida olha o telefone, e depois pela janela por alguns segundos. Meu celular está na estante de livros, então ela o pega e passa todos os números da discagem rápida. O número de Rei é o primeiro.

Eu a observo teclar "1" e nós duas esperamos Rei atender.

— Então, ontem, quando estávamos conversando na varanda, você disse que eu pego o ônibus com você — diz Taylor, não se preocupando em dar bom-dia.

Minha audição é boa o suficiente nesta dimensão para que eu ouça a voz de Rei alta e clara através do telefone.

— Ótimo. Você se lembra disso — Rei diz. — Você me encontra em frente à minha casa toda manhã às sete, o que significa que eu te vejo em... seis minutos. Você tirou alguma coisa da mochila?

— Não. Por quê? — Taylor chuta a pilha de roupas que ela jogou no chão, procurando o que eu só posso supor que seja a minha mochila.

— Porque você guarda a sua EpiPen na sua mochila, mas provavelmente não se lembra disso.

— EpiPen? A injeção de adrenalina? Sou alérgica a alguma coisa?

— Amendoim. Mas você não come nenhum tipo de nozes, também. Taylor suspira.

— Amendoim? Você está brincando, né?

— Não, eu não estou brincando. — A voz de Rei é ríspida. — Vejo você em cinco minutos.

Isso é tempo suficiente. Eu voo até Rei e descubro que ele ainda está em seu quarto. Droga! O computador está desligado e não temos tempo para ligá-lo.

— Bom dia — diz ele com um sorriso torto. — Bom você aparecer.

Eu aceno e aponto para a gaveta inferior da escrivaninha.

— O quê? A sálvia?

Aceno com a cabeça enfaticamente.

— É, mas eu não descobri nada ainda.

Reviro os olhos, exasperada, e aponto para o relógio.

— Sim, eu sei, quatro minutos. Tenho que ir.

Não era isso que eu queria dizer!

Eu volto para casa e encontro Taylor resmungando pequenas obscenidades sobre mim e as minhas alergias, como se isso de alguma forma fosse culpa minha. Ela mexe no fundo do meu armário até que encontra um par de tamancos que eu raramente uso, e desenterra meu moletom preto e a mochila da pilha de roupas no chão do meu quarto. Ela não se dá ao trabalho de trancar a porta da frente.

Rei espera por ela em frente à garagem, um fone preso num ouvido. Quando ele vê Taylor, assobia suavemente.

— Uau! Eu acho que você esqueceu que não usa maquiagem.

— Eu uso agora — disse ela, sucintamente. — Pegamos o ônibus aqui? — Ela tenta fazer o seu épico movimento com o cabelo, mas não consegue, pois o meu cabelo não ajuda muito. Tenho vontade de rir.

Rei balança a cabeça e sorri para ela, evidentemente se divertindo.

— Não. É mais adiante.

Ela o segue em direção ao ponto de ônibus, e eu os sigo a uma distância segura. Ao longo do caminho, Taylor interroga Rei sobre os horários das suas aulas e faz mais perguntas sobre coisas que ela não consegue "se lembrar". Agora eu sei por que eu nunca usava esses tamancos. Eles não são compatíveis com a lama.

No ônibus, Rei oferece um fone a Taylor, provavelmente para mantê-la quieta. Ela franze a testa quando ouve a música, e da posição segura em que estou, mal posso ouvi-la pedir para ver o iPod dele. Rei o passa para ela. Taylor dá uma olhada nas músicas, fazendo uma careta.

— Você não tem nada bom?

Rei aperta as próprias bochechas com uma mão.

— Defina bom.

— Você sabe, *bom*. Não tem nada, tipo, atual? Pop ou R&B decentes?

Rei ri, provavelmente porque ela usou as palavras "decentes" e "pop" na mesma frase.

— Tem um monte de coisas atuais aí, mas a maioria é de bandas *indie* de que você provavelmente não se lembra. — Ele estende a mão para pegar de volta o iPod e, quando ela o entrega, Rei procura algo.

— Olhe, ouça isto aqui.

Taylor se reclina no banco com um olhar que claramente significa que está se acomodando para ouvir a música. Rei vira-se para a janela e esfrega a testa, logo acima das sobrancelhas.

Pelo resto do dia na escola, Rei esclarece a Taylor sobre aonde ir e a que horas, diz onde fica o meu armário, tira o pacote de cookies da mão dela na fila do almoço e lembra-a de que é alérgica a amendoim.

— E daí? Estes são de chocolate, não de manteiga de amendoim.

Rei estende o pacote para ela.

— Leia os ingredientes.

Ela bufa para ele.

— Farinha — diz ela sarcástica, — açúcar... — Taylor se cala enquanto passa os olhos pela lista de ingredientes. — Processado em equipamentos compartilhados com amendoim e nozes — ela diz. — Essa merda toda é gozação, certo?

— Errado. — Rei coloca o pacote de volta no lugar. — E no caso de ter se esquecido, você quase nunca fala palavrão.

— Tá, ok, tudo bem. O que acontece se eu comer esses biscoitos?

— Coisas ruins. É só não comê-los. E fique com o seu epi *o tempo todo*, ok? Quando voltarmos para a mesa, eu mostro como usá-lo.

Rei está ajudando Taylor a encontrar o seu caderno de espanhol quando Callie vem na direção deles.

— Ei, eu estava procurando vocês dois.

— Tudo bem? — Rei pergunta.

— Eu só queria saber como a Anna está — diz ela, e então se volta para Taylor, que ainda está vasculhando o meu armário. — Você está bem?

— Não, eu tive uma concussão. — Taylor encontra um lápis apontado no armário e finalmente se vira.

Callie ofega.

— Uau, Anna! Por que você está coberta de maquiagem? Você está parecendo uma...

— Callie — Rei interrompe. — Anna está com dificuldade para se lembrar de algumas coisas por causa da concussão, e uma delas é que ela não usa maquiagem.

— Sério? Uma concussão? Ah, que dó! Bom, isso explica a roupa, então. Belo esterno, aliás.

Taylor faz uma cara, como se fosse defender a minha falta de peitos, mas então Callie faz a pior pergunta possível.

— Então, o que está acontecendo com Seth? Eu ouvi todos aqueles boatos sobre ele e Taylor Gleason.

— Seth matou Taylor Gleason a sangue frio — Taylor diz, aumentando o volume da voz. — Eu estava lá, e eu o vi jogar Taylor direto na cachoeira. Ele é um assassino.

Todos passando pelo corredor param para ouvir. Callie parece confusa.

— Como assim, você estava lá?

— Eu estava lá — repete Taylor. — A polícia está procurando por ele e, quando encontrar, eu sou uma testemunha ocular.

Callie olha para Rei em busca de algum tipo de confirmação, mas Rei só estende a mão para dentro do meu armário, pega o meu livro de espanhol e o empurra para as mãos de Taylor.

— Você tem espanhol na sala 137 — diz ele com frieza. — E depois me encontre aqui.

— Eu não... — Taylor começa.

— Vá para a aula! — manda Rei com uma voz que parece chamar a atenção de todos os bisbilhoteiros de plantão novamente. Taylor bufa, ofendida, e sai pisando duro em direção à classe.

— Então, o que está realmente acontecendo? — Callie pergunta. — Eu ouvi dizer que Taylor está morta, mas não posso acreditar que Seth tenha alguma coisa a ver com isso. E o que está acontecendo com a Anna? Ela está *muito* estranha!

— Está mesmo — Rei concorda. — Mas não se preocupe com isso. — Ele bate a porta do meu armário. — Assim que a memória dela voltar, tudo vai melhorar.

— Bem, a boa notícia é que espanhol é uma língua neolatina, então não deveria ser tão difícil — Taylor cumprimenta Rei depois da aula.

— Isso é bom. Porque espanhol é uma das matérias em que você se dá melhor — Rei ressalta.

É claro que é. Eu adoro a Espanha. Eu passo tanto tempo lá quando estou fora do corpo que sou praticamente fluente em espanhol.

À medida que o dia se arrasta, eu percebo que os olhos de Taylor estão se demorando em Rei por períodos cada vez mais longos, quando ela acha que ele não está olhando. Durante a volta para casa, de ônibus, ela aos poucos vai chegando mais perto dele, até que seus quadris se toquem. No momento em que o ônibus chega ao nosso ponto de parada, Rei já está com meio corpo para fora do assento, num esforço para deixar algum espaço entre eles.

Na caminhada para casa, ela se vira para Rei.

— Então eu realmente disse que você é como um irmão para mim? Eu juro que não me lembro de ter dito isso!

— Sim — Rei responde sem olhar para ela. Ele parece cansado novamente. Eu acho que Taylor está sugando ainda mais energia dele hoje do que eu, ontem.

— Você não parece um irmão agora — ela diz, timidamente.

Algo entre diversão e irritação transparece nos olhos dele.

— Não?

— Não. Na verdade, eu acho que, já que nos conhecemos tão bem, talvez fosse legal, tipo, sairmos um dia desses.

Ele ainda não olha para ela.

— E se eu ainda penso em você como uma irmã?

— Acredite — Taylor diz numa voz suave —, eu não sou *nada* como uma irmã.

Eles chegam à frente da casa de Rei agora e, pelo que eu sei, Saya chega em casa às três horas. Estou curiosa para saber se Rei chegou a pensar no maço de sálvia que está escondido em sua gaveta. Na minha opinião, seria difícil acender aquela coisa com Saya por perto. Como íamos explicar a ela? Acho que vamos ter que falar sobre isso à noite.

— Então está decidido. — Taylor vira a esquina e começa a descer a rampa da garagem da casa de Rei. — Eu vou te fazer uma visitinha.

Capítulo 15

Rei é um ótimo jogador de pôquer. Eu sei que isso vai contra a reputação que ele tem de ser um cara honesto e de bom caráter, mas a razão por que Rei sempre ganha todas as fichas de Seth é que ele é um mestre em esconder emoções. Porém, depois de quase dezessete anos com ele, sou mais capaz do que Seth de detectar mudanças sutis no rosto inexpressivo de Rei. A razão por que Rei sempre ganha todas as *minhas* fichas é que eu nunca consigo me lembrar da diferença entre um *flush*, um *straight* e um *full house*.

Quando estou fora do corpo, porém, tenho a vantagem de ver a aura de Rei. Agora, ele está cansado de Taylor e só quer fazer uma corrida longa e difícil; por outro lado, ele a quer fora do meu corpo.

— Você pode entrar — ele diz a ela numa voz de seda —, mas tenho algumas coisas para fazer.

— Que tipo de coisa?

— Bem, eu tenho que tomar conta de Saya. Começar a preparar o jantar, coisas desse tipo.

— Eu posso ajudar.

— Você se lembra de como se cozinha? — Eu me materializo atrás de Taylor só por tempo suficiente para lançar um olhar sarcástico para Rei, que ele ignora. Ela não tem como saber que eu sou uma ótima cortadora de legumes, que a minha salada de atum é imbatível e que eu faço um bolinho de abobrinha com cenoura incrível. Só não me peça para preparar carne, a menos que o corpo de bombeiros esteja por perto.

Ela deve ter captado o sarcasmo duplo na voz dele, porque pergunta:
— Eu sabia cozinhar antes?
— Mais ou menos — Rei admite, enquanto a segue pela rampa da garagem.

Algo está errado. A varanda meticulosamente limpa de Rei está manchada com uma trilha de pegadas de lama que levam diretamente para a porta da frente. Eu busco a explicação óbvia, mas não vejo nenhum pacote esperando na porta, e as pegadas não fazem o trajeto de volta para a rua. As cores da aura de Rei se aprofundam e há uma mudança sutil em sua expressão, uma leve tensão nos ombros.

— Por que você não espera aqui, apenas no caso de o ônibus de Saya chegar — diz a Taylor calmamente, apontando para o balanço. — Eu vou buscar algo para beber.

Eu o sigo porta adentro, e as pegadas param abruptamente no tapete atrás da porta. Percorro rapidamente o andar de baixo para ver se há alguém ali, mas Rei vai diretamente ao andar de cima, subindo dois degraus por vez. Eu chego ao andar de cima no mesmo instante que ele, a tempo de ver a porta do quarto de Rei se abrir e uma voz profunda chamar seu nome.

As mãos de Rei sobem como um raio, silenciando a voz, e ele empurra o intruso para dentro do seu quarto, fechando a porta atrás de si com um chute. Levo um segundo para processar exatamente onde está o perigo.

É lá embaixo, sentado na varanda.

— Chhh! — sussurra Rei. — Tem uma pessoa aqui. Você precisa ficar quieto!

Seth não parece tão surpreso com a reação de Rei.

— Quem está aqui? Anna? — ele sussurra de volta.

— Sim, mas eu não quero que ela saiba que você está aqui.

Seth dá de ombros.

— Rei, eu preciso falar com você! — ele sussurra com urgência. — Eu acho que a polícia está atrás de mim!

— A polícia *está* atrás de você, idiota!

— *Merda!* — Seth se move para dar um soco na parede, mas Rei intercepta a sua mão. — Eu sabia! Tem certeza de que eles estão me procurando?

— Eles estavam aqui ontem me fazendo perguntas.

— Aqui? Fazendo perguntas a *você*? Que tipo de pergunta?

— Não temos tempo para falar nisso agora. — Rei leva Seth até a porta da sala de musculação e a abre. — Espere aqui até eu me livrar dela. E não soque as minhas paredes!

Agora Seth fica surpreso.

— Vai se *livrar* dela? O que aconteceu? Vocês brigaram?

Rei olha na direção da porta do seu quarto.

— É uma longa história. Ela não pode saber que você está aqui.

— Eu não empurrei Taylor. Você sabe disso, né?

— Eu sei que não, e nós vamos resolver isso quando eu voltar. Tome. — Rei puxa seu iPod do bolso da calça jeans e põe nas mãos de Seth sem se preocupar em desembaraçar os fones. — Saya está em casa hoje também, então isso pode levar um tempo, mas eu preciso que você fique aqui e bem *quieto*.

Seth dá de ombros.

— Tá, tudo bem. Ei, espero que você não se importe, eu peguei emprestado umas roupas suas.

Eu ouço o ônibus roncando na rua e, pelo olhar de Rei, ele também ouve.

— Tudo bem, tanto faz. Só fique aqui até eu voltar para te buscar, ok? Vamos conversar mais tarde.

O ônibus está brecando na frente da casa. Rei olha para Seth pela última vez antes de fechar a porta silenciosamente atrás de si.

E é claro que *eu* não estou autorizada a entrar na sala de musculação, o que torna impossível espionar Seth.

Num movimento rápido e fluido, Rei desce os degraus enquanto desliza as mãos pelos corrimãos até metade da escada, depois trava os cotovelos e pula até o chão mais abaixo. Ele abre a porta assim que Saya salta do ônibus.

— Eu pensei que você estava pegando bebidas — Taylor o repreende.

— Desculpe, eu ouvi o ônibus. Vou lá pegar num minuto.

Saya é como um raio de sol num dia sombrio. Ela corre pela calçada e não diminui o ritmo até pular no colo de Taylor, pegando-a de surpresa.

— Oh! Bem, você é mesmo uma coisinha cheia de energia! Olha para esses olhos! — A primeira coisa que qualquer pessoa *sempre* nota em Saya é a cor dos seus olhos, que são azuis como os do pai. — Não são lindos?! — Em seguida, Taylor comete seu primeiro erro na casa dos Ellis. — Seus olhos são da cor de miosótis.

Não, eles são definitivamente da cor de ipomeias, mas eu aprendi há muito tempo a não me envolver numa conversa com Saya sobre cor dos olhos.

Saya dá uma risadinha e olha nos olhos roubados de Taylor.

— Seus olhos são da cor de aspargos cozidos demais. — Isso chega a ser um elogio. Ao longo dos últimos dois anos, meus olhos foram de um tom desagradável de verde que lembrava desde algas até abobrinha.

O queixo de Taylor cai, e ela parece uma coruja enquanto Rei avalia a sua reação. Ele já teve um minuto para se acalmar, e agora está sentado de costas contra a coluna da varanda, as pernas estendidas ao longo do degrau mais alto. Ele aperta os lábios para esconder um sorriso.

— Bem, ela não é encantadora? — diz Taylor, sarcasticamente.

— Eu não me sentiria tão mal se fosse você — Rei garante a ela. — Saya, de que cor são os meus olhos?

— Seus olhos são da cor de cocô de elefante — ela ri incontrolavelmente. Os nomes dos animais mudam, mas, de acordo com Saya, os olhos de Rei são sempre da cor de cocô. Yumi proibiu Rei e eu de brincarmos assim com Saya algum tempo atrás, então ela está muito animada ao ver que pode voltar à brincadeira com ele agora.

— Viu? Aspargos cozidos demais não são muito melhores do que cocô de elefante?

— Encantadora — repete Taylor enquanto tira Saya com firmeza do seu colo.

Ela salta de Taylor para Rei, e o escala como um macaco, pisando em suas pernas e puxando seus braços.

— Estou com fome. E quero ir para a cachoeira — ela pede.

— Ei, essa é uma ótima...

— Não! — Taylor interrompe.

— Por favor? — Saya lança para Taylor o olhar a que ninguém pode resistir.

— Eu pensei que o seu irmão tinha trabalho para fazer — diz ela, friamente.

Rei tira Saya do colo, levanta-se e vai para dentro.

— Você está com fome também? — pergunta a Taylor.

— Fome de quê, exatamente? — diz Taylor numa voz rouca, enquanto segue Rei.

Ele abre a geladeira e olha lá dentro. Um sorrisinho diabólico aparece em seu rosto.

— Que tal uma tangerina? — ele pergunta.

— Claro, eu adoro tangerinas. Elas têm o seu cheiro quando você sai do banho.

Esse comentário tira o sorriso do rosto de Rei.

— Não é o meu cheiro, é o do sabonete — ele informa. — Tome, pegue. — Ele joga a tangerina por cima do ombro de Taylor, e eu fico surpresa ao ver que ela consegue pegá-la.

— Obrigada.

Ele tira um punhado de cenouras da geladeira enquanto Taylor luta para descascar a tangerina com as minhas unhas roídas.

— Precisa de ajuda aí? — ele finalmente oferece.

— Obrigada. — Ela entrega a tangerina a Rei. — Então, quanto tempo faz que eu roo as unhas?

— Quando tínhamos quatro anos, seu pai quebrou algumas costelas. — Rei descasca a tangerina em segundos e a devolve a ela. — Foi quando você começou a roer as unhas.

Essa revelação não inspira nenhum comentário a Taylor, além de:

— Bem, estou curada agora, então acho que essa concussão não foi uma coisa tão ruim afinal. — Ela pisca e coloca um gomo da tangerina na boca.

Rei murmura algo sobre cenouras e puxa uma faca do faqueiro de madeira sobre o balcão. Assim que corta as folhas verdes, Saya pega uma.

— Cócegas, cócegas! — Ela agita uma folha sob o queixo de Taylor. Taylor olha para ela, impassível.

— Por que você não vai ver TV ou algo assim?

— Rei, você tem razão! — Saya grita para Rei. — Anna nem se lembra da regra da TV.

— Vocês têm regras para ver TV? Pobres crianças infelizes... — Taylor suga o sumo da tangerina, que escorre entre os dedos. — Onde é o banheiro? Preciso me lavar.

— No final do corredor, primeira porta à esquerda.

Rei descasca três cenouras antes de Taylor voltar.

— Não tem papel sanitário. — Ela sorri, como se isso fosse algo muito elegante para se dizer.

— O que é papel sanitário? — Saya pergunta.

— Papel higiênico — Rei diz, impaciente. — Espere um pouco. Vou pegar.

Mas Taylor já está subindo a escada.

— Eu posso usar o banheiro de cima. Não esquenta.

O pano de prato cai da mão de Rei quando ele sai atrás dela.

— Espere!

— Não posso ter um pouco de privacidade? — ela pergunta do degrau mais alto. — Ou você é um daqueles caras que gostam de ouvir atrás da porta do banheiro? — Ela sorri maliciosamente para ele.

— Tudo bem, então — diz ele, enquanto dá meia-volta e começa a descer as escadas.

Rei definitivamente não é um daqueles caras que ouve atrás da porta, mas o corpo é meu, por isso... Ah, não! Eu acabo de me dar conta de que ela vai me ver pelada. Eu entro no banheiro sem pedir licença. Bem, ela não está aqui para fazer xixi, com certeza! Ela abre cada porta de armário, cada gaveta, olha até atrás da cortina do box e, além de encontrar o sabonete de glicerina com aroma de tangerina que Rei usa todos os dias, descobre que Rei e Saya usam creme dental sabor de canela e que ele está quase sem lâminas de barbear.

Rei fica andando de um lado para o outro, no primeiro andar, à espera de Taylor, tentando não deixar parecer que ele está ouvindo...

De alguma forma, ele não ouve quando ela sai do banheiro silenciosamente e anda os poucos passos que a separam da porta do quarto de Rei. A maçaneta gira facilmente e a porta abre sem fazer barulho.

O quarto de Rei está, como sempre, arrumado e limpo. Rei é minimalista. Não há pilhas de papéis amontoadas em sua escrivaninha, nem roupas sujas espalhadas pelo chão, nem copos vazios acumulados. Sua cama está feita, sua cômoda está vazia, exceto pelos vários troféus que ele ganhou no karatê; até mesmo o chão de madeira está livre de poeira. O olhar no rosto dela diz tudo. Tédio!

Eu não quero correr o risco de assustar Saya materializando-me na frente dela, mas Rei precisa chegar aqui rápido. Tento derrubar um dos troféus sobre a cômoda para chamar a atenção dele, mas são muito pesados e eu não consigo.

Ela abre a primeira porta que vê. O armário de Rei.

Droga! Eu avalio qual seria o menor dos males e decido ir para o andar de baixo. Felizmente, Saya está ocupada procurando algo em sua mochila, então eu surjo na frente de Rei e aponto para cima. Rei compreende imediatamente e sobe as escadas três degraus por vez. Ele abre a porta do quarto a tempo de ver Taylor fechar a porta do armário e voltar-se para a da sala de musculação.

— Anna!

Taylor sorri para Rei, ignorando a fúria em sua voz.

— Oi! Gostei do seu quarto. Cadeira de balanço legal! O que tem aqui? — Ela estende a mão para girar a maçaneta da sala de musculação enquanto ele pisa sobre a cama e aterrissa ao lado dela.

— Isso — ele tira a mão dela da maçaneta — está além dos seus limites.

Ele passa o braço pelo ombro dela, o que parece deixá-la feliz, e a leva para longe da porta e para fora do quarto.

— E você sabe que está fora dos seus limites. Pelo menos você *sabia*. Essa é a minha sala de musculação, e você foi proibida de entrar aí quando comecei a levantar pesos e você me deixou bem contrariado. Você conseguiu ficar longe desta sala o ano passado inteiro, então faça o favor de continuar assim.

— E o que isso tem de divertido? — perguntou Taylor, amuada.

Quando eles chegam ao pé da escada, Rei coloca as duas mãos nos ombros de Taylor e se inclina para olhar nos olhos dela.

— Eu preciso acabar de fazer o jantar. Se você está entediada...

— Quem, eu? Nunca me canso de ver homens trabalhando. — Ela pisca para ele e senta-se num dos bancos do balcão da cozinha, ao lado de Saya, que está fazendo sua lição de matemática com muita facilidade.

Rei olha para o relógio e tira do freezer um pacote embrulhado em papel branco.

— O que você vai fazer?

— Peixe defumado.

Peixe defumado? A família Ellis nunca come peixe defumado. Eles sempre escaldam ou grelham o peixe e, às vezes, nem se incomodam em cozinhá-lo, quando Yumi faz sushi. E ela sempre traz peixe fresco da loja, então por que Rei está recorrendo ao estoque de emergência de peixe congelado? Ele é só para o caso de nevasca ou outra catástrofe natural.

Rei desembrulha o peixe e o coloca no micro-ondas para descongelar.

— Saya, por que você não vai assistir ao Disney Channel no quarto da mamãe?

Saya fica muda por um segundo.

— Mas eu não acabei a lição de casa.

— Tudo bem, eu te ajudo com isso mais tarde — Rei promete.

— Mas a mamãe não vai ficar brava? — ela pergunta.

— Não com você — responde Rei.

Isso é suficiente para Saya. Ela pula do banquinho, e eu ouço a porta do quarto dos pais dela se fechando pouco antes de o micro-ondas apitar.

Rei abre a porta do armário e remexe ali até que encontra uma panela velha que usamos ocasionalmente para derreter sebo para os pássaros.

— Já volto — ele diz a Taylor. — Fique aí.

Eu me materializo na frente da porta de seu quarto e desenho uma interrogação no ar com o dedo.

— Chhh — ele me avisa. Como se eu estivesse fazendo barulho. Eu o sigo até o seu quarto, onde ele pega o maço de sálvia da gaveta da escrivaninha.

— O que é isso? — Taylor pergunta quando Rei volta com o maço de ervas.

— Isso é o que usamos para defumar o peixe. — Ele leva a mão até a prateleira de cima e puxa uma caixinha de chá antiga onde Yumi guarda as velas de aniversário e os fósforos. Ele só consegue acender o fogo no terceiro palito, mas, quando isso acontece, ocorre uma mudança sutil de energia no ambiente.

— É *assim* que vocês defumam peixe? — Taylor pergunta com ceticismo.

— Existem várias maneiras de se defumar peixe — Rei responde sem olhar para ela. Eu não tenho certeza se ele está tentando ser misterioso ou se está se concentrando para não incendiar a casa. Ele mantém o fósforo na extremidade do feixe de sálvia, em seguida assopra a chama suavemente. A fumaça logo se espalha pelo cômodo. Uau! Realmente cheira a maconha. Não que eu já tenha fumado, mas fui a dezenas de shows. Astralmente, é claro.

— Que troço é esse? Ah, meu Deus! Tem cheiro de baseado! — Taylor parece satisfeita com a escolha dos ingredientes e se inclina para inalar a fumaça. Aguardo a sálvia fazer a sua mágica e Taylor cair fora do meu corpo para que eu possa voltar e seguir com a minha vida. —

Rei, você é demais! Eu comi bolinhos mágicos uma vez, mas peixe defumado? Brilhante! E todo esse tempo eu pensando que você era careta.

— Ela ri de um jeito que me dá a impressão de que a sálvia não está funcionando exatamente como tínhamos planejado.

Rei tosse e abana o maço de sálvia ardente, envolvendo Taylor numa nuvem de fumaça pesada. Ela a inala e segura a respiração.

— Só que — ela exala depois de um longo tempo e ri — não é o peixe que deveria estar fumando isso?

Taylor se diverte muito mais do que eu, mas enquanto está ocupada com seus acessos de riso, eu tento voltar para o meu corpo. Procuro fazer isso furtivamente, porque, se ela souber que eu estou ali, pode desconfiar que Rei sabe sobre ela e isso seria ruim. Rei tenta espremer a sálvia na panela, mas a fumaça é persistente.

A televisão de repente fica mais alta e eu ouço passinhos no corredor.

— Rei? — Saya parece assustada. — Tem alguma coisa pegando fogo!

Tento imaginar como isso vai parecer a uma criança de sete anos. Taylor está rindo tanto que está até chorando; Rei está na pia, transformando o nosso milagre de oito dólares num maço de galhos molhados; a fumaça faz piruetas graciosas no ar, e tudo fede.

— Ai, não! — exclama Saya. — A mamãe vai ficar furiosa com você!

Capítulo 16

Saya é uma criança esperta, mas Rei é ainda mais inteligente. Assim que põe uma Taylor com tonturas a caminho de casa, ele abre todas as janelas para arejar a casa, dá a Saya uma lata de purificador de ar com perfume de laranja e permissão para ela pulverizar a casa tanto quanto quiser, então suborna-a com o estoque de chicletes para emergência que eu guardo no quarto dele a fim de que ela não conte o ocorrido a ninguém e vá assistir TV novamente.

— E não deixe isso grudar no seu cabelo! — Rei grita para ela.

Assim que Saya está encaminhada, Rei sobe as escadas para falar com Seth. Eu não estou realmente dentro da sala de musculação de Rei. Estou flutuando do lado de fora da janela, então, tecnicamente não estou quebrando as regras. Seth está deitado no chão com os pés em cima do futon, ouvindo música do iPod de Rei, quando ele entra. Seth tira os fones de ouvido e abre um largo sorriso.

— Ei! — Sua exuberância me lembra a de um cachorrinho.

— Chhh! Anna foi embora, mas Saya está assistindo TV lá embaixo. Eu também não quero que ela saiba que você está aqui.

— O que os policiais disseram?

— Eles querem saber onde você está. Por que fugiu? Você não fez nada de errado, mas, agora que foi embora, eles acham que você teve algo a ver com aquilo.

Seth se senta e inclina as costas contra o futon.

— Não ia mudar nada. Do jeito que tudo aconteceu, eu vou me ferrar de qualquer jeito.

A versão de Seth da história é exatamente a mesma que a minha, que não tem nada a ver com a versão de Taylor.

— E quando eu tentei puxá-la, ela fez isso em mim.

Seth deve ter enrolado o pulso com a gaze que encontrou no armário de remédios de Rei logo depois que chegou ali, mas ele a desenrola agora e Rei estremece.

— Seth, isso está *bem* infeccionado! Você precisa ir a um médico!

— Sem chance.

Mesmo de onde estou, do lado de fora da janela, posso ver o pus esverdeado escorrendo dos cortes longos e irregulares.

— Espere aqui. — Rei sai da sala e logo volta com as mãos cheias de coisas: água oxigenada, pomada antibiótica, bolas de algodão, mais gaze e esparadrapo.

— Essa merda queima! — Seth reclama quando Rei passa água oxigenada em seu pulso.

Depois que o pulso de Seth está com um curativo novo e ele comeu um sanduíche e algumas frutas, Rei tenta colocar algum juízo na cabeça dele.

— É só dizer à polícia o que aconteceu de verdade.

Seth balança a cabeça.

— Eles não vão acreditar em mim. Eu sou o garoto psicopata que socou uma porta de vidro, lembra? Aposto que as amigas de Taylor já disseram aos policiais que ela foi me encontrar.

— Bem, o que você vai fazer? Se meus pais te virem, vão forçá-lo a ir à polícia.

— Seus pais já sabem o que aconteceu?

— Eles não sabiam hoje de manhã, mas você sabe como as pessoas comentam as coisas na loja.

Sim, todos nós sabemos como a fofoca se espalha nesta cidade pequena.

— Deixei meu carro na fronteira para eles acharem que eu fugi para o Canadá. Pensei que, se voltasse aqui e você me emprestasse a sua bicicleta, eu poderia procurar Matt para saber o que ele acha que eu deveria fazer.

Estou tentando lembrar exatamente onde o irmão de Seth, Matt, faz faculdade. Em algum lugar no interior de Nova York. Vai demorar um bom tempo para ele chegar lá de bicicleta!

— Seth, por que fugir se você não é culpado?

— Porque não posso provar que eu não sou culpado! — Seth soca a almofada do futon. — Eu não tenho testemunhas e, quando eu a segurei, a camisa dela rasgou. Rasgou, tipo, *muito*. A coisa está feia. E você sabe qual é a parte realmente triste disso tudo?

Rei balança a cabeça. Tenho certeza de que, para ele, a história toda é muito triste.

— Se eu não tivesse tentado segurá-la, se apenas a tivesse deixado cair, eu não estaria com esse problemão. A camisa não teria rasgado e ela não teria arranhado o meu pulso. — Seth se inclina para trás e olha para o teto. — Isso é o que eu recebo por tentar ser um cara decente.

— O que você vai fazer? Fugir a vida inteira?

Seth dá de ombros.

— É melhor do que ir para a cadeia. Talvez eu mude meu nome. Talvez vá para o Canadá. Quem sabe?

— Eu acho que é mais fácil falar do que fazer, Seth. Você precisa de dinheiro para tirar uma nova identidade. Precisa conhecer alguém para conseguir documentos falsos. — Rei se levanta. — Eu vou dar uma olhada em Saya e acabar de fazer o jantar. Pense no que eu disse. Estarei de volta em uma hora mais ou menos.

Mas é Rei quem se abstrai em pensamentos enquanto tempera o peixe e coloca uma panela de água no fogão para fazer o arroz. Enquanto espera que ela ferva, vai até a garagem e procura por todos os lados até localizar uma barraca e alguns equipamentos de acampamento raramente utilizados de seus dias de escoteiro, muito tempo atrás. Ele pega a barraca e olha para ela por um minuto. Em seguida, coloca-a de volta na prateleira e vai para dentro.

※ ※ ※

A casa inteira cheira a um laranjal queimado, mas parece que Yumi fica entusiasmada demais ao ver o jantar pronto para comentar alguma coisa. Enquanto Rei e sua família jantam, eu vou lá para cima e inicio uma pesquisa na internet para buscar mais opções, agora que a nossa ideia da sálvia literalmente virou fumaça. Não demora muito para que a porta se abra sem fazer barulho e Rei entre. Eu puxo dele energia suficiente para me tornar visível e aceno para ele.

— Oi — ele sussurra. — Seth está no cômodo ao lado, você sabe.

Eu sei.

— Ele não vai se entregar — queixa-se Rei.

Talvez você devesse chamar a polícia.

— Não! — ele responde rápido. — Isso tem que ser decisão dele! Eu só tenho que descobrir o que dizer para fazê-lo perceber que essa é a coisa certa a fazer.

Estou obviamente pisando em ovos aqui, mas tenho que dizer de qualquer maneira.

Tenha cuidado. Se você for pego ajudando Seth, vai ter problemas também. Eu não ouso digitar que *tipo* de problemas, porque quem quer ver as palavras "cúmplice de assassinato" todas iluminadas na tela do computador?

— Eu não estou preocupado com isso. — Ele faz cara feia para mim. — Estou preocupado com o Seth.

Não há nada que eu possa dizer que vá consolar Rei agora. Sua aura é uma faixa densa e estreita, em tons de amarelo e marrom enlameado.

— Eu vou conversar um pouco mais com ele. Você pode ir lá embaixo e ficar de olho na minha mãe? Se ela estiver me procurando, venha até aqui e faça alguma coisa para chamar a minha atenção. Só não deixe Seth ver você e nem a minha mãe ver Seth.

Ok.

Robert leva Saya ao andar de cima às oito e meia para que ela vá para a cama, mas eles cantam tão alto ao subir as escadas que Rei sai do quarto antes que eu tenha que entrar. Yumi e Robert vão direto para a cama logo depois, dando liberdade para Seth finalmente usar o banheiro. Assim que Seth está novamente a salvo na sala de musculação, Rei lhe traz mais comida e água. Ele fica lá por pelo menos uma hora, falando tão baixinho que nem eu posso ouvi-los. Já passa das onze quando ele abre a porta.

— Durma um pouco — ele sussurra para Seth. — A gente se fala amanhã.

Depois de escovar os dentes, ele encontra a minha mensagem na tela do computador.

Algum progresso? Eu me materializo ao lado da escrivaninha enquanto ele lê.

Rei balança a cabeça. Ele se joga na cama e cobre os olhos com as mãos.

— Eu também preciso dormir um pouco, Anna — ele sussurra. — Não consigo nem enxergar direito.

Sob o brilho azul da tela do computador, vejo Rei relaxar lentamente pela primeira vez hoje. Da hora em que Taylor ligou esta manhã até a visita surpresa de Seth, percebo que Rei não teve um momento de paz o dia todo. Não é de admirar que ele esteja exausto. Concentro-me em fontes mais vastas de energia além de nós e absorvo o que posso, até que suas mãos se afastam do rosto e pousam suavemente sobre o travesseiro, ao lado da cabeça.

Eu estendo o braço e encosto suavemente a ponta do meu dedo na ponta do dedo dele, para ver se a vibração do meu toque o acorda. Quando ele não se move, traço com o dedo uma linha no dedo dele, deixando um rastro de energia. Tento ignorar o quanto a sua pele parece macia, visto que cada pequena sensação é intensificada quando estou fora do corpo, pois estou fazendo isso por Rei, não por um simples prazer egoísta. Eu contorno todos os dedos dele, um por um, repondo suas cores desmaiadas com um tom índigo, subo por seu braço até chegar ao ombro, roçando os dedos na sua clavícula, no pomo de Adão, até a atraente sombra de barba em seu queixo. Não é com a sua cabeça que eu estou preocupada hoje. Vou no meu ritmo, liberando um fluxo constante de energia até chegar ao centro do seu peito.

Yumi pode dizer de cor uma grande quantidade de informações sobre o Reiki e como ele funciona nos chakras de uma pessoa, mas eu não consigo absorver tudo. Só sei agora que o coração é o lugar em que Rei mais precisa de mim agora. Eu desenho círculos com a mão sobre o seu peito até criar um pequeno vórtice de energia em torno dele e, enquanto ele a absorve gradualmente, fico aliviada ao ver a cor índigo aumentar em torno do seu corpo.

Não consigo levantar o edredom para cobri-lo, porque é muito pesado, mas me sinto melhor sabendo que o meu melhor amigo dorme com uma aura límpida. Eu sei que prometi não entrar na sala de musculação de Rei, mas quero ter certeza de que Seth está dormindo também.

Na escuridão da sala de musculação, localizo Seth pela sua vibração errática e pelo cheiro de cachorro molhado que se fixa nele. Seth está roncando, não tão alto para que Yumi ou Robert possam ouvi-lo do andar de baixo, mas alto o suficiente para que eu saiba que ele está dormindo. Metade do seu corpo parece estar sobre o futon e metade para fora, o que faz sentido, visto sua altura.

Não há mais nada que eu possa fazer aqui esta noite, e não estou muito a fim de ir ver o que Taylor está fazendo. Eu preciso de umas pequenas férias... em algum lugar ensolarado.

Algumas pessoas leem a Bíblia, outras leem o Alcorão. Eu leio *O Pequeno Príncipe* de Antoine de Saint-Exupéry. É muito menos violento e tem uma raposa falante, uma raposa-do-deserto adorável, com orelhas enormes, que vive no Saara, onde é por acaso muito ensolarado. Na história, a raposa partilha o seu sábio segredo com o Pequeno Príncipe em troca de ser cativada.

Eu já fui ao Saara antes. Brinquei com uma família de raposas-do--deserto e agora conheço bem o suficiente as suas vibrações para encontrá-las. As raposas-do-deserto mantêm o mesmo parceiro a vida toda — outra razão para amá-las.

Rei se esforça para "cativar" a mim e a Seth. Eu sei que ele se sente responsável por nós. Eu sei que nós o desapontamos. Eu sei que às vezes fazemos da vida dele um inferno, mas eu sei que Rei e eu sempre seremos amigos. Eu só não sei se Seth e eu estamos prontos para ser "cativados".

Volto para o quarto de Rei bem cedo na manhã seguinte, energizada pelo sol do Saara e pela felicidade de um filhote de raposa, e encontro Rei andando de um lado para o outro em frente à porta aberta da sua sala de musculação.

Antes que ele possa dizer alguma coisa, eu já sei.

— Seth foi embora!

Capítulo 17

Rei se culpa pela fuga de Seth, mas como ele precisa dormir e eu não, minha própria culpa faz com que eu não consiga suportar a expressão no rosto de Rei.

Não se preocupe! Eu vou encontrá-lo!

Eu encontro Seth pedalando a *mountain bike* de Rei numa estrada secundária de Nova York. Só posso imaginar que ele está indo ao encontro do irmão. Parte de mim quer se materializar no meio da estrada para assustá-lo, o que ele merece por fugir da casa de Rei e roubar a bicicleta dele. Só vou dizer uma coisa sobre Seth: ele é rápido. Deve ter ido embora quando ainda estava escuro para já ter ido tão longe. Eu volto para dar a má notícia a Rei.

Ele roubou sua bicicleta. Já está em Nova York.

Rei simplesmente fecha os olhos e suspira.

— Então ele vai falar com Matt.

Rei é tão organizado! Ele examina seus contatos no celular e liga para o irmão de Seth. Hoje é sábado e são apenas seis horas da manhã, então não é nenhuma surpresa que Rei ouça o correio de voz de Matt.

— Matt, é o Rei Ellis. Ligue pra mim logo que ouvir isso. É importante!

Rei desliga e volta-se para mim com aquele olhar autoritário que ele tem.

— Vamos atrás dele.

E fazer o quê? Quando Matt ligar de volta, conte a ele o que está acontecendo e deixe ele tentar pôr algum juízo na cabeça de Seth. Talvez ele tenha mais sorte do que você.

— Mas eu tenho que fazer alguma coisa! — ele discute.

É só esperar Matt ligar para você. Então vocês podem decidir juntos o que fazer.

Eu não vejo Rei furioso com frequência, o que me deixa feliz. Mantenho meu olhar penetrante durante a disputa de olhares que se segue até eu ver suas cores ficarem mais amenas e eu perceber que ele finalmente concorda comigo.

— Tudo bem. — Seu estômago ronca quando ele põe o celular no bolso. — Então você nunca fica com fome quando está aí?

Agora ele vai se preocupar com a minha alimentação? *Eu não posso comer aqui.*

— Sim, eu imaginei. Deve ser um saco.

É um saco mesmo. Tudo é um saco. Eu sinto falta de cheesecake.

Rei balança a cabeça empaticamente.

— Você sente falta de mingau de aveia, também? — Agora ele está me provocando. Ele sabe que eu odeio tudo que parece pré-digerido.

Você está tentando me dizer que está com fome?

— Desculpe. Eu não sabia muito bem como é esse negócio de comida nessa dimensão. Eu não queria comer na sua frente se isso fosse te incomodar.

Você precisa comer. Não se preocupe comigo.

— Não me preocupar com você? Ah, tudo bem. Eu não vou respirar, também. — Ele estende a mão para envolver a parte de trás do meu pescoço, então para e deixa a mão cair. Ele suspira. — Eu acho que vou tomar um banho.

Percebo que ele leva o celular para o banheiro com ele.

Quinze minutos depois, ele está sentado na mesa da cozinha, descalço, vestindo jeans e uma camiseta cinza desbotada. O jornal está aberto na frente dele, e ele polvilha canela sobre uma tigela de mingau de aveia.

— Humm. — Ele segura uma colher grande e cheia e coloca-a na boca. — Mmmm.

Abro a boca e finjo enfiar o dedo na garganta.

A multidão de estudantes que costuma ir à loja durante a semana não aparece aos sábados; portanto, Robert e Yumi aproveitam para dormir até as sete. Milagrosamente, Saya ainda está na cama também. Rei vira cada página do jornal, comentando sobre isso e aquilo, até que chega aos obituários e empurra o jornal para mim, para que eu também possa ver.

Taylor Ann Gleason — Filha Amada

Nós dois levamos um minuto para ler sobre todas as coisas maravilhosas que estão escritas ali sobre Taylor.

— Vão fazer dois velórios. Um hoje, das seis às oito, para os moradores da cidade e outro amanhã à noite para quem vem de Long Island. O enterro será segunda de manhã. Deveríamos ir a algum desses?

Sem o computador, eu sou praticamente muda. Concordo com a cabeça.

— Como não vamos atrás de Seth, devíamos nos concentrar no que vamos fazer sobre a Taylor. O negócio da sálvia, obviamente, não deu certo. Mais alguma ideia?

Eu nego com a cabeça. Quero dizer a ele que pretendo passar a manhã no computador dele procurando mais ideias, mas não posso fazer isso sem uma voz.

— Bem, pense nisso. Eu tenho que trabalhar hoje. Você vai ficar de olho em Seth para mim?

É claro. Concordo com a cabeça.

Eu fico indo e vindo entre a casa de Rei e Seth, que cada vez se aproxima mais da universidade de Matt. Rei e sua família vão para a loja, e eu só me lembro de que deveria cuidar das crianças quando ouço Rei dizer a Yumi que Anna não está muito bem, então ele vai tomar conta das crianças na loja, durante a aula de yoga esta manhã. As crianças adoram Rei. Ele é como um trepa-trepa humano, e já que cuidamos de Saya desde que ela nasceu, cuidar de crianças é algo natural para nós dois. Ainda assim, é adorável vê-lo comandar uma dúzia de criancinhas, todas com menos de cinco anos. Eu fico para assistir às peripécias até a aula terminar e Rei ir para o cômodo dos fundos da loja trabalhar de verdade para variar.

Eu sei que eu deveria estar pensando no que fazer sobre Taylor, mas eu tenho evitado o computador porque sei o que vou encontrar...

Exorcismo.

Eu nunca vi o filme original, *O Exorcista*, mas já ouvi muitos comentários. Cabeças giratórias. Vômito de sopa de ervilha. Flagrante desrespeito a artefatos religiosos. A lista continua. Eu realmente não quero chegar a tanto.

Então eu decido dar uma olhada em Taylor em vez disso. Encontro minha mãe e ela passeando no shopping. Elas parecem felizes. Minha mãe está conversando, rindo, e Taylor lhe responde de uma maneira fácil e confortável. Eu continuo a ouvir a palavra *lavanda, lavanda*. Eu realmente espero que elas estejam falando da flor ou da fragrância, porque eu detesto a cor lavanda. Na verdade, qualquer tom de roxo me deprime. Assistir a Taylor com a minha mãe me deprime também.

Eu amo a minha mãe e sei que ela me ama, mas além da estatura baixa, dos olhos cor de aipo e de um desejo insaciável por doces, temos bem pouco em comum. Ela adora comprar em lojas de departamentos, roupas de marca, joias modernas e perfumes marcantes. Eu gosto de jeans, dos moletons que Rei me dá quando não os quer mais e de desodorante sem perfume.

Desde a sétima série, o dia da foto na escola começa com uma briga em casa. O grito de guerra da minha mãe é sempre o mesmo: "Eu não vou comprar outra foto sua usando aquele mesmo moletom preto e velho de capuz, só com o cabelo para fora! Você não pode pelo menos passar um blush? Um rímel?"

Eu sei que a minha mãe trabalha duro para sustentar a mim e ao meu pai parasita, e respeito isso. O que eu não entendo é por que ela o deixa em paz se ele está o tempo todo bêbado. Por que ela espera que eu mude, mas ele não.

As duas andam pelo shopping, minha mãe de salto alto e Taylor em meus tamancos, indo na direção da *Manicure Nadia*. Minhas unhas roídas têm sido um desgosto para a minha mãe há muitos anos, e ela simplesmente não pode conter sua excitação pelo fato de eu estar finalmente interessada em unhas de acrílico. O cheiro de produtos químicos que exala da loja da Nadia é insuportável para mim. Antes de eu sair, ouço Taylor dizer à garota de jaleco branco que quer unhas extralongas.

Que maravilha.

Nos fundos da loja, Rei desmonta caixas de papelão e as empilha. Ele está conectado ao seu iPod, e sua atenção está igualmente dividida entre a música e as caixas. Ele dá um salto para trás quando eu apareço.

— Anna! — Ele tira um fone e olha ao redor para ver se os pais estão por perto, mas eles estão lá na frente, atendendo aos clientes, como eu já verifiquei. — Você pode, por favor, me dar um pequeno aviso antes de aparecer?

Eu aponto para o bolso onde está o telefone dele.

— Você quer o meu celular?

Concordo com a cabeça.

— Por quê? — ele pergunta enquanto puxa o aparelho do bolso e o estende na minha direção, com um olhar confuso.

Adivinhe, eu digito simplesmente.

— Ah... ok, o quê?

Estou colocando unhas de acrílico. Extralongas.

Rei sorri.

— Sério?

Eu o encaro com um olhar penetrante. *Minha mãe gosta mais de fazer compras com a Taylor do que comigo.*

— Não é verdade — diz ele, tranquilizador, mas nós dois sabemos que é. — É só que Taylor gosta de todas aquelas coisas da moda que a sua mãe gosta. Mas eu espero que elas guardem os recibos para você poder trocar depois.

Digitar no celular é difícil. Mesmo com Rei e sua grande quantidade de energia, digitar mensagens de texto requer muito esforço. Eu pairo sobre uma pilha bem organizada de caixas vazias, com raiva.

— Eu finalmente consegui falar com Matt. Eu disse para ele me ligar assim que Seth aparecer. — Rei se vira para a pilha de caixas. — Preciso acabar umas coisas aqui, e depois vou para casa. Você não vai ao velório vestida assim, vai?

Eu reúno toda a energia que posso e faço uma das pilhas desmoronar. Ele ri, o que me irrita ainda mais.

— Ok, eu mereci isso. Ei, você pode ir dar uma olhada em Seth e me encontrar na minha casa em uma hora?

Concordo com a cabeça e desapareço na frente dele. Fiquei de olho em Seth o dia todo, de qualquer maneira. Ele está pedalando roboticamente em sua bolha cinza, como se estivesse cercado pela sua nuvem de chuva pessoal. À sua frente, a estrada é uma subida cheia de curvas, e o asfalto está marcado com as várias camadas de geada acumulada do inverno longo e rigoroso.

Uma semana atrás, Seth tinha uma boa ideia sobre o que faria da sua vida. Eu não acho que ele esperasse nada de extraordinário: talvez estudar tecnologia, conseguir um emprego em que trabalhasse com carros, talvez aceitar o fato de ter sido abandonado pela mãe e perceber que nem todas as mulheres são egoístas e maldosas. Agora ele não pode ter certeza de que não vai ser preso depois da próxima curva. E talvez ele esteja certo: se não tivesse tentado salvar Taylor, provavelmente as coisas agora seriam muito diferentes. Talvez ele ainda fosse suspeito, mas não haveria nenhuma prova contra ele. Exceto pelo fato de que Taylor ainda estaria afirmando ser Annaliese Rogan, a única testemunha ocular.

Tudo acaba levando a mim.

Isso não contribui para melhorar o meu humor. Eu não sou uma grande fã de responsabilidade e detesto ver as pessoas sofrerem. Assim que Rei chega em casa, trocamos um aceno e ele vai imediatamente para o chuveiro.

Deixo uma mensagem no computador para ele ler quando voltar, porque eu não quero que o meu mau humor seja diluído pelo perfume alegre do seu sabonete cítrico.

Vou dar uma olhada em Taylor e nas suas novas unhas idiotas. Vejo você à noite.

Taylor está em frente à minha penteadeira, passando blush nas bochechas, encarando sua imagem no meu espelho cor-de-rosa. Ela ostenta um pequeno brilhante no nariz, que não estava lá antes, então deve ter a bênção da minha mãe. O que é que ela estava pensando? Só para satisfazer um prazer infantil, eu derrubo seu rímel da penteadeira. Ela se inclina para pegá-lo, segurando-o cuidadosamente entre suas unhas vermelho-rubi extralongas, e volta a colocá-lo na penteadeira. Eu o derrubo novamente. Ela olha em volta, desconfiada.

— Então você ainda está por perto, hein? — Ela pega o objeto e o segura em sua mão. — Eu pensei que a essa altura já teria encontrado algo melhor para fazer. — Taylor abre o rímel e olha para o espelho, arregalando os olhos para passar a escovinha nos cílios. Nos *meus* cílios. — Sua mãe é uma graça. Você viu todas as coisas incríveis que ela comprou para mim? Eu nem tive que usar aquele dinheiro que você tem escondido. E que eu achei, a propósito.

Ótimo... Eu consegui poupar quase quinhentos dólares cuidando das crianças na loja da Yumi nos últimos dois anos, e agora o meu dinheiro está à mercê de Taylor Gleason.

Ela joga o cabelo sobre o ombro. Eu dou um cutucão no braço dela, e Taylor enfia o dedo no próprio olho.

— Ai! Sua...! — Taylor pega um lenço da estante para limpar as lágrimas grandes e pretas. — Você pode acabar arranhando a córnea de alguém, sabia?

É, a *minha* córnea. Eu jogo o blush compacto no chão, e com grande satisfação ouço o barulho do pó dentro do estojo se quebrando.

— Pare com isso! — ela sussurra. Eu derrubo o delineador, um frasco de base, o pincel do blush, a sombra e um pequeno frasco de colônia, um por um, no chão. O frasco da colônia bate na cabeça dela enquanto ela está abaixada pegando as outras coisas.

— PARE! — ela manda novamente.

De qualquer maneira, não há mais nada sobre a penteadeira para derrubar.

Ouço uma batida na porta do meu quarto e a cabeça da minha mãe aparece no vão, sorrindo em expectativa.

— Você me chamou, querida? — ela pergunta.

— Não, mãe, eu só estava falando sozinha — diz Taylor docemente.

Assim que a porta se fecha, ela olha por todo o quarto.

— Vá embora, Anna — diz ela numa voz fria e calma. — Você não mora mais aqui. Na verdade, você nem *vive* mais, e ponto final.

Capítulo 18

McGregor & Filhos é a única funerária da cidade. Separada da rua principal por uma larga entrada circular para carros e dois estacionamentos adjacentes, trata-se de uma enorme casa branca estilo Queen Anne, com persianas pretas e uma grande varanda que contorna a casa toda, com cadeiras de balanço e cinzeiros em forma de garrafas de gênio. O senhor e a senhora McGregor e seus dois filhos, que ainda estão no ensino fundamental, embora aparentemente condenados a seguir os passos do pai, moram no andar de cima. Há uma garagem para três carros separada da casa, e atrás, fora de vista, eu descubro... a sala de embalsamamento.

Eu me atrevo a entrar.

O cheiro ali dentro é horrível, uma mistura de produto químico forte e o odor menos perceptível de carne apodrecida, que eu sinto, apesar de o cômodo parecer inutilizado. Não há cadáveres, no entanto. Pelo menos, não sobre a mesa estreita à minha frente. Nem no freezer, eu verifico.

A casa principal está sinistramente silenciosa agora, exceto pelo zunido de um computador num escritório ao lado da grande sala de velório, que ocupa praticamente todo o andar de baixo.

Ah, *aqui* está o cadáver. Da última vez que vi o corpo de Taylor, ele estava preso a um ramo de bétula, sendo mordiscado por bichos famintos, inchado com a água de rio, duro, frio e azulado. Só posso supor que o agente funerário seja mágico, porque aqui ela jaz com um vestido azul de gola alta e mangas compridas, parecendo que morreu tranquilamente durante o sono, e não batendo brutalmente contra dezenas de pedras.

Ela parece ser feita de cera. Depois de ver o cadáver de três avós, eu sei que isso é bastante comum. Eu também sei que, se eu olhar para a barriga dela por muito tempo, vai parecer que ela está respirando. É bem assustador. O rosto de Taylor está coberto por uma camada grossa de pó bege que os agentes funerários geralmente utilizam, e posso ver pequenas partículas de pó agarradas aos pelos do nariz. Fora isso, a maquiagem é muito mais discreta do que jamais foi quando ela estava viva. Há uma marca sutil de blush rosa claro em suas bochechas, e um batom natural substitui o seu habitual gloss cor de vinho. Nada de delineador. Suas unhas de acrílico foram substituídas e pintadas de rosa pálido, e suas mãos estão cruzadas sobre a barriga, uma rosa descansando entre elas. O agente funerário tomou o cuidado de posicioná-la de modo que o corte profundo próximo à orelha, que agora está preenchido com algum tipo de massa bege, não fosse visível do lado em que se encontram os enlutados, que se aproximarão do caixão, e por precaução, ele inclinou a cabeça ligeiramente para o lado. Ela parece tragicamente bonita, deitada ali tão absoluta e irremediavelmente morta.

Mas eu sei muito bem a realidade. Aterrisso sobre o caixão e me sento de pernas cruzadas ao lado de um spray com cheiro pungente de lírios, e espero os primeiros familiares chegarem. Como Taylor acha que eu sou aquela que não vive mais, eu deveria estar aí dentro também.

Às cinco e meia, os pais e o irmão pequeno de Taylor chegam, provando que a aura de tristeza tem muitas cores. Seu irmão parece ter cerca de onze anos e estar terrivelmente desconfortável em seu terno azul-marinho, camisa branca engomada, gravata e rígidos sapatos sociais marrons. Ele fica olhando para o corpo de Taylor como se ele fosse ganhar vida e devorá-lo. O pai de Taylor tem olhos de zumbi. Ele se ajoelha diante do corpo, declarando seu amor e prometendo encontrar o maldito filho da mãe que fez isso com ela e fazê-lo pagar caro por isso. Eu não consigo ver os olhos da mãe de Taylor através de todas as lágrimas. Elas pingam no forro de cetim do caixão da filha quando ela se inclina e beija o rosto sem vida de Taylor. Eu suspiro. E aqui estou eu, aparentemente morta também, e minha mãe não poderia estar mais feliz.

Às seis horas em ponto, o agente funerário abre a porta e um fluxo constante de pessoas entra na sala e faz fila. As amigas de Taylor estão na frente da multidão, e parece que elas consultaram umas às outras para saber o que uma adolescente bem-vestida devia usar num velório — preto, preto e mais preto. Elas soluçam e se apoiam umas nas outras enquanto esperam pela sua vez de se ajoelhar em frente ao caixão. Eu aceno para cada uma delas, dou-lhes as boas-vindas pelo nome, e aviso que podem tirar os óculos de sol quando quiserem.

Enquanto elas avançam na fila, eu observo as garotas apertarem a mão do pai de Taylor, chorarem com a mãe de Taylor e beijarem o irmão de Taylor no rosto, deixando uma coleção de marcas de batom. Eu acho estranho que ele permita, até que noto seu olhar sorrateiro para as blusas decotadas das garotas, quando elas se curvam para beijá-lo. Depois que todas passaram pela fila, as meninas encontram um aglomerado de poltronas confortáveis que arrastam, formando um círculo pequeno e apertado. Elas ficam juntas como um grupo de bruxas e começam a sussurrar.

Teri e Lisa vão ao caixão juntas, parecendo apreensivas. Teri aparentemente nunca viu um cadáver antes, e tem medo de se aproximar muito. Lisa parece aliviada, e elas logo saem dali para encontrar amigas com quem conversar. Callie vem logo depois, parecendo muito distinta com uma calça preta e uma blusa azul que cai bem com sua pele cor de oliva. Depois que ela faz seus cumprimentos diante do caixão e expressa suas condolências à família de Taylor, vai falar com o resto da equipe de natação.

Parece que simplesmente todos os estudantes e professores de Byers/Westover High estão aqui. Do meu poleiro em cima das flores, estudo suas expressões quando se ajoelham em frente ao caixão e fingem rezar pela alma de Taylor. É bastante óbvio o que eles realmente estão fazendo: estão examinando-a, procurando o corte em seu crânio por onde, de acordo com os boatos, seus miolos escorreram.

— É deste lado — eu digo a todos e aponto, mas é claro que ninguém pode me ver ou ouvir. Por um segundo eu penso na possibilidade de ficar visível, apenas por diversão e para ver o que as pessoas dizem, mas então concluo que essa é uma ideia idiota. O que isso ia provar? Eu tenho a sensação de que Taylor já vai chamar atenção suficiente para a minha vida.

Rei chega ali pelas seis e meia, vestindo uma calça de sarja bege e uma camisa polo branca. Seu cabelo está úmido e penteado para trás, o que faz seus olhos parecerem ainda mais escuros e intensos quando ele percorre a sala. Ele vê Callie e eles trocam um aceno, mas depois vê os amigos de Seth que faziam a aula de luta com ele e escolhe se juntar ao grupo, em vez de ir até o caixão ou cumprimentar a família de Taylor. Eu não o culpo. A fila vai até a porta agora, e o salão do velório, o hall de entrada e a varanda estão apinhados com pelo menos duzentas pessoas, reunidas em rodinhas, conversando em voz baixa.

Eu me pergunto o que todo mundo está dizendo...

Saio do meu lugar de honra e pairo por ali, escutando. Mesmo que as pessoas estejam tentando manter suas vozes respeitosamente baixas, eu tenho que chegar bem perto para filtrar as conversas em meio a todo o burburinho. Acho que deixo as pessoas desconfortáveis. Algumas têm arrepios quando eu chego perto. Outras param de falar por alguns segundos e olham em volta, desconfiadas. Algumas apenas dão um passo para trás. Eu tento não levar isso para o lado pessoal. As casas funerárias têm que ser assustadoras mesmo.

A maioria das conversas gira em torno dos rumores que os alunos e professores já ouviram sobre Taylor e Seth, mas eu encontro várias pessoas defendendo-o. Elas tomam todo o cuidado para localizar Rei e os pais de Taylor para que possam parar de falar se algum deles se aproximar, mas Rei não se afasta do seu grupo, e consegue manter a conversa girando ao redor da luta.

Por volta das sete horas, eu vejo Taylor entrando pela porta, como Cinderela chegando ao baile. Rei a vê e fica olhando pelo canto do olho, enquanto ela segue até o caixão. Ela para a cerca de dois metros de distância e explode dramaticamente em soluços.

As conversas param e todos olham para Annaliese Rogan, que está fazendo um grande papel de idiota na frente de toda a escola.

Tanto Rei quanto Callie pedem licença a seus respectivos grupos e correm para Taylor.

— Anna? — Callie fala timidamente. — Você está bem?

— Eu cuido disso, Callie — Rei diz a ela. Ele toma o braço de Taylor e a leva embora. É óbvio para mim que ele está tentando preservar uma última gota da minha dignidade, que Deus o abençoe. Sua voz é baixa e persuasiva quando ele a leva para o vestíbulo. — Você não tinha que vir aqui. Quer que eu te leve para casa?

Taylor nega com a cabeça, soluçando.

Rei puxa alguns lenços de papel de uma das caixas espalhadas pela sala e tenta entregá-los a ela.

— Vamos, me deixe te levar pra casa. Por favor?

Ela volta a negar com a cabeça.

— Não! Eu quero ver os meus... Os pais de Taylor. — Ela finalmente pega os lenços das mãos de Rei e limpa as lágrimas dos olhos borrados de rímel. — Eu já volto. — Ela funga e vai para o banheiro feminino.

Rei senta-se sozinho no sofá, tamborilando os dedos no joelho enquanto espera.

Quando Taylor finalmente sai do banheiro, as lágrimas pretas se foram e seu rosto está mais calmo.

— Eu vou entrar agora — ela diz a ele com uma voz rígida. — Se você ainda quiser me levar para casa depois, tudo bem.

— Eu vou com você — Rei se oferece.

— Como quiser. — Ela joga o cabelo por cima do ombro, caminha lentamente e se ajoelha no genuflexório. O esforço necessário para se controlar é claramente visível em seu rosto e, apesar de tudo, eu me sinto mal por ela. Já é ruim o suficiente me ver andando por aí, mas eu não posso nem imaginar como seria me ver morta em um caixão, como ela está se vendo agora.

Ela estende o braço para tocar sua própria mão sem vida, mas logo muda de ideia. Várias respirações trêmulas depois, ela se aproxima dos pais.

— Senhora Gleason? Meu nome é Annaliese Rogan. — Ela oferece a mão, e meu nome desperta algum reconhecimento óbvio.

— Você é a menina que testemunhou o assassinato de Taylor! — ela declara, ainda segurando a mão dela.

— Sim, sou eu — diz ela, e sua voz falha. Toda a conversa na sala se desvanece e se transforma num murmúrio, e é como se alguém tivesse colocado um microfone nas mãos de Taylor. — E quando eles encontrarem aquele monstro, o Seth Murphy, eu estarei lá para testemunhar contra ele, para que não possa machucar mais ninguém!

O rosto de Rei não mostra nenhuma emoção, mas a sua aura se parece com um bife sangrento. Taylor não parece notar que todos estão ouvindo a conversa.

— Eu lamento muitíssimo. — Lágrimas escorrem pelas suas bochechas, e a mãe de Taylor lhe dá um abraço.

— Obrigada, Annaliese — ela murmura. Taylor se agarra à mãe e soluça. Seu irmão olha para ela como se ela tivesse chifres.

Depois de vários segundos embaraçosos, Rei avança e pega Taylor pelo braço.

— Ok, Anna — diz ele com voz firme —, há outras pessoas esperando.

— Então deixe que elas esperem — Taylor diz indignada, mas a sala está tão cheia que, assim que Rei se move para o lado, alguém dá um passo à frente para falar com a mãe de Taylor.

Rei abre caminho com Taylor até a porta que conduz à varanda, na entrada.

— Por que você me tirou de lá? — ela exige saber.

— Porque você estava fazendo uma cena — responde Rei sem olhar para ela. — E eu sei que você acha que Seth tem algo a ver com isso, mas você precisa guardar as suas opiniões para si mesma. Ele é inocente até que se prove o contrário.

— Mentira! Ele é culpado — Taylor insiste quando chegam à saída. Está mais frio do lado de fora e as cores de Rei desbotam para o laranja. Por pouco tempo. Taylor tira o braço das mãos de Rei. — E pare de segurar o meu braço tão apertado. O que há de errado com você? Num minuto você é legal comigo e no seguinte me trata como lixo.

— Eu não estou te tratando como lixo. Só estou cansado de ouvir você acusar Seth de algo que ele não fez — Rei responde, revoltado.

— Olha, Rei, você precisa se decidir. Ou você está do meu lado ou está do lado dele. Decida.

Ela não estava chorando há dois minutos? Agora parece pronta para dar um soco na cara de Rei. Ele deve saber que, de qualquer maneira, vai sair perdendo nessa discussão.

— Eu não vou escolher entre dois amigos. Mas — sua voz suaviza, fica mais doce —, você e eu somos amigos faz muito tempo. Nós não queremos jogar isso fora.

— Eu não estou interessada em ser só sua amiga. — Taylor está com um salto de dez centímetros e tira vantagem dessa altura extra. — Se você quer ser meu amigo, Rei, então você precisa *ficar* comigo.

Rei cruza os braços sobre o peito.

— Nós já falamos sobre isso.

— E podemos falar sobre isso um pouco mais quando você me deixar em casa. — Ela agarra a maçaneta de latão da porta e puxa com violência. — Eu volto num instante.

Rei inclina-se contra a grade, procurando ficar na direção contrária à do vento para não sentir as baforadas dos fumantes ali perto. Depois que ela liga para a minha mãe para dizer que Rei vai levá-la para casa, ele fecha os olhos e sua respiração torna-se lenta e profunda.

Eu assisto a Taylor abrir caminho por entre a multidão. Apesar de nunca ter passado muito tempo olhando no espelho, eu sei que aparência eu tenho e com certeza não é essa. Ela mudou o meu cabelo, tirou minha sobrancelha, cobriu o meu rosto com maquiagem, me vestiu com uma camisa curta e minissaia preta e anda com uma arrogância que eu certamente nunca tive antes. Parece que ela recheou o meu sutiã também.

Suas antigas amigas ainda estão sentadas no seu pequeno ninho de cobras, sibilando umas para as outras. A essa altura, já tiraram os óculos de sol e os sapatos de salto alto. O olhar de surpresa coletiva é impagável quando Annaliese Rogan se infiltra de maneira confiante no círculo e se senta no braço da cadeira acolchoada de Vienna Beaulati.

— Oi. Eu não sei se vocês me conhecem — diz Taylor suavemente.
— Eu sou Annaliese, e só quero dizer a vocês o quanto estou triste pela sua amiga Taylor.

É como se alguém tivesse apertado um botão: todos os olhos e bocas se escancaram ao mesmo tempo. Se elas sabem algo sobre mim, provavelmente é que eu sou uma das garotas mais tímidas da escola, mais discreta do que qualquer outra coisa. Assim que o choque inicial desaparece, elas ficam tentando descobrir não apenas quem eu sou, mas o que eu sou.

— Você não estava na equipe de ginástica na nona série? — pergunta Olivia Farrell.

Sim, por seis semanas. Aprendi um monte de acrobacias só de ficar com Rei e Seth na época em que eles queriam ser ninjas, na quinta e na sexta série, então quando entramos no ensino médio, eu já era muito boa. Rei tentou me convencer a entrar na equipe feminina falando que seria bom para mim, que iria me tirar da minha concha ou outra besteira qualquer. Mas Deus nos deu algumas conchas por uma razão — pergunte a qualquer caracol. Eu fiz isso para deixá-lo feliz, mas mais para provar a ele que eu era capaz. Infelizmente, a maioria das competições era a pelo menos uma hora de distância, e eu detestava os passeios com as minhas companheiras de equipe quase tanto quanto odiava competir naqueles ginásios claustrofóbicos, na frente de centenas de pessoas. Taylor nem morava aqui ainda, então não tem como saber disso. Ela ignora a pergunta.

— Você não chegou em terceiro nas finais estaduais de esqui este ano? — pergunta Mandy Paxton. Não me surpreende que ela se lembre disso, já que seu irmão também está na equipe de esqui. Todo Natal desde que eu tinha seis anos, Yumi e Robert me compram uma passagem para a estação de esqui Smuggler's Notch para que eu possa esquiar com eles. Rei e eu costumávamos ser duas daquelas detestáveis criancinhas suicidas sem bastões, que perambulavam entre os esquiadores civilizados como se eles fossem os obstáculos do nosso trajeto de *slalom*. Não há muitos esquiadores civilizados nas encostas que frequentamos agora. Rei desliza como lava derretida montanha abaixo, mas eu me movo como um relâmpago; joelhos e quadris projetados para saltar sobre o gelo. Esquiar é o mais próximo que você pode chegar de fazer viagens astrais preso a um corpo — a velocidade, a altura, é tudo uma segunda natureza para mim. As multidões não se concentram tanto num curso de *slalom* gigante quanto se concentram num ginásio, e o teto é ilimitado. Eu posso sintonizar tudo, exceto a gravidade e o caminho que esculpo entre os obstáculos. Eu poderia ter ganhado essa corrida, mas Rei acabou em quarto lugar na divisão masculina, e eu não queria ir para as regionais sem ele. Rei não sabe que eu perdi a corrida seguinte de propósito. Taylor não tem como saber de nada disso. Ela ignora essa pergunta também.

— Você não é a única testemunha que viu Seth Murphy atirando Taylor na cachoeira? — Cori Schneider pergunta com ousadia. Cada cabeça no círculo gira para mim. Ah, *agora* eu sou interessante. Taylor acena com a cabeça enfaticamente.

A amizade é uma coisa engraçada. Durante todos esses anos essas meninas me ignoraram, e agora estão felizes em aceitar esta nova e melhorada Anna Rogan em seu grupo, desde que ela lhes forneça alguma fofoca que valha a pena. Aqui está a única testemunha ocular do crime mais chocante que já aconteceu em Byers. Isso é bom o bastante para qualquer uma delas. Vienna se espreme na cadeira para dar espaço para Taylor se sentar.

Rei entra em cena vinte minutos mais tarde, quando as meninas vão para a varanda em grupo. Afastando-se da balaustrada, ele anda até Taylor.

— Anna? Você está pronta?

Ela se vira para encará-lo.

— Cori vai me levar para casa agora.

— O quê? — É compreensível que ele esteja confuso, visto que ele estava esperando por ela pacientemente na varanda, enquanto Taylor estava lá dentro, confraternizando com suas velhas amigas.

— Calma, Rei. Eu sou uma motorista fantástica — sorri Cori. — Você devia dar uma volta comigo algum dia.

— Obrigado. — Rei enfia a mão no bolso e tira de lá suas chaves. — Ok, vejo você mais tarde.

O grupo está rindo em torno de Taylor agora, e o consenso geral é de que Rei é fofo. As pessoas da escola simplesmente presumem que Rei e eu somos um casal, já que estamos sempre juntos, mas as garotas querem mais detalhes.

Taylor dá piscadelas e distribui sorrisos provocantes. Mais risadas. Rei anda rápido até a SUV de seus pais, as chaves tilintando contra a coxa. Antes de entrar no carro, ele liga para a minha mãe para avisá-la da mudança de planos. Depois que fecha a porta, fecha os olhos e massageia aquele ponto no meio da testa. Eu tento absorver energia do espaço para obter a quantidade de que preciso para me tornar visível, mas ele não me nota. Eu estendo a mão em direção à sua testa e deixo um pouco da minha energia passar para ele.

Ele abre os olhos e me encara.

— Oi. — Sua voz está cansada. Ele volta a fechar os olhos e inclina a cabeça contra o encosto do banco. — Bem, isso foi mesmo um saco.

Eu pairo sobre o assento, sentindo-me impotente enquanto o vejo aborrecido.

— Ok — ele me diz, sem abrir os olhos —, eis o que descobrimos esta noite. Nós já sabemos que Taylor quer se vingar de Seth e está disposta a mentir para fazer com que ele seja condenado.

Bom, não é bem assim. Ela está disposta a fazer com que *eu* minta, mas eu não tenho voz sem o computador, então deixo Rei prosseguir.

— Ela restabeleceu o contato com os próprios pais — Rei continua. — E a mãe dela realmente parece gostar dela, e na noite de hoje ela reuniu suas antigas amigas ao seu redor novamente. Ela não tem nenhum interesse em ser minha amiga, a menos que eu queira *ficar* com ela, o que eu não vou fazer, mas eu preciso manter o controle sobre ela de alguma forma. — Ele abre os olhos e me fita, encolhida como um caracol no banco do passageiro.

Rei suspira e sua voz suaviza.

— Sinto muito, só estou frustrado.

Concordo com a cabeça e pronuncio as palavras sem emitir nenhum som: "Tudo bem".

— Bem — diz ele —, pelo menos a minha dor de cabeça passou.

Ele liga o carro e se vira para mim com uma risada curta e irônica.

— Eu acho que não tenho que lembrá-la de apertar o cinto.

Acho que não.

Capítulo 19

O celular de Rei toca assim que ele entra na garagem.

— Alô? — Enquanto manobra o carro, sua expressão se ilumina. — SETH! Onde... — E tão rapidamente quanto se iluminou, fica sombria outra vez. Ele tamborila o dedo no volante enquanto escuta, então inclina a cabeça no encosto do banco e fecha os olhos. — Tudo bem. Procure um lugar seguro enquanto espera. Eu vou chegar em umas duas horas. Depois me ligue de novo e diga exatamente onde você está. — Ele ouve de novo, esfregando o ponto na testa. — Só tenha paciência, ok? Tchau. — Sua mão se fecha num punho tão apertado, quando ele desliga o telefone, que por um segundo eu me pergunto se não estilhaçou o aparelho.

— Os policiais estavam vigiando o dormitório de Matt quando Seth chegou lá, então ele fugiu — ele me diz. — Conseguiu escapar, mas confiscaram a minha bicicleta. Ele acha que Matt foi chamado para um interrogatório. Agora eu tenho que descobrir o que dizer para a minha mãe.

Eu aponto para janela do quarto dele e finjo digitar no ar, indicando que preciso falar com ele. Rei balança a cabeça, tira a chave da ignição e abre a porta do carro com todo o entusiasmo de um presidiário a caminho da cadeira elétrica.

Yumi e Robert estão sentados no sofá, cada um com um caderno diferente do jornal.

— Rei? — Yumi chama por trás da página. — Por que não me disse que Seth estava envolvido com essa menina que morreu?

A aura vermelha ao redor de Rei fica mais brilhante.

— Onde está escrito que ele estava envolvido com ela? O que você está lendo? — Rei começou a ler o jornal todas as manhãs e nunca houve nenhuma menção ao nome de Seth.

Yumi dobra o jornal e olha para ele por cima dos óculos de leitura.

— Eu não li. Ouvi uma conversa na loja hoje, e o pai de Seth ligou esta noite, perguntando se você sabe onde ele está.

— Bem, vocês não deviam acreditar em tudo o que ouvem na loja — responde Rei rispidamente, enquanto começa a subir as escadas.

— Espere, eu não acabei de falar com você. — Yumi coloca o jornal na mesinha lateral e se levanta. — Venha aqui e sente-se. — Ela puxa uma cadeira para longe da mesa enquanto vai para a cozinha. Rei infla os pulmões e se vira lentamente, o rosto sem expressão. No momento em que ele chega à cozinha, Yumi já está na pia, enchendo uma chaleira com água.

— Você falou com ele? Sabe onde ele está? — Ela tira três xícaras do armário, coloca-as no balcão e pega o recipiente de vidro onde estão os saquinhos de chá. Rei pega uma das xícaras e devolve-a ao armário.

— Ele acabou de me ligar. Estava indo para a universidade de Matt e a polícia estava lá, então ele fugiu. Eu quero ir ver se Matt e eu conseguimos convencer Seth a se entregar. — Ele olha diretamente nos olhos de Yumi. — Então eu posso pegar o carro?

As sobrancelhas de Yumi se arqueiam alguns centímetros.

— Absolutamente não! *O que* é que você está pensando?

— Estou pensando que meu melhor amigo está em apuros. Estou pensando que Matt e eu podemos encontrá-lo e fazê-lo pôr a cabeça no lugar. E estou pensando que seria muito bom se você não discutisse comigo sobre isso.

E eu aqui pensando que era a melhor amiga dele!

Yumi é uns bons trinta centímetros mais baixa que Rei, mas geralmente seu olhar zangado é tudo de que ele ou Saya precisam para recuar. Nesta noite, porém, Rei se mantém firme.

— Olha, você tem sido muito boa para Seth desde que a mãe dele foi embora. Por favor, não o decepcione agora. Por favor, mamãe — Rei implora. — Ele está encrencado sem ter culpa de nada. Aquela menina roubou o telefone dele e disse que não o devolveria a menos que ele a encontrasse na cachoeira, e ela caiu por acidente. O que você ouviu? Que ele a empurrou?

Yumi concorda com a cabeça, franzindo a testa.

— Bem, ele não fez isso. Ele está com medo. Há todas essas provas contra ele, mas Seth não a empurrou. Deixe que eu vá buscar Matt e convencer Seth a se entregar.

— Rei, você não vai se envolver com isso — Yumi implora. — Isso é entre Seth e a polícia.

— Pai — Rei se volta para Robert —, pode me emprestar o carro?

— Ah, não, você não vai emprestar! — Yumi cospe as palavras.

Robert abre o jornal na frente do rosto.

— Desculpe. Resolva com a sua mãe.

Isso poderia durar a noite inteira. Eu corro para o andar de cima e absorvo energia suficiente para ligar o computador. A voz de Rei é baixa e persuasiva; a voz de Yumi é aguda e defensiva, e Robert está em silêncio. Quando Rei sobe ao andar de cima, eu já digitei uma mensagem.

Eu posso encontrá-lo quando chegarmos em Nova York.

Rei parece prestes a explodir em chamas. Ele tira uma mochila de uma prateleira do armário, enfia uma muda de roupa dentro dela e sai em busca de outras coisas no banheiro. Depois que acaba de arrumar tudo, ele lê minha mensagem e acena com a cabeça uma vez, depois a exclui e desliga o computador.

Na parte inferior da escada, ele para e olha para Yumi diretamente nos olhos.

— Eu vou pegar o carro — diz ele, calmamente. — Se você quiser chamar a polícia e dizer que ele foi roubado, faça isso. Eu estou com o meu celular e devo estar de volta amanhã cedo. — Rei abre a porta de tela e sai para a noite.

Agora é a Yumi que parece prestes a explodir.

— Robert Reiki Ellis! Volte aqui neste instante!

Rei continua andando pelo gramado em meio à escuridão, abre a porta do carro e joga a mochila no banco de trás.

— Tchau, mãe. Eu te amo — ele diz antes de fechar a porta. Eu deslizo através da porta do passageiro e observo enquanto ele dá ré até a rua.

Durante a primeira meia hora, eu juro que ele olha pelo espelho retrovisor pelo menos uma centena de vezes. No momento em que atravessa a ponte de Chimney Point, eu acho que ele percebe que Yumi não chamou a polícia, mas não liga o rádio e não fala, exceto quando para no posto de gasolina para abastecer o carro e perguntar ao homem do caixa pela chave do banheiro.

Rei está ficando cansado. Antes de sair da loja de conveniência, ele toma uma xícara de café-preto e faz uma careta quando toma o primeiro gole.

Começa a chover enquanto Rei está lá dentro, o tipo de chuva pesada que parece uma cortina de água e vem de todos os lados. Rei corre para o carro e eu estou esperando por ele quando a porta é aberta.

— Café é horrível — ele me informa.

Eu concordo. A menos que tenha uma quantidade generosa de creme e cinco pacotinhos de açúcar, eu não me arrisco a tomar.

— Nós devemos chegar em uma hora ou mais, mas a chuva pode nos atrasar. — Ele franze a testa ao olhar pela janela. — Como se Seth precisasse de mais essa. Você pode dar uma checada nele para mim?

Concordo com a cabeça e desapareço antes que ele possa girar a chave na ignição.

※ ※ ※

Eu perdi Seth. Sério, não consigo encontrá-lo. Eu me concentro no ritmo *staccato* que memorizei como o padrão energético de Seth, e o sigo até um conjunto de antenas de transmissão de energia elétrica que atravessavam uma colina verdejante, em meio a uma faixa de terra entre duas florestas de pinheiros. A partir dali, seu sinal se funde com outros sinais, numa estática indistinguível que se mistura com o zumbido fraco dos cabos de alta-tensão e o barulhinho da leve garoa que ainda cai.

Assim que eu volto para o carro, há uma fina camada de névoa sobre o para-brisa. Eu poderia usar a neblina para escrever e contar a verdade a ele, ou eu poderia simplesmente tranquilizá-lo e tentar novamente antes de chegarmos lá.

— Ele está bem?

Concordo com a cabeça, sem olhar para ele. Às vezes eu realmente me odeio.

Agora Rei liga o rádio e o rock clássico da estação que Robert adora foi reduzido a estática. Ele aperta os botões até ouvir algo decente, mas deixa o volume baixo para que possa ouvir o celular tocar.

— Mais três saídas. — O humor de Rei está melhorando. — Ele deve ligar a qualquer momento. — Eu faço um gesto indicando que vou atrás de Seth e aceno.

Mais uma vez, o seu sinal termina nas antenas de transmissão, mas pelo menos parou de chover. Eu olho para a esquerda e para a direita, na direção da floresta mergulhada na escuridão nesta noite sem estrelas e sem lua, e tento imaginar como seria estar ali sozinho em algo tão vulnerável quanto um corpo humano. E mesmo sem um corpo, eu sinto medo só de pensar no que pode estar à espreita nesses bosques. Eu contorno o perímetro da floresta e encontro algo ainda mais assustador do que um urso negro ou um alce adulto.

Uma viatura de polícia percorre lentamente a estrada adjacente e o policial no banco do passageiro examina a floresta com um holofote.

✻ ✻ ✻

Rei atravessa os portões do campus da universidade e estaciona na primeira vaga que encontra. Ele aperta um botão de discagem rápida e espera.

— Matt! — diz finalmente. — É o Rei Ellis. — Ele põe o telefone mais perto do ouvido e fala mais alto. — REI ELLIS. É ISSO AÍ! EI, VOCÊ FALOU COM SETH? — Eu ouço muito barulho no telefone de

Rei, como se Matt estivesse numa festa. Há uma longa pausa, enquanto Rei observa as gotas de chuva se juntarem e descerem pelo para-brisa.
— NÃO, ah, ok, assim está melhor. Não, eu estou no campus agora. Em que dormitório você está? — Rei estica o pescoço, olhando em volta até que localiza o que está procurando. — Ok, estou vendo. Eu te encontro na porta.

Matt se parece com Seth, só que tem o cabelo mais curto e aquela sombra de barba que algumas garotas acham sexy. Eu acho que parece simplesmente que ele se esqueceu de fazer a barba.

— Rei! — Matt põe o braço em torno do ombro de Rei e lhe dá um abraço afetuoso. — Eu não vejo você faz muito tempo. Bom te ver, garoto!

— Ei, você também, Matt.

— Desculpe o barulho. As coisas ficam meio loucas aqui no sábado à noite. Vamos lá para cima.

— Você já tem alguma notícia de Seth? — Rei pergunta no caminho até as escadas, antes que a música fique alta demais e torne a conversa impossível.

— Não, estou esperando ele me ligar desde que falei com você.

Matt para no meio do caminho.

— O que é que está acontecendo com ele? Meu pai me ligou esta semana e disse que Seth deixou um bilhete dizendo que ele estava com algum tipo de problema e que estava indo para o Canadá. Depois ele me disse que eles encontraram o carro na fronteira. A semana toda, eu vi policiais andando pelo campus, e não eram os seguranças. Alguns deles estavam disfarçados e em carros comuns, mas eu não liguei uma coisa com a outra até que você me ligou de manhã. Então eles me chamaram de lado e me fizeram um milhão de perguntas sobre Seth. — Matt começou a subir as escadas de novo, lentamente. — Então, o que o diabos aconteceu com essa garota? Eles pensam mesmo que Seth a empurrou na cachoeira?

— Eu acho que sim. Mas ele não fez isso.

— Não dá para acreditar! — Matt parece ainda mais com Seth quando franze a testa. Enquanto eles atravessam o corredor, o cheiro de cerveja e de suas consequências torna-se cada vez mais forte. A festa está no auge quando Matt e Rei atravessam uma porta e entram numa sala lotada. Está tocando música alta, principalmente techno ou, como Rei chama, a filha bastarda da disco.

Algumas pessoas estão dançando. Outras estão paradas gritando, para que possam ser ouvidas apesar da música, tomando cerveja em copos de plástico ou dando uns amassos nos cantos escuros. Rei nega com a cabeça quando alguém lhe oferece uma cerveja.

— Vou ver se consigo encontrar uma garrafa de água para você — Matt grita e desaparece na multidão.

Rei olha em volta, impaciente, e eu percebo que ninguém vai notar se eu ficar visível na frente dele.

— Anna! — ele exclama entre aliviado e chocado por me ver. — O que você está fazendo? Alguém pode ver você!

Eu dou de ombros. Metade dessas pessoas parece muito embriagada para saber a diferença entre uma pessoa de verdade e eu. Ele olha em volta para ver se alguém está olhando para nós com uma cara estranha, mas ninguém se importa.

— Onde está Seth?

Eu aponto para o celular dele, que ele segura firme na mão há vários minutos, à espera da ligação de Seth.

Ele está num bosque perto de cabos de alta-tensão. Vai ser difícil encontrá-lo no escuro.

A energia nesta sala é o clássico caos, e é fácil absorver o suficiente para digitar no telefone.

— Eu pensei que você soubesse onde ele está — ele diz.

Reviro os olhos. *Eu conheço os arredores, mas os cabos de alta--tensão fazem com que seja mais difícil apontar exatamente o lugar onde ele está. E quando eu encontrá-lo, tenho que levar você lá no escuro. Não é impossível, mas também não é seguro.*

— Deixe que eu me preocupo com a segurança. Você se preocupa em encontrá-lo. Vamos.

Matt está voltando com uma garrafa de água para Rei, então eu disperso a energia extra e desapareço. Ele faz um gesto para que Rei o siga até um corredor mais silencioso.

— Desculpe ter demorado tanto. Eu tive que voltar para o meu quarto. Ei, eu não sabia que você tinha trazido Anna com você.

— Anna? — Rei parece ter sido pego colando numa prova. — Eu não trouxe Anna.

— Ah. Eu achei que a tinha visto aí com você. — Ele dá de ombros.

— Deve ter sido alguém parecido com ela.

— É, acho que sim. Sabe, eu estava pensando em ir dar uma volta, ver se consigo encontrá-lo.

— Eu vou com você — Matt oferece.

— Não precisa — diz Rei rapidamente. — Só vou dar uma volta de carro pela cidade, enquanto espero ele me ligar. Até que horas você fica acordado hoje à noite?

— Quem consegue dormir com todo esse barulho? As coisas não costumam ficar calmas antes das cinco.

Essa é boa! Rei vai adorar a faculdade. Cinco horas da manhã é normalmente quando ele se levanta para malhar e meditar.

Rei assente.

— Estarei de volta muito antes disso. Eu te ligo quando encontrá-lo. Tenho certeza de que vou precisar de você para me ajudar a convencê-lo a se entregar.

Eu me materializo ao lado dele enquanto ele está andando pelo estacionamento.

— Então outras pessoas *podem* ver você.

Eu dou de ombros e concordo com a cabeça. Mas alguém poder me ver não significa que vai *admitir* que me viu.

— Então você precisa ser cuidadosa. Matt pensou que eu tinha trazido você comigo.

Eu dou de ombros novamente. Matt não insistiu nisso, por isso não estou preocupada.

— Você já descobriu a localização exata de Seth? — ele pressiona.

Eu aponto para o telefone dele. *Ainda não. E eu já te disse, não quero levar você para a floresta enquanto estiver escuro.*

— Por quê? Seth não está na floresta, no escuro?

Concordo com a cabeça. Tenho a sensação de que Rei vai querer bancar o machão.

— Então, qual é a diferença? Se Seth está lá, não é mais perigoso para mim do que para ele.

Lá vai ele. A frustração toma conta de mim enquanto digito. *Você não vai conseguir ver onde pisa. Se você cair e quebrar o tornozelo, não vou conseguir te tirar de lá.*

— Eu tenho o meu celular.

Se os cabos de alta-tensão estão interferindo com a vibração de Seth, elas podem interferir no sinal do celular também. O telefone não vai adiantar nada, se não houver sinal.

Rei acaba dirigindo pela cidade, e eu deixo o carro algumas vezes para ver se consigo localizar o padrão energético de Seth. Ele continua consistente, levando-me sempre de volta para os cabos de alta-tensão.

— Então só me leve até lá e eu o encontro sozinho — Rei insiste.

Sem chance. Ele pode estar em qualquer lugar num raio de um quilômetro de onde eu perdi a vibração. *Você precisa dormir. Eu te acordo quando encontrá-lo.*

— Anna, e se ele não estiver se escondendo na floresta? E se você não consegue encontrá-lo porque ele está *morto*?

Capítulo 20

Levo mais de uma hora para convencer Rei de que Seth não pode estar morto, e que ele só está pensando nessas coisas ruins porque está exausto. Até a sua aura adquiriu um tom cansado de bege. Matt oferece a Rei a cama de seu colega de quarto para que ele possa passar a noite, mas como os lençóis parecem não ser lavados desde que as aulas começaram, em setembro, Rei dá uma desculpa diplomática e passa a noite no carro. Agora já passam das cinco da manhã e ele parece dolorosamente desconfortável, mas o seu relógio interno ainda não o acordou. Bom. De qualquer maneira, preciso de mais tempo.

A estática dos cabos de alta-tensão ainda está atrapalhando, mas não tanto quanto na noite passada. Talvez porque seja dia e agora não se precisa mais de tanta eletricidade. Não sei e não me importo. Eu me dou ao luxo de ter esperança.

A floresta se estende por quase dois quilômetros de cada lado dos cabos. A luz é filtrada pelos altos pinheiros que projetam sombras suaves, e a manhã traz o canto dos pássaros e os passinhos rápidos dos esquilos que estão começando o dia. Cada árvore, cada arbusto, cada folha de grama e de musgo está viva, rodeados por tons suaves de um azul sereno. É a aura da paz, quando tudo na natureza está em sintonia entre si e em perfeita harmonia.

Até eu. Mesmo sem um corpo, sem um plano, deixo que este momento perfeito se passe sem preocupações e sinto que sou parte de algo maior do que corpos e planos, algo eterno, onipresente e cheio de esperança. Algo positivo. As árvores balançam seus galhos, mesmo que não haja nenhum vento.

E então o azul tremula e se transforma em prata e, de algum lugar acima de mim, as cores se reúnem num feixe brilhante de luz que chega até mim.

Minha primeira reação é fugir, mas estou fascinada demais. Essa é a luz? *Aquela* luz? A mesma que eu vi na casa de repouso, a que vem para os mortos? Por que está aqui, então, na floresta? Será que é para mim? Será algum tipo de dica cósmica de que, como não tenho corpo, estou convidada para a grande festa do céu?

Eu não tenho tempo para festas. Preciso encontrar Seth.

Sinto como se estivesse cuspindo no rosto de Deus.

— Obrigada — eu digo à luz, porque existe, obviamente, alguma conexão divina aqui e eu não quero parecer ingrata —, mas eu preciso encontrar Seth antes de ir a qualquer lugar.

A luz parece não ter ressentimentos. Ela brilha com minúsculos fragmentos de cor, como se tivesse purpurina girando ao redor dela, e desaparece num movimento ascendente, como se aspirada para dentro do céu. O silêncio que se segue é absoluto, exceto por uma solitária vibração...

Esse zumbido convoluto que eu conheço como Seth é tão claro quanto uma flecha apontando a direção em que eu preciso ir, e eu sei que isso não é coincidência. Eu sussurro mais agradecimentos e sigo a vibração até um pinheiro enorme que está caído, com raiz e tudo, provavelmente há anos. Seth está dormindo no chão lamacento, quase completamente escondido por um cobertor de frágeis folhas secas de pinheiro. Ele está encharcado e imundo, e cheira a repolho cozido, mas está bem vivo.

Capítulo 21

Achei! Eu faço a minha pequena espiral invisível de felicidade no ar! Estou tão feliz por finalmente ter encontrado Seth que mal posso esperar para contar a Rei! Eu capto claramente a vibração calma e constante de Rei, que eu conheço tão bem, e desço na direção dela, percebendo tarde demais que ele está todo molhado e ensaboado e... ah, meu Deus!

Eu o ouço murmurar um palavrão em japonês seguido do meu nome enquanto recuo para o corredor. Eu não vi nenhuma das suas partes íntimas, eu juro, mas Rei não sabe disso. Tudo o que ele sabe é que Anna Furacão irrompeu dentro do box enquanto ele estava lá, não vestindo nada além de espuma. Droga! Eu devia ter adivinhado. Quer dizer, é de Rei que estamos falando — um míssil nuclear poderia estar vindo direto para Vermont e ele iria querer tomar um banho rápido antes que ele chegasse. Espero do lado de fora da porta onde está escrito CHUVEIRO, e o corredor está calmo, agora que quase todos estão dormindo depois de uma noite ensandecida.

Eu sei que Rei deve estar irritado, mas, sinceramente, eu não vi nada do peito para baixo. Além disso, ele sabe que eu não o espiaria de propósito enquanto ele estivesse tomando banho. Imagino como eu me sentiria se a situação fosse invertida... mortificada, com certeza. Por outro lado, ele é homem. Os homens não tomam banho todos juntos? E Rei e eu já nos vimos sem roupas. A primeira vez que eu experimentei mel foi na casa de Rei e nós fizemos uma meleca tão grande que Yumi nos enfiou na banheira juntos e nos deixou ali de molho. Ok, eu não devia ter mais de três anos na época. Obviamente, muita coisa mudou desde então.

A porta se abre e Rei sai do banheiro, limpo mas muito nervoso.

— Da próxima vez, bata primeiro — ele rosna para mim em voz baixa. Eu pronuncio minhas mais sinceras desculpas sem emitir nenhum som e peço para que ele me siga para dentro do banheiro, onde espero que não haja mais ninguém nu e que ainda haja vapor de água. Quando Rei passa pela porta, eu já escrevi no espelho embaçado.

Encontrei Seth!

Matt encontra Rei na saída do banheiro. Ele parece estar vindo de uma noitada; os olhos estão vermelhos e a sombra de barba no rosto está ainda mais aparente.

— Ei, que tal um café da manhã?

Rei parece estar prestes a dizer não, mas depois muda de ideia.

— Seria ótimo. Mas você se importaria se eu só pegasse alguma coisa para viagem? Eu quero sair cedo.

Rei põe sua mochila no ombro, enquanto seguem para a fila silenciosa do refeitório com suas bandejas. Matt come igualzinho a Seth e sua bandeja está repleta: mini-hambúrgueres, ovos mexidos, torradas cobertas de margarina que se recusa a derreter, e um copo de isopor com café preto e quatro pacotes de açúcar. Rei escolheu o de sempre: fibra, potássio, vitamina C, e tudo em grande quantidade.

Matt dá uma espiada na bandeja de Rei.

— Você está estocando comida?

— Pensei em levar um pouco comigo só para o caso de encontrar Seth.

Matt assentiu, pensativo.

— Bem pensado, cara. Mas você está me dizendo, então, que Seth vai comer uma banana em consideração a você?

— Ele vai comer, se estiver com muita fome.

Tão logo pagam a comida, Rei guarda as caixinhas de suco de laranja, as bananas e as barras de granola na mochila.

— Eu ligo pra você se o encontrar — Rei promete, enquanto põe a mochila no ombro novamente.

— Combinado. Espero que ele te ouça. Simplesmente não consegui entender ainda. — Matt balança a cabeça. — Por que diabos ele fugiu se não fez nada errado?

— Eu não sei. Ficou apavorado, acho. Você conhece Seth.

— Conheço — diz Matt com um sorriso. — Mas dá para acreditar? Ele fugiu da polícia! *A pé!* Isso é ser rápido ou não é? — diz com orgulho.

Rei sorri de volta.

— Sim, ele é rápido. Corremos juntos algumas vezes por semana e ele costuma correr em círculos em volta de mim.

Eu sinceramente duvido.

— Isso é a cara de Seth, mesmo. Quem era essa garota, afinal? Alguém que eu conheça?

— Não, seu nome era Taylor. Ela estava a fim dele há um tempo.

— Ah, cara — Matt ri. — Deve ser difícil ser o gostosão com todas as garotas atrás de você.

— Eu não saberia dizer.

Ah, por favor! Mesmo daqui, eu noto algumas universitárias sonolentas, em seus pijamas de regata e calça de cintura baixa, espreitando sobre seus potes de iogurtes light e tigelas de Kashi para admirar Rei e Matt.

Depois do café da manhã, Rei corre para o carro e me encontra esperando por ele. Depois que ele se senta no banco do motorista, eu começo a apontar — direita, esquerda, esquerda, em frente — até chegar a um restaurante vagabundo à margem da floresta. Rei deixa o carro no estacionamento. Depois que ele enche os bolsos de comida para Seth, eu o levo pelo resto do caminho a pé.

Rei está com pressa.

— Eu pensei que você pudesse correr na velocidade do som — ele me provoca. — Por que está indo tão devagar hoje?

Na velocidade do *som*? Ah, por favor. Mach 1* é para amadores. Ele sorri com o olhar que lanço para ele, mas eu aumento o ritmo de qualquer maneira, ignorando o desejo perverso de fazê-lo suar para me acompanhar. Ele é tão rápido quanto Seth, mesmo encontrando no caminho raízes aparentes e galhos caídos, mas um tornozelo torcido não nos ajudaria em nada agora. Assim que chegamos ao esconderijo de Seth, aponto e pairo sobre Seth, que, obviamente, ouve os passos e se encolhe tanto sob o cobertor de folhas secas de pinheiro quanto possível.

Rei passa por cima de um tronco caído e caminha ao longo de todo o seu comprimento, olhando ao redor.

— Seth?

— Rei? — A cabeça de Seth aparece e seus olhos se arregalam de alívio. — Como, pelo amor de Deus, você me achou aqui? — Ele fica de pé num segundo e acontece aquele momento estranho em que dois garotos se abraçam, em seguida percebem que estão se abraçando e se afastam um do outro com um olhar sem graça no rosto. Ah, que ótimo. Agora Rei está molhado e enlameado também, mas parece feliz demais por ter encontrado Seth para se importar. Ele tira uma banana do bolso.

— Comida! Oba! Eu não como nada desde ontem de manhã.

E como se fosse um engolidor de espada, Seth enfia a banana goela abaixo. Rei lhe entrega uma caixinha de suco de laranja e tira as barras de granola do bolso. Seth enfia uma barrinha inteira na boca.

— Será que a polícia viu você vindo para cá? — ele pergunta com a boca cheia.

— Não. Mas, Seth...

— Toda vez que eu tentava sair para ligar para você, eu via um policial!

— Seth, estou te implorando. Você tem que se entregar.

A expressão de Seth imediatamente adquire um ar defensivo.

---

* Mach 1 corresponde a 340,29 m por segundo, ou seja, próximo à velocidade do som. (N. da T.)

— Rei, já falamos sobre isso. Sem chance. Se eu me entregar, o que eu ganho? Vão simplesmente me enfiar na cadeia.

— Por favor! — Rei implora. — Você parece que esteve no inferno. E cheira como se tivesse passado por lugares muito piores.

— Olha, meu carro está estacionado num restaurante a cerca de um quilômetro daqui. Eles têm bacon e ovos... e batata fritas — Rei tenta persuadir Seth. — Nós compramos alguma coisa para viagem e podemos nos sentar no carro e falar sobre isso.

Seth olha relutante para Rei, mas todos sabemos que barras de granola e uma banana nem sequer se qualificam como aperitivo para Seth.

— Tudo bem. Mas é melhor essas fritas serem as melhores da minha vida. E se eu vir um policial, sumo de lá!

Capítulo 22

Quase parece uma situação normal: apenas três amigos fazendo uma caminhada pela floresta. Só que eu não tenho corpo. E a polícia de dois estados está procurando Seth.

Estou aliviada e grata por tê-lo encontrado primeiro. Depois da confusão da noite passada por causa da estática dos cabos de alta-tensão, duvidei de que um dia fosse encontrar Seth. Mas, então, nesta manhã, tudo ficou supercalmo um pouco antes de a luz aparecer. Ainda estou tentando entender o que aconteceu, por que ela apareceu... Foi algo que eu fiz? Ou é uma mensagem divina me dizendo que não há mais esperanças por aqui e é hora de fazer a passagem para o céu ou para onde quer que a luz nos leve?

Mas eu não posso fazer essa passagem. Se eu não conseguir meu corpo de volta, Taylor vai testemunhar contra Seth e ele vai acabar na prisão pelo resto da vida. Eu não posso simplesmente desistir. Eu não *quero* desistir. Esta é a minha vida, a minha vez, e mesmo que eu me sinta mal porque a vida de Taylor foi interrompida, não estou pronta para desistir da minha sem uma boa briga. Além disso, Rei nunca desistiria de um amigo. Mesmo agora, ele continua insistindo, sem sucesso, que Seth deve falar com a polícia. É engraçado como o tom das vozes deles é grave, outra coisa a que eu nunca tinha prestado muita atenção até recentemente. À medida que caminhamos pela floresta, quase não percebo o zumbido metálico de outra voz, que não pertence nem a Rei nem a Seth.

Que voz estranha é essa, afinal? Soa como um rádio ou algo assim. Estamos quase no estacionamento, então eu continuo num passo acelerado e paro de repente.

Droga!

Bem ali, cercando a SUV de Rei, com a placa verde brilhante de Vermont, há não uma, mas três viaturas da polícia. Seis policiais e um pastor-alemão de aparência voraz estão inspecionando o carro e os arredores da floresta. Eu voo de volta até Rei e não me importo que alguém possa me ver quando me materializo com um olhar desesperado no rosto, gesticulando como uma lunática para que voltem para a floresta.

— Mas o que...? — Seth grita, mas Rei entende imediatamente.

— Volte! — Rei agarra o braço dele para que dê meia-volta, mas Seth está abismado.

— Ei, como a Anna...?

— Vá logo! Corra! Eu volto para encontrar você!

— Mas...

Mas agora é tarde demais. O cachorro começa a latir, um latido gutural e feroz. As vozes no estacionamento aumentam de volume, agitadas. Os policiais ligam as lanternas. Pegam as armas. Libertam o cão dos infernos.

E Seth finalmente percebe o que está acontecendo.

Ele é rápido, mas o cão é mais rápido ainda. Rei está quase no estacionamento quando o pastor-alemão passa por ele como um raio. Eu giro o corpo e chego aonde Seth está, justo quando o cão salta sobre ele e o derruba no chão, enterrando as mandíbulas em torno do seu antebraço direito apenas alguns centímetros abaixo de onde Taylor rasgou seu pulso.

— Cachorro mau! Solta! — eu grito. Não sei se ele pode me ouvir, mas rosna em aviso e morde mais forte, de modo que eu me calo rápido. Seth também grita para que o cão o largue, mas sabiamente não tenta afastar o braço.

Quatro policiais perseguem o cão pela floresta, cada um deles com uma arma na mão. O que é tão loiro que parece não ter sobrancelhas dá ao cão um comando numa língua que parece alemão. A aura do cão reflete a sua decepção quando ele solta o braço de Seth e recua para trás do policial. Seth está enrolado como uma bola no chão, ofegante e esfregando o braço, que está coberto de baba de cachorro, mas felizmente não foi perfurado pelas presas. Os outros três policiais ficam ali com as armas apontadas para a cabeça de Seth, o dedo indicador tremendo no gatilho.

— Casey, ponha as algemas! Agora! — Um dos policiais grita, e o outro coloca as algemas nos punhos de Seth, sem se importar com o curativo no pulso dele. Casey ignora o gemido de dor de Seth, enquanto o terceiro o puxa pelo pé.

— Seth Murphy, você está preso.

— Eu não a matei! — Seth insiste. — Foi um acidente!

— Você tem o direito de permanecer calado...

Eu volto para o estacionamento a tempo de ver um policial alto e corpulento empurrar a cabeça de Rei na direção do capô do carro da polícia e algemar os seus pulsos atrás das costas, enquanto um policial mais baixo e ainda mais corpulento chuta os pés dele para afastá-los, de forma que possa revistá-lo. Ele não encontra nada a não ser duas embalagens vazias de barras de granola, as chaves de Rei e sua carteira. Ele joga as embalagens no chão, embolsa as chaves e vasculha a carteira, retirando a carta de motorista de Rei. Engraçado, eu achava que jogar lixo no chão era ilegal. O policial mais alto põe a mão sobre a cabeça de Rei e empurra-o para o banco traseiro da viatura, o tempo todo recitando mecanicamente os seus direitos.

Quando eu me materializo no banco de trás da viatura, ao lado de Rei, ele não olha para mim. Eu chego a tocar seu ombro, mas ele só balança a cabeça para me avisar que me viu.

Meu coração fica em pedaços por ele. Sinceramente, acho que Rei acreditava que suas boas intenções iriam protegê-lo, e pensamentos sobre como uma prisão vai diminuir as suas chances de ir para a faculdade estão provavelmente começando a surgir na sua mente. Eu esfrego minha mão na sua bochecha, esperando chamar atenção. Seus olhos estão pesados quando finalmente encontram os meus, mas eu tento transmitir tudo o que quero dizer a ele. *Sinto muito. Isso é horrível. E é tudo culpa minha. Se eu não tivesse convencido você a não ir à cachoeira, nada disso teria acontecido.*

Ele fecha os olhos, inclina a cabeça contra a parte de trás do assento e suspira. Ok, eu entendi a dica. Eu desapareço e dou um tempo a ele.

Depois que Seth é colocado na parte de trás da viatura, os policiais se reúnem e dão uns aos outros os parabéns. Depois felicitam o cão. Aparentemente, a prisão do famoso Seth Murphy, o grande assassino, é uma grande façanha. Eles parecem um pouco animados demais com a captura de Rei também, o que me faz pensar se trabalham por comissão. Parte de mim percebe que eles só estão fazendo o seu trabalho, mas a outra parte não é tão benevolente assim. Eu paro um instante para ouvir as sugestões do meu lado mais negro.

Eu espero até o policial mais alto começar a dirigir para a delegacia. No exato momento em que o mais baixo leva o copo descartável de café à boca, eu ligo o rádio FM no volume máximo. A explosão súbita da música assusta o policial e ele aperta o copo, deslocando a tampa e derramando café morno sobre o colo.

— Merda!

O policial mais alto gira o botão para desligar o rádio.

E eu volto a ligá-lo. De novo e de novo e de novo (ei, eu poderia fazer isso o dia todo!), até que os dois policiais estão gritando para que o outro "conserte essa maldita coisa", e eu vejo os cantos da boca de Rei se curvarem ligeiramente para cima. Eu volto para o lado dele, ainda invisível, e ouço o martelar do seu coração.

Na delegacia, eles tiram as impressões digitais e algumas fotos tanto de Rei quanto de Seth, então revistam ambos, procurando Deus sabe lá o quê, e os levam, sem cadarços e cintos, para celas separadas. Estou convencida de que fazem algum jogo psicológico durante uma prisão. Parece que os policiais batem as portas de metal muito mais forte do que o necessário para fazer o barulho reverberar o mais alto possível. Seth salta um quilômetro, mas Rei nem se abala. O policial mais baixo parece desapontado. O colchão fino da cama está manchado, e eu conheço Rei — ele prefere dormir no chão do que em algo tão nojento. Ele inclina as costas contra a parede e lentamente desliza para baixo até se sentar no chão. Fecha os olhos e, depois de alguns minutos, a respiração torna-se lenta e profunda. Aparentemente, ele vai passar por essa provação flutuando num estado mais elevado de consciência.

— Você pode dar um telefonema — o policial mais alto informa Rei, algum tempo depois. Rei não parece particularmente satisfeito com essa informação, mas, mesmo relutante, liga para casa. Ele mantém os olhos fechados durante toda a conversa, o polegar pressionado o mesmo ponto da testa, e às vezes segura o telefone a alguns centímetros de distância da orelha, enquanto Yumi extravasa a sua frustração. Assim que ela acaba de torturá-lo, ela pede para falar com o policial que o prendeu. Rei olha para o policial alto com um ar de compaixão quando passa o telefone para ele.

Eu estou me divertindo muito nessa delegacia. Há tantas coisas para derramar e derrubar neste lugar! Talvez seja uma blasfêmia, mas eu me sinto como Deus lançando uma praga de gafanhotos sobre os egípcios, e eu até grito para o policial mais baixo "Deixe meu povo ir!", para causar um efeito dramático. É claro que eles não podem me ouvir, mas a tensão no ar é perceptível e o clima feliz que todo mundo ali sentiu depois das prisões vem se reduzindo cada vez mais, a cada copo de café derrubado.

O policial mais alto joga um sanduíche pré-embalado e uma garrafa de água na cama da cela de Rei. O que tem para o almoço? Nitrato de sódio, hormônio de crescimento para bovinos e gordura saturada, tudo espremido entre quatro triângulos de pão esponjoso — ou para leigos em nutrição, presunto e queijo num pão de forma. Rei devolve o sanduíche, pedindo que o guarda o entregue a Seth.

Rei não pode ouvi-los conversando na recepção, mas eu posso. De acordo com eles, Seth é procurado em Vermont por assassinato em primeiro grau; então, assim que a papelada estiver completa, ele vai ser enviado para lá. Eles não têm certeza sobre o que fazer com Rei, no entanto. Há uma discrepância sobre do que exatamente ele está sendo acusado, se é que pode ser acusado de alguma coisa. Rei e Seth disseram à polícia que ele estava lá para convencer Seth a se entregar. A polícia falou com Matt e ele confirmou. Aparentemente, Yumi também frisou isso várias vezes na sua conversa com o policial pelo telefone. O policial mais baixo ainda quer mantê-lo detido por ter participado do crime de maneira indireta, mas o mais alto quer liberá-lo. Eu deixo o café do mais alto permanecer de pé num gesto de boa vontade.

O pai de Rei, Robert, chega cerca de duas horas da tarde, com o pai de Seth. Ambos parecem muito mais preocupados do que com raiva, e Robert parece positivamente solidário. Quando Robert e o policial mais baixo se aproximam da cela, Rei os olha impassível do seu lugar no chão, como se sair das profundezas do desespero e se levantar exigisse um esforço grande demais.

Quando a porta da cela é aberta, ele pergunta ao pai apenas uma coisa:

— Vocês pagaram a fiança de Seth?

O policial dá uma risada e bate no ombro de Robert como se fossem velhos amigos. Idiota! Só preciso de três segundos para localizar seu último copo de café e derrubá-lo.

— Não há fiança estipulada para Seth — Robert explica o mais suavemente possível. — Jack me deu uma carona até aqui. Ele está falando com Seth agora. Eles vão levá-lo a Vermont logo que a papelada estiver pronta. Também não há uma fiança fixada para você. Nenhuma acusação foi feita.

Ok, eu devia estar ocupada causando estragos no café de alguém quando eles tomaram aquela decisão. Isso é bom!

Rei não parece tão feliz quanto eu esperava. Ele pressiona as costas contra a parede, depois fica de pé e olha torto para o policial ao deixar a cela.

— Sabe — Robert continua —, você teve muita sorte por não fazerem acusações. No estado de Nova York, você tem idade suficiente para ser julgado como adulto.

— Eu sei — Rei concorda. — Sorte minha. Então por que eles me deixaram trancado se não pretendiam me acusar? Por que não me deixaram ir embora?

— Pergunte à sua mãe — diz Robert, sem olhar para ele. — Eu não tive nada a ver com isso.

Capítulo 23

O carro do pai de Rei foi rebocado para a delegacia apenas para o caso de precisarem de evidências, mas aparentemente nada de interesse foi encontrado, porque Robert foi autorizado a levá-lo. Eu fico no banco de trás para ouvir, caso ele vá interrogar Rei no caminho de volta, mas o som do vento entrando pelas janelas é pontuado apenas por preocupações paternas ocasionais. "Você está com fome?", "Está com sede?", "Quer parar no posto de gasolina?" Rei balança a cabeça o número apropriado de vezes, mas em geral se reclina no encosto e olha pela janela. Seus olhos são refletidos no espelho lateral, o olhar perdido em pensamentos.

Está tudo silencioso quando Rei chega em casa, porque Yumi resolve infligir ao filho o tratamento do silêncio. Eu resisto à tentação cruel de derrubar sua xícara de chá. Não demora muito para que o silêncio retumbante de Yumi atravesse a armadura de Rei.

— *Olhe*! Eu sinto *muito*! Você acha que isso estava nos meus *planos*?

— Eu lhe disse para não se meter nisso! Quais você acha que seriam as suas chances de entrar no M.I.T. se eles tivessem decidido fazer acusações? — Yumi atira de volta.

— É só com isso que você se importa? E Seth? E Anna?

— O que tem Anna? O que ela tem a ver com isso?

Rei fecha a boca.

— Eu vou lá para cima.

— Nós não acabamos esta conversa!
— Talvez você não, mas eu sim.

Ele joga a mochila em cima da cama e vai diretamente para a sala de musculação. Mesmo com a porta fechada, eu ouço o som das janelas se fechando e das persianas caindo. Ele quer ficar sozinho.

Eu fico pairando em torno da cadeira de balanço e tento pensar de forma racional. Eu sei que ele está arrasado. Mesmo que Rei seja japonês só por parte de mãe, Yumi incutiu no filho a filosofia cultural de que a honra é uma virtude valiosa... uma virtude valiosa que agora foi comprometida. Não importa que não tenham feito acusações. Apenas o fato de ter sido detido e passado a manhã numa cela de prisão é por si só uma violação. Além disso, eu tenho certeza de que ele não gostou nem um pouco de ser revistado. Por um cara. Rei é esquisito com relação a essas coisas; na verdade, estou surpresa que ele não tenha ido direto para o chuveiro, mas parece que Rei precisa limpar sua mente primeiro.

Ele está na sala de musculação há mais ou menos uma hora, quando ouço o som de um motor roncando e risadas estridentes. Eu sigo o ruído até uma nuvem de poeira e vejo o carro de Cori entrando na minha garagem e pisando no freio.

Quando Taylor sai do banco da frente, a primeira coisa que noto é a grande gaze branca colada ao meu braço.

— Espero que o seu braço não doa muito à noite! — Cori grita enquanto dá marcha a ré no carro.

— Tudo bem! Você não adoraram?

— NÓS ADORAMOS! — grita um coro de dentro do carro, quando as quatro garotas saem da garagem a todo vapor, dando gargalhadas.

Taylor desce a manga do suéter antes de entrar na casa, várias sacolas batendo contra a coxa. Nem meu pai nem Taylor se dão ao trabalho de se cumprimentar. Mas a minha mãe sai apressada do quarto e Taylor a convida para ir ao meu quarto para ver os "mimos" que ela comprou.

Os mimos? Os *mimos*? Isso não pode ser boa coisa.

Minha mãe solta gritinhos a cada item que sai das sacolas, e ela ainda ri quando vê a calcinha fio dental vermelha da Victoria's Secret. É só quando Taylor joga o cabelo sobre o ombro que a minha mãe para e olha para os brincos brilhantes que agora decoram as minhas orelhas.

— Oh! — exclama minha mãe — Você decidiu furar as orelhas!

— Sim, eu não achei que você fosse se importar, já que achou o *piercing* de nariz tão fofo. E olha o que mais eu fiz! — Os olhos de Taylor se acendem quando ela tira o suéter e estende o braço envolto na gaze para a minha mãe.

Minha mãe e eu ofegamos quando ela tira a gaze para revelar um desenho em tinta preta do rosto de Taylor Gleason tatuado à perfeição no meu braço.

Eu solto um grande palavrão para o universo!

— Eu estava tentando encontrar uma maneira de homenagear Taylor Gleason. E só custou 250 dólares! Você não amou?

Que ódio! Ela me disse que tinha encontrado o meu dinheiro guardado, mas eu nunca pensei que iria gastar metade numa tatuagem! Minha mãe balança a cabeça em silêncio, em seguida sai do quarto e vai para a cozinha, onde se serve de uma taça de vinho.

Seja o que for que Rei estivesse fazendo na sala de musculação, não o ajudou a se sentir melhor. Corro de volta para o Google, com a intenção de pesquisar "remoção de tatuagem" no computador dele e o encontro deitado na cama com um travesseiro sobre a cabeça. Ele está me assustando. Rei sempre foi a minha base, a segurança com que eu poderia contar num mundo instável. Este não é o meu Rei, é uma pessoa prestes a perder o controle.

Eu estou perdida aqui. Tento convencê-lo a sair dessa depressão? Tento fazê-lo recuperar o bom senso? Ou será que pressioná-lo só vai afastá-lo mais de mim? Eu não tenho experiência quando se trata de "consertar" pessoas. Sempre fui eu quem precisava de reparos, e Rei sempre foi o meu mecânico.

Eu pairo ao lado dele e absorvo energia suficiente para chamar sua atenção. *Você está bem?* Essa é uma pergunta idiota, porque é claro que ele não está bem, mas eu não sei de que outra forma abordar o assunto dos acontecimentos desta manhã.

Rei tira a cabeça de baixo do travesseiro assim que ouve o barulho do teclado. Ele faz uma careta.

— Eu estou bem. Só estou... furioso comigo mesmo. Eu não acredito que deixei isso acontecer.

Você só estava tentando ajudar Seth.

— Sim, ajudei muito. Agora ele está na cadeia.

Ele teria sido pego de qualquer maneira. Não foi culpa sua.

Porque a culpa é minha, é claro.

Sinto muito. Eu deveria ter ido antes de você e checado se não havia nenhum policial. Eu devia saber que encontrariam o seu carro.

O que eu *realmente* devia ter feito é ouvir Rei e ficar no meu corpo, para começar, mas é tarde demais para esse tipo de arrependimento.

Rei senta-se lentamente. Ele ainda não tomou banho nem trocou de roupa, e agora há lama seca em seu edredom.

— Não é sua culpa, Anna. A culpa é minha.

Pare de dizer isso! Nós só precisamos arranjar um plano melhor, já que a sálvia não funcionou, e então eu vou ser a única testemunha. Vou testemunhar que ele tentou salvá-la quando ela escorregou. Eles vão retirar as acusações e todos nós podemos seguir em frente com as nossas vidas. Exceto Taylor. Ela pode simplesmente ficar morta.

— É. Bom, eis o nosso próximo dilema. Como você está se virando com isso? Você ficou de olho nela ou só ficou comigo na prisão o tempo todo?

Eu só fiquei com você na cadeia o tempo todo.

— Eu sei. — Ele suspira e espana a sujeira do seu edredom com os dedos. — Então — ele limpa a garganta —, o que você achou da cadeia?

É horrível. Eu me senti um hamster.

Ele olha para mim com um sorriso inesperado.

— Foi minha imaginação ou aqueles caras eram meio desajeitados com o café?

Totalmente desajeitados. Deviam aprender a beber com mais responsabilidade.

— É. — Ele suspira e volta a se deitar.

Adivinha o que a Taylor fez comigo.

Ele levanta a cabeça para ler o que eu digitei.

— O quê? — ele pergunta, desconfiado.

Um monte de piercings e uma tatuagem.

É como se ele tivesse sido catapultado para a posição sentada.

— Uma... tatuagem? Você está brincando, né?

Não. E não é nem uma tatuagem legal. É um retrato da Taylor. Existe uma maneira de apagar tatuagens ou eu vou ter que amputar o braço se recuperar meu corpo?

Rei solta um suspiro e volta a se deitar, as duas mãos pressionando a testa.

— Eu sinto muito. Eu não devia ter ido àquela aula! Nada disso teria acontecido!

Eu flutuo sobre ele e pego suas mãos. Quando ele finalmente descobre os olhos e olha para mim, eu balanço a cabeça.

Não é culpa sua.

Eu percebo mais uma coisa.

Não é minha culpa, nem culpa de Seth. É a Taylor que está acabando com a nossa vida, e ela tem que ir embora.

Capítulo 24

Rei se senta e pressiona o polegar no espaço entre os olhos.
— Ok, eu vou voltar para a internet e ver se consigo arranjar um plano B. Você pode só dar uma olhada no Seth e ver se ele já voltou para Vermont?

Rastreio Seth facilmente até a prisão de Byers, onde ele está deitado numa cama, encarando as rachaduras do teto. Pelo menos ele tomou um banho e seu pulso está envolto em gaze; por outro lado, tem um olhar vazio de alguém que perdeu a esperança.

O que ele vai pensar quando descobrir que Anna Rogan é a única testemunha ocular? Será que vai notar a diferença enorme na minha personalidade, agora que Taylor está no controle do meu corpo? Ele me viu na floresta, tentando avisá-los sobre a polícia... O que ele deve pensar disso? Será que um dia vai me perdoar se eu não conseguir recuperar o meu corpo e ele continuar na cadeia por um crime que não cometeu?

Distantes demais para que Seth possa ouvir, dois policiais e uma funcionária da delegacia estão sentados em torno de uma mesa, conversando e bebendo café. Ok, ela está bebendo café gelado, que parece horrivelmente diluído por cubos de gelo derretidos e leite. Cruzes. Eu flutuo até um arquivo, ali perto, porque nos aproximadamente trinta segundos em que estou presente, ouvi o nome de Rei ser mencionado, então eu vou escutar.

— Eu não penso assim. Conheci Yumi na loja, e ela não ia tolerar esse tipo de comportamento. Eu acho que eles tinham razão em não fazer acusações — diz a mulher. Os outros policiais são o cara baixo e careca que foi à casa de Rei e um cara com cabelo fino da cor de um salgadinho Cheetos que ficou muito tempo esquecido embaixo da geladeira.

— Bom — começa o Careca —, ele *parecia* um bom menino, mas eu tinha lhe dado instruções específicas para nos ligar se soubesse do garoto Murphy. O que ele iria fazer em Nova York, se não tivesse falado com ele? O garoto deveria ter ligado. Os caras de Nova York encontraram os dois saindo da floresta juntos, mas todo mundo que falou com eles disse que Ellis foi procurar Murphy para convencê-lo a se entregar. Vai saber. Eu acho que o garoto teve sorte de não ter sido preso também.

— Bem, o inquérito de Murphy é amanhã de manhã — diz Cheetos.
— Eu não ligo para o que ele diz; já está praticamente condenado. Todas as amigas da garota morta dizem que ele pediu a ela para encontrá-lo na cachoeira.

O quê?!

— Viu? — Careca diz. — Agora Ellis disse que o telefone de Murphy foi roubado e havia um bilhete dizendo para ele ir buscá-lo na cachoeira. Você não sabe em quem confiar! Esses garotos mentem tanto que começam a acreditar no que falam.

— Aquela menina, Rogan. Ela não disse que viu a coisa toda? — pergunta Cheetos.

— Ela disse que estava dando um passeio, mas estava muito longe para ouvir o que diziam. Mas ela sabia exatamente o que a garota estava usando, e disse que o viu rasgar a camisa dela, arrastá-la até a borda e empurrá-la na cachoeira. Você viu o pulso dele? Ela deve ter lutado pra caramba!

— Eu estava lá quando encontraram o corpo, pobrezinha. Aquele garoto Murphy é um animal! — acusa o policial Cheetos. — Você devia ter visto a camisa, sem nenhum botão! Eu não os culpo por acusá-lo de assassinato em primeiro grau.

— O garoto acabou de completar dezessete anos um mês atrás, sabem — a Senhora do Telefone destaca.

— Não importa — diz Cheetos. — Eles querem julgá-lo como adulto.

É justo nesse momento que a Senhora do Telefone faz uma cara muito estranha e olha diretamente para mim.

Não através de mim.

Para mim.

Eu não me importo. Já fiquei na minha por tempo demais. É hora de colocar um pouco de ação nessa história.

Eu desço do arquivo e deslizo lenta e deliberadamente até a mesa onde estão reunidos, todos eles agora em choque, as bocas e os olhos como pequenos círculos congelados. Eu me certifico de que tenham tempo suficiente para me ver muito, *muito* bem, porque, se vou fazer isso, vou fazer direito. Eu digito no teclado da funcionária da delegacia e me asseguro de que todos leem a mensagem.

Seth é inocente e Rei não mente. Olhem no armário de Seth e vocês vão encontrar o bilhete.

Eu posso dizer, pelas suas auras, que não são más pessoas; são apenas pessoas equivocadas, desinformadas, que veem somente o que está diante dos seus olhos. A raposa do Pequeno Príncipe nos adverte sobre pessoas como essas. A polícia acha que Taylor foi assassinado, então eles se sentem obrigados a prender alguém, e Seth é a escolha mais fácil. Eles precisam abrir suas mentes para a possibilidade de que as coisas não sejam sempre o que parecem ser. *Olhem para mim, gente*, eu quero dizer a eles. *Veem como tudo é possível?* Eu olho cada um deles nos olhos, e então desapareço lentamente.

Quando volto para o quarto de Rei, seu computador está hibernando. Atrás da porta fechada da sua sala de musculação, eu o ouço dedilhando o violão. Não está tocando nada que eu conheça, apenas acordes aleatórios, melancólicos, que envolvem meu coração e o deixam apertado.

Eu mexo no mouse e uma tela aparece mostrando a última pesquisa de Rei. Por um segundo, acho que está escrito "exercício", mas depois percebo que a palavra é "exorcismo", exatamente a palavra que eu estava evitando, e entendo por que Rei está lá, tocando metal fúnebre. Eu percorro os links que não têm a ver com filmes de terror e leio isto: *oushikuso*. Isso é uma completa bobagem e não vai funcionar. Talvez um crucifixo e água-benta espantem um demônio comum, mas não vão intimidar Taylor Gleason.

Exorcismo. Eu sinto que estamos raspando o fundo do tacho agora. Já tentamos expulsá-la, defumá-la, pedir-lhe gentilmente para sair. O que mais falta? E eu sinto como se o meu corpo fosse um poste e ela fosse o cachorro fazendo xixi, pela forma como marcou seu território com tatuagens e *piercings*.

Nós rimos naquele primeiro dia quando encontramos um site que sugeria que a convencêssemos de que ela está morta e que seus entes queridos estavam esperando por ela do outro lado. Mas e se a maneira mais simples for a melhor? E se ela tiver avós ou uma tia favorita que faleceu? Certamente existe uma pessoa do outro lado que ela ame tanto que possa querer fazer a travessia para ficar na companhia dela. Esta noite é o velório para familiares na casa funerária. Seria fácil ir até lá e descobrir quem está faltando na família.

Deixo Rei em sua sala de musculação e vou para a casa funerária. O segundo velório de Taylor para a sua família de Long Island está em pleno andamento quando eu chego lá. O local está cheio de pessoas novamente, incluindo algumas que parecem ser colegas de trabalho do seu pai. Tudo bem, esse plano falhou — os quatro avós estão presentes, sentados em poltronas estofadas na fila de cumprimentos. Taylor não está aqui esta noite, mas, a julgar pela forma como ela passou o dia, ela não *quer* estar aqui com a sua família. Quem eu estou querendo enganar? Ela se preocupa mais com ela mesma do que com qualquer outra pessoa, e eu não sei quem ela poderia amar o suficiente para deixar o meu corpo e fazer sua passagem.

Pfffff.

Eu volto para o quarto de Rei. Agora ele está tocando uma música que eu reconheço, uma canção do U2 que eu baixei no meu iPod logo depois que o meu pai me jogou contra o balcão. Eu ouvi essa música sem parar nas semanas seguintes, mas Rei nunca achou essa minha obsessão idiota, não importa quantas vezes eu compartilhasse com ele os meus fones de ouvido. Ele mencionou uma vez que era uma canção sobre o vício em heroína, mas eu frisei que música é arte, e a arte é subjetiva, o que significa que está aberta a interpretações. Para mim, essa música é na verdade uma maneira de eu me afastar dos problemas da vida, e a heroína é apenas um artifício que as pessoas usam. O álcool é um artifício. A projeção astral é um artifício também. Rei canta, e cada palavra é suave como mel, afiada como um ferrão.

Eu volto para uma tela em branco e deixo para Rei uma mensagem no computador: *Seth está de volta a Vermont — seu inquérito é amanhã. Vejo você de manhã.*

O Pequeno Príncipe vivia em um planeta tão pequeno que ele podia contemplar um pôr do sol sempre que quisesse. Eu posso contemplar o pôr do sol sempre que eu quero também... do Serengeti, às margens do Sena, até mesmo dos anéis de Saturno.

Reflito sobre onde eu deveria começar a minha maratona até o pôr do sol. São em torno de oito e meia da manhã aqui em Vermont, então, fazendo os ajustes necessários por causa dos fusos horários, eu posso começar em Belize, voar para as Ilhas Galápagos e depois ir até a costa da América Central. Eu faço um álbum de recortes de todos os lugares aonde eu já fui astralmente, porque são os locais que eu quero visitar fisicamente um dia. Como seria legal caminhar pelos Andes, mergulhar na Grande Barreira de Corais, sentir os frios degraus de pedra da Basilique du Sacré Coeur, em Paris, sob os meus pés, enquanto como um pedaço da aromática baguete francesa que há tanto tempo me dá água na boca?

Mas e se eu não conseguir meu corpo de volta? Tenho que aceitar a possibilidade de que Taylor não saia dele e eu fique presa aqui para sempre. Talvez eu pudesse ser um daqueles espíritos boêmios que assombram os cafés ao longo da Champs-Élysées. Talvez eu possa ir para a faculdade com Rei e me tornar um dos fantasmas lendários do campus. Mas um dia Rei vai conhecer uma garota e se casar, e aí o que eu faço? Como vou viver solitária, sem corpo, sem voz, sem amigos ou família? O que eu farei então? Será que eu vou poder chamar a luz de novo e simplesmente segui-la para onde quer que ela me leve? Flutuo até o salgueiro do lado de fora da janela de Rei, atraída pela sua reconfortante aura azul. Rei parou de tocar violão e as luzes do seu quarto estão apagadas. Espero que ele esteja dormindo e que os seus sonhos sejam felizes. Eu não tenho o privilégio de dormir nesta dimensão, mas é tranquilo aqui, só eu e o salgueiro, as estrelas e a lua. De algum modo, as nossas vibrações se misturam em algo harmonioso e esperançoso.

Será que eu poderia chamar a luz agora, se quisesse?

Eu quero.

As estrelas brilham através do emaranhado de folhas e peço ao universo para enviar a luz para mim. Eu tento pensar em coisas boas, só coisas boas, e é Rei que vem à minha cabeça com mais frequência. Eu penso em como me sinto segura e conectada quando estou perto dele, como, em todos os anos que eu o conheço, ele me perdoou por todas as coisas idiotas que eu fiz. Mesmo que Seth esteja na cadeia e que meu descuido possa ser a única coisa que o mantenha ali pela vida toda, Rei não me culpa. E é nesse momento que me ocorre: Rei Ellis provavelmente nunca irá se apaixonar por mim, mas eu não acredito que exista alguém na minha vida que realmente me *ame* tanto quanto ele. E mesmo que eu não seja uma pessoa religiosa, eu reconheço que isso é uma bênção. Acima de mim, parece que as estrelas estão se fundindo num enorme feixe de luz que se projeta de cima para baixo. Os galhos do salgueiro se afastam com reverência para que a luz passe por eles e eu estou impressionada. Eu posso fazer isso! Posso evocar a luz.

Mas agora eu me sinto como se tivesse passado um trote em um poder divino. Porque eu não quero ir com a luz. Ainda não, pelo menos. *Desculpe*, eu digo à luz. Agradeço por ela ter vindo até mim e para todos os outros que querem e precisam, e ela se retrai e desaparece graciosamente, deixando-me na escuridão.

Mas eu já tive escuridão suficiente esta semana. Escuridão suficiente, tristeza suficiente, *oushikuso* suficiente.

Parto em busca de um nascer do sol.

Capítulo 25

Eu não pretendo contar a Rei sobre a minha visita de ontem à noite à delegacia. Eu deveria, eu sei, mas, se fizer isso, vou ter que dar a notícia de que estão planejando acusar Seth de assassinato em primeiro grau, como um adulto. Isso não vai ser nada bom.

Eu também estou um pouco chocada comigo mesma. Uma coisa é se materializar intencionalmente na frente de um monte de universitários bêbados que nunca me viram antes e nunca mais vão me ver de novo, mas esses policiais me conhecem, mesmo que só como "Aquela Garota Rogan". Depois que desapareci, eu me demorei ali por tempo suficiente para vê-los se encararem em descrença e então olharem seus cafés como se alguém tivesse adicionado algum tipo de droga alucinógena a eles. Cheetos falou primeiro:

— Eu não vi nada!

Então as sobrancelhas do Careca subiram e ele disse a mesma coisa.

— Eu não vi nada. Pat, você viu alguma coisa?

A Senhora do Telefone leu a tela do computador e franziu a testa.

— Eu não sei o que eu vi, mas sei que não sou burra a ponto de contar a alguém sobre isso. Eu preciso deste emprego. — Ela tomou um gole do seu café aguado. — Então, alguém vai conseguir um mandado de busca para verificar o armário do garoto?

Nós também não discutimos se Rei iria ao enterro de Taylor, que começa em menos de uma hora. Eu acho que ele vai, já que passa das oito da manhã e, se ele fosse à aula, teria saído de casa há um bom tempo.

Rei ainda está no chuveiro, no entanto, e eu estou perto da cama dele, esperando. Em algum momento durante a semana, eu me tornei como um acessório do seu quarto, e ele me cumprimenta casualmente quando entra, espalhando no ambiente o aroma de laranja e canela, e vestindo nada além de uma bermuda de ginástica e uma toalha em volta do pescoço. Ele revira a gaveta à procura de uma camiseta limpa. Eu posso perguntar, não é?

Você vai ao enterro?

— Vou — ele diz enquanto esfrega o cabelo com a toalha. — E você?

Assinto com a cabeça.

— Mas acho que eu vou pular a igreja. Que tal... — Alguma coisa do lado de fora chama a sua atenção e Rei se inclina sobre a janela, com uma expressão cada vez mais curiosa no rosto. — O que é aquilo?

Eu flutuo para ver o que chamou a sua atenção e olhamos um para o outro, surpresos.

— O que é que ela está fazendo? — Rei me pergunta.

Mesmo que eu não tenha uma voz, estou rindo muito para responder.

Taylor me faz lembrar um palhaço de circo andando naqueles triciclos pequenininhos, só que ela parece ainda mais idiota. Ela pedala cuidadosamente a minha *mountain bike* em seus saltos altíssimos, vestindo uma minissaia de couro preto, uma regata cinza e um suéter preto apertado. Sobre essa estilosa combinação, ela exibe minha mochila, que parece meio vazia.

Rei fica ali com um sorriso surpreso colado no rosto.

— Sabe, quando penso que ela não pode afundar ainda mais, ela se supera. Você vai segui-la?

É claro que vou! Eu aceno e saio pela janela.

Taylor percorre todo o caminho até a rua principal, pedalando tão lentamente que tenho a impressão de que a bicicleta pode tombar a qualquer momento. Eu espero que ela vire à esquerda agora e siga na direção da Casa Funerária McGregor & Filhos, mas não, ela vira à direita e eu levo um minuto para perceber aonde ela está indo...

Ela vai para casa. A casa dela.

Taylor sobe a pé a rampa da garagem e contorna a casa, deixando minha bicicleta na parte de trás. É claro que não tem ninguém em casa agora; eles estão todos na igreja para o funeral de sua amada filha.

Ela encontra uma chave sob o capacho.

— Bingo! — se alegra.

O que ela vai fazer? Taylor entra na casa e eu a sigo até o sistema de alarme, onde ela usa as pontas das unhas acrílicas para digitar o código e desarmá-lo. Então tira os sapatos e sobe as escadas até o andar de cima.

Pelo que posso ver, a mãe dela deixou seu quarto intacto. Há um copo vazio de frappuccino sobre a mesa de cabeceira e uma regata de seda e shorts de pijama aos pés da cama. Taylor olha em volta por um momento, e seus olhos estão vidrados. Por um segundo eu sinto alguma coisa, compaixão talvez? O quanto não deve ser difícil para ela? Não se trata apenas de coisas materiais; esse é o seu mundo, e ele não existe mais. Por mais que eu a odeie por toda a tristeza e aborrecimentos que ela nos fez passar na última semana, eu vejo tudo que ela perdeu, e me sinto triste por ela.

Ela respira fundo, abre o zíper da mochila e começa a enchê-la com objetos que encontrou sobre a cômoda e dentro das gavetas. Perfume, maquiagem, joias, fotos, seu iPod e o carregador, uma caixa de camisinhas... espere um pouco, uma caixa de *quê*?

Eu enfio a cabeça dentro da mochila para dar mais uma olhada e encontro um pacote com doze unidades de "preservativos que brilham no escuro, lubrificados para intensificar o prazer da mulher". O pacote está aberto e parece que faltam alguns. É difícil ler o rótulo direito na penumbra da mochila, especialmente porque Taylor continua a empurrar coisas em cima de mim, mas há uma data indicada na caixa que me diz que esses preservativos estão vencidos há mais de um ano.

Eu recuo para o canto do quarto e faço um inventário. Até agora ela já furou as minhas orelhas e o nariz, tatuou o meu braço com um desenho horrível, e parece que está planejando perder a minha virgindade. Imagino quem pode ser o sortudo.

Assim que ela acaba de furtar seu próprio quarto, vai para o banheiro e leva sua escova de dentes (eca!), uma caixa de absorventes internos Super (boa sorte com isso!) e alguns condicionadores de cabelo que parecem muito caros. A mochila está quase cheia.

No andar de baixo, ela abre a porta de um armário onde há várias fileiras de garrafas de bebidas alcoólicas. Ela se serve de uma garrafa meio vazia de vodca, toma um gole e suspira.

— Como eu senti a sua falta! — ela diz à garrafa. Depois a adiciona à minha mochila, junto com outra garrafa de vodca, ainda lacrada.

Ela tem o cuidado de reativar o alarme e trancar a porta. Eu a observo por tempo suficiente para saber que está indo para a igreja. Eu corro de volta para a casa de Rei.

Chego a tempo de encontrar Rei no computador, usando sua calça de sarja bege e a camisa polo branca. Ele está navegando na internet, pesquisando exorcismo novamente, mas assim que me vê apontando para o teclado, reclina-se na cadeira.

Ela foi para a casa dela pegar umas coisas.

Ele levanta uma sobrancelha quando lê isso.

— Que tipo de coisas?

Duas garrafas de vodca, eu digito.

— Isso não é bom.

E camisinhas.

Rei olha fixamente para a tela por um minuto, e então aperta os olhos e esfrega aquele mesmo ponto da testa. Quando abre os olhos, inclina-se e fita a tela por mais alguns segundos.

— É, eu não li errado. — Ele vê a minha expressão ansiosa. — Anna, não se preocupe — ele me consola. — Eu vou garantir que ela não tenha chance de usá-las. Onde ela está agora?

Na igreja.

— Na igreja, com uma mochila cheia de vodca e camisinhas — ele diz com uma risada. — Sinto muito, isso é simplesmente... — Ele balança a cabeça. — Deixa pra lá.

Eu franzo a testa para ele. *O inquérito de Seth começa em dez minutos. Eu vou dar uma olhada nele e te encontro no cemitério depois.*

— Ok, te vejo depois.

A visão de Seth, algemado e com grilhões nos tornozelos, partiria o coração de Rei. Parece que ele pegou as roupas do pai emprestadas; as calças pretas estão muito curtas e o paletó está apertado nos ombros. O advogado ao lado dele usa um terno que lhe cai como uma luva e que provavelmente custa mais do que o pai de Seth ganha em um mês.

O inquérito é muito chato. O juiz é um homenzinho balofo, com óculos de aros de metal que escorregam no nariz o tempo todo. Eu me pergunto se ele os empurra com o dedo médio para enviar uma mensagem ao tribunal. Seth não mostra surpresa quando eles leem a acusação de assassinato em primeiro grau, e o juiz não mostra surpresa quando Seth responde: "Não sou culpado, meritíssimo".

O juiz inclina a cabeça um pouco para trás para poder ler sem tirar os óculos.

— Em vista da natureza cruel deste crime, o promotor solicitou que a data do julgamento seja antecipada.

Ouço um burburinho na sala e o barulho dos advogados fazendo anotações quando anunciam que o julgamento será na sexta-feira seguinte. O consenso entre os advogados de defesa é de que vão ter muito pouco tempo para se preparar, mas ninguém discute com o juiz. Seth se levanta rígido da cadeira de madeira quando é conduzido pelo oficial de justiça para fora do tribunal.

É deprimente demais segui-lo até a cela. Em vez disso, eu flutuo por ali, tentando dar sentido aos termos estranhos dos advogados. Entendi que não há fiança para Seth, porque ele fugiu da polícia uma vez. Entendi que pensam que ele matou Taylor a sangue frio, então querem julgá-lo como um adulto, mesmo que ele ainda tenha dezessete anos. Mas agora os advogados estão despejando termos como "testemunhas perceptivas" e "deposição" e "ônus da prova" e "Annaliese Rogan". Aparentemente, eu sou a única testemunha ocular, e Taylor será obrigada a depor diante dos advogados na manhã de quarta-feira às nove horas. Eu faço uma anotação mental para não perder isso.

Eu encontro Rei encostado a um carvalho antigo na extremidade do cemitério, observando a multidão reunida em torno do caixão branco. Quando descanso a mão sobre seu ombro, Rei provavelmente sente a vibração porque imediatamente estende o braço até a minha mão, só conseguindo, em vez disso, dar um tapinha no próprio ombro.

— Oi — cumprimenta. Eu desenho a palavra "oi" nas costas dele. Sua boca não sorri, mas seus olhos sim, então eu sei que ele sentiu.

Taylor está com os pais ao lado do caixão. A casa funerária forneceu cadeiras para seus avós, mas todos os outros estão de pé, segurando uma rosa vermelha de cabo longo. Tantas coisas boas são ditas sobre Taylor durante a cerimônia que eu me pergunto onde esse tal pastor conseguiu essas informações. Depois de concluída a cerimônia, ele convida a todos para colocar a rosa sobre o caixão, que já está soterrado sob uma pilha de lírios, cravos, crisântemos, margaridas e várias vespas agitadas. Taylor observa todo mundo quando se aproxima do caixão e sorri para todos que estão chorando.

É claro que ela é convidada à casa dos Gleason para a refeição que sucede o sepultamento, assim como todas as suas amigas. Eu toco o telefone no bolso de Rei para chamar sua atenção e ele o tira do bolso, depois o abre e o segura aberto para que eu possa digitar.

Eu vou com ela.

— Tudo bem. Estou indo para a escola. Avise se precisar de mim. — Ele volta a colocar o telefone no bolso e sai em direção à escola.

Taylor chega à casa dos Gleason e fica à vontade. O senhor e a senhora Gleason contrataram um serviço de buffet para servir pratos quentes e frios, e tudo parece incrível, especialmente a bandeja fumegante de lasanha, cujo aroma todos inalam com água na boca. Taylor se oferece para ajudar a servir os refrigerantes no bar, e eu a vejo acrescentar um pouco de vodca à sua coca diet. Antes de ela se apossar do meu corpo, eu nunca tinha bebido álcool, nem mesmo um gole de vinho. Ok, eu bebi extrato de baunilha uma vez, porque o cheiro era muito bom, mas eu não sabia que tinha álcool e o gosto era tão ruim que vomitei, então não acho que isso conte. Gostaria de saber o quanto de vodca será preciso para que eu fique embaraçosamente bêbada. Ou pior.

Taylor pega sua bebida e se senta no sofá aveludado ao lado de Jason Trent, o mesmo atleta/idiota que quase me fez derrubar a bandeja do almoço na semana passada. Ele é alguns centímetros mais alto do que Rei, mais encorpado, com o cabelo platinado loiro, uma pele avermelhada, olhos azul-claro que se destacam contra as sobrancelhas e cílios loiros. Talvez eu esteja sendo preconceituosa, mas considero os ombros e braços de Rei mais bem esculpidos. Jason Trent parece simplesmente estar abusando de esteroides. Eu o observei esbarrar em Taylor quando ela estava servindo bebidas, e agora eles estão envolvidos em algum tipo de preliminares verbais. Quando a sobremesa é servida, a mão carnuda de Jason está na coxa de Taylor. Na minha coxa! A minha vontade é decepar a mão dele!

O celular de Taylor toca por volta das três horas, e ela dá um tapinha na mão de Jason duas vezes antes de ter que segurá-la e tirá-la, ela mesma, da sua coxa para ficar de pé. Ela sorri para ele de uma forma que parece ridícula no meu rosto, enquanto se esgueira pela porta para atender à chamada do lado de fora. Quando eu chego perto, posso ouvir que é Rei, ligando para ver se Taylor quer uma carona para a escola na manhã seguinte. Ela parece encantada com a ligação, mas não, ela já tem carona. Obrigada, de qualquer maneira. Talvez outro dia.

Eu estou no quarto de Rei menos de um segundo depois, e ele ainda está com o celular na mão. Ele não parece tão surpreso que Taylor tenha recusado a carona.

Ela está paquerando Jason Trent.

— Jason Trent? — Rei franze o nariz. — Você está brincando!

Bem que eu queria estar. Eu quero desesperadamente digitar *"Por favor, não me deixe perder a virgindade com Jason Trent"*, mas de alguma forma esse parece um pedido muito patético para fazer a Rei neste momento.

Ele tamborila os dedos na mesa, pensando.

— Um de nós tem que ficar com ela, Anna, e ela não parece me querer perto dela ou das suas amigas.

Por quê? Elas te acham bonitinho.

Rei estremece.

— Ok, agora você está me assustando.

Jason Trent está me assustando. Ele está tocando a minha perna. Você vai bater nele por mim?

Eu estava esperando obter um sorriso com esse pedido, mas agora Rei parece simplesmente incomodado outra vez.

— Anna, se a coisa ficar feia, como você vai me avisar onde eles estão?

Jason tem um jipe branco.

— É, eu sei.

Eu vou descobrir onde ela está. Se você se afastar do computador, fique com o celular por perto.

— Anna, você precisa me avisar *antes* que as coisas fiquem fora de controle. Vou precisar de tempo para chegar aonde quer que ela esteja, e eu estou sem carro. Talvez eu deva ir agora e garantir que ele te deixe em paz.

Por mais que eu quisesse que Rei fosse defender a minha honra e desse uma boa surra em Jason, isso não seria muito bom. Ele já passou tempo suficiente na prisão esta semana.

Ainda não. Eu aviso se eles saírem juntos.

Capítulo 26

Jason tem que estar no trabalho às cinco, o que é uma grande vantagem para a minha virgindade. Taylor e suas amigas se amontoam no carro de Cori com a intenção de ir a algum lugar, mas não conseguem decidir a que lugar. Taylor tira a garrafa meio vazia de vodca da mochila e ganha um ruidoso grito de alegria das meninas. Elas dirigem sem rumo por um tempo, bebendo e discutindo os méritos do restaurante chinês do bairro *versus* a praça de alimentação do shopping.

Ei! Como seria irônico se a polícia as parasse e elas fossem todas presas por estarem bebendo mesmo sendo menores de idade! Aposto que isso ia deixar Rei bem mais animado.

Não tive tanta sorte. Taylor e as amigas acabam no shopping, onde fazem barulho ao bater seus saltos altos no mármore, queixam-se de que faz tempo que não gastam muito e fofocam. Até agora, a fofoca tem sido benigna, principalmente coisas como quem disse o quê sobre quem, mas há o som peculiar de algo sendo espalhado no proverbial ventilador quando elas se deparam com Kyle Rupert, cuja mãe trabalha na única loja de *donuts* de Byers.

— Ei, como vai o Rei? — Kyle pergunta a Taylor. — Ele deve estar *muito mal*!

— Ele está bem. Por que estaria muito mal? — Taylor pergunta, desconfiada.

Kyle é uma espécie de idiota, e eu estou surpresa ao ver que o grupo de Taylor o está tolerando por tempo suficiente para ter uma conversa com ele.

Kyle parece confuso.

— Ah, pelo amor de Deus. Você mais do que todo mundo deveria saber. Você é, tipo, a melhor amiga dele. — Kyle se inclina e sussurra alto o suficiente para o grupo inteiro ouvir. — Porque ele foi preso? Em Nova York? Com Seth?

Taylor e as amigas trocam um olhar voraz.

— Eu fiquei com a família de Taylor a maior parte do dia e não consegui falar com ele. O que exatamente você ouviu? — Taylor pergunta.

Kyle estufa o peito, vaidoso.

— Minha mãe ouviu de um dos policiais que ele e Seth foram presos em Nova York ontem. O inquérito dele foi esta manhã, e o julgamento vai ser na sexta-feira. E ouvi dizer que Rei foi preso em Nova York com ele, mas não fizeram nenhuma acusação contra ele. — Kyle parece um pouco confuso. — Sabe, eu realmente pensei que você soubesse, Anna. O promotor não falou com você ainda? Rei não está, tipo, fulo da vida porque você vai testemunhar contra Seth?

O rosto de Taylor demonstra sua aflição.

— Nós não conversamos sobre isso — ela diz com firmeza. — O que mais aconteceu em Nova York?

Kyle dá de ombros.

— Isso é tudo o que eu sei. Eu estava esperando que você soubesse mais alguma coisa — admitiu.

— Não — Taylor grunhe —, mas logo vou saber.

Ela tecla um número da discagem rápida em seu celular tão rápido que eu não tenho tempo de avisar Rei. Eu surjo na frente dele no exato instante em que ele verifica o identificador de chamadas e atende. Ele olha diretamente para mim, mas já está falando com a pessoa do outro lado da linha — dois coelhos com uma cajadada só:

— Oi, Anna.

A força da voz dela faz com que ele afaste o telefone da orelha. Ele me lança um olhar que claramente diz: *Obrigado pelo aviso!*

— Calma! — ele diz a Taylor. — Se você parar de gritar comigo, eu vou ficar feliz em explicar. — Ele aperta os olhos e franze o nariz. — Assim está melhor. Eu estava planejando contar assim que eu te visse sozinha. Ser preso não é algo de que eu esteja me gabando. Ninguém sabe, só a minha família e agora você.

Ele revira os olhos.

— Ok, e agora Kyle, Cori, Mandy, Olivia e Vienna. Gente demais para você poder controlar a situação.

Eu não sei como Rei consegue manter aquela voz estridente tão perto do tímpano.

— É, o inquérito de Seth foi hoje. Por que eu não te disse? Porque é um inquérito, não tem nada a ver com você. Eles só leram as acusações e Seth disse ao juiz que não é culpado... Sim, eu sei que você acha que ele é culpado. — Ele tamborila os dedos na escrivaninha com um pouco mais de urgência. — Bem, se eles quisessem você lá, tenho certeza de que te enviariam uma intimação ou algo assim... Eu não sei, não sou advogado... *Não,* você não pode vir agora, eu estou no meio de um trabalho para a escola... Amanhã. É, amanhã.

Ele desliga o telefone e se recosta na cadeira, gemendo.

— E o pior é que eu sei que devia passar mais tempo com Taylor, mas ela simplesmente me dá dor de cabeça.

Eu sei o que ele quer dizer. Eu tinha planejado descobrir mais sobre ela para que pudesse encontrar seus pontos fracos, mas tenho estado muito ocupada com a prisão de Seth. Mas agora não há mais nada que possamos fazer por Seth até sexta-feira, então eu não tenho desculpa.

É hora de conhecer o inimigo.

Rei sorri como um pai orgulhoso.

— Então você me escuta, às vezes.

Eu escuto muito. Eu só não aceito as suas sugestões sempre.

Ele quase ri.

— Não diga... sério?

Eu mesma tenho uma sugestão para ele, mas não quero que Rei me leve a mal. Mas eu acho que ele precisa passar mais tempo com ela, também, e só há uma maneira de fazer isso.

Talvez seja hora de fazer o inevitável e marcar um encontro com ela.

Rei dá uma gargalhada ao ouvir a minha ideia.

— Eu? Num encontro com Taylor Gleason? O quê, você pirou? — Eu o encaro com um olhar de reprovação e ele fica sério. Rei suspira. — Bem, Sun Tzu disse que a guerra se baseia na estratégia, e não se pode desenvolver uma estratégia sem simulação.

Eu nunca li *A Arte da Guerra*, então vou ter que confiar nele. Eu lamento que ele sinta tanta aversão pela ideia de ter um encontro com Taylor, só porque é difícil sentir que ele não esteja rejeitando uma parte de mim também. Quer dizer, ainda é o meu corpo físico, apesar de ter sisdo invadido por Taylor. Por outro lado, não posso dizer que a culpa seja dele. Depois do que ela espalhou por aí sobre o que fez com o cara em Nova York e o que ela realmente fez com Seth, quem em sã consciência iria querer sair com ela? Eu poderia simplesmente dar a Rei uma corda para se enforcar em vez de sugerir que ele tivesse um encontro com Taylor.

Esqueça. Desculpe-me por ter sugerido isso.

— Mas você está certa. É a única maneira de ficar de olho nela — ele racionaliza. — Ok, você continua seguindo-a para tentar descobrir o que for possível. Eu vou acabar este trabalho. E amanhã, vou bancar o simpático e convidá-la para sair.

Pura estratégia militar. Eu lhe faço um sinal de positivo com o polegar e saio em busca do inimigo.

Taylor tem três mensagens esperando por ela quando finalmente chega em casa do shopping. A primeira é do promotor público. Ele quer falar com ela. A segunda é do advogado de Seth. Ele quer falar com ela. A terceira é de Jason Trent. Eu não quero nem pensar no que ele quer com ela.

* * *

Na manhã seguinte, eu sigo Taylor de perto quando ela vai de carro para a escola com Cori. Taylor era a terceira garota mais inteligente da nossa classe, mas agora que ela está no meu corpo, não sei se está se sentindo prejudicada pelo meu cérebro "não tão brilhante" ou se simplesmente não se incomoda em fazer qualquer esforço em meu nome. Assistir à inércia acadêmica de Taylor é um tédio. Eu não posso fazer anotações e de qualquer modo não vou me lembrar do que a senhora Bannister está falando, então vou para os fundos da classe e procuro maneiras de me divertir. A uma pequena distância, vejo um lápis na ponta de uma carteira, e isso me faz pensar se ainda estou limitada à forma de um corpo que já não me pertence. Eu estico o meu braço invisível, mais e mais, até atingir o lápis e ele cair no chão.

Legal!

Folhas de papel, canetas, qualquer coisa que seja leve o suficiente para eu manipular, são derrubadas sem esforço por toda a sala enquanto eu passeio pelos fundos da classe, orquestrando essas travessuras. Finalmente, a senhora Bannister caminha até a janela e a fecha.

Quero mostrar a Rei o que eu aprendi. Assim que a aula termina, eu o encontro em frente ao seu armário e o vejo trocar cadernos e livros didáticos. Ele organiza tudo na sua mochila, então vai para o refeitório. Depois que está instalado em nossa mesa, diante do seu almoço e de suas anotações de química, eu sacudo o telefone no seu bolso e ele o tira dali despreocupadamente e o coloca na mesa.

Olá.

Olá, ele digita de volta. *Eu pensei que você estivesse colada nela.*

Estou dando um tempo.

É complicado absorver energia suficiente para teclar, mas não tanta para que possa me materializar na frente de todo mundo no refeitório. Eu também percebo que não tem graça nenhuma mostrar a ele o meu truque novo se ele não puder me ver e perceber a distância entre mim e o meu alvo.

Então, onde ela está agora?
Provavelmente no banheiro passando mais batom.
Provavelmente?
Tudo bem. Já volto.

Eu localizo a vibração de Taylor e a sigo...

Deus do céu! As janelas do jipe branco de Jason Trent estão abertas para o dia quente, e os sons provenientes dali são obscenamente vívidos. Eu disparo de volta para o celular de Rei e digito *jipe branco agora*.

No instante que Rei lê essas palavras, abandona suas coisas e corre para a porta. Eu me antecipo a ele no trajeto até o jipe, mas não com muita vantagem. Rei estende os braços na direção da janela aberta e desprende a capota de lona, então move-se rapidamente para o outro lado e faz o mesmo. Ele puxa o teto de lona para trás num movimento fluido.

— Saia de cima dela *agora*! — A voz de Rei é feroz.

Tanto Taylor quanto Jason olham para ele com espanto. Jason se apoia nas mãos para que possa lhe lançar aquele seu olhar estúpido de um ângulo melhor, e agora...

Hã... você sabe... eu me sentiria muito melhor diante daquela situação se a blusa frente única de Taylor ainda estivesse amarrada no meu pescoço e não toda enroscada em torno da minha cintura. Rei nem parece notar.

— Eu disse AGORA! — Ele pontua as palavras batendo o punho contra o capô do jipe, e o barulho retumbante do soco faz Taylor se encolher. Jason ainda está em ponto morto, então Rei estende o braço e o agarra pelo pescoço.

— Filho de uma... — Mas Jason perde o ar e seus olhos quase saltam das órbitas quando Rei faz mais pressão.

Taylor pega as alças da blusa, luta para desemaranhá-las e sentar-se, ao mesmo tempo.

— Se você for esperto, vai sair daí por vontade própria — Rei diz a ele com uma voz mortalmente calma antes de largar o seu pescoço com um pequeno empurrão.

Jason esfrega o pescoço enquanto sai do banco de trás.

— Qual é o seu problema, Ellis? Ela disse que não está saindo com você. — Ele tosse e cospe algo nojento no chão.

— Ela bateu a cabeça, Jason. Isso afeta a memória. E você vai respeitar e deixá-la em paz. Entendeu?

Rei não tira os olhos de Jason, mas acena com a cabeça bruscamente na direção de Taylor.

— Arrume a sua blusa e vamos embora — ele diz numa voz meio enfraquecida.

Tudo bem. Então ele notou. Eu me pergunto se isso anula o episódio do chuveiro.

Aparentemente, Jason está recuperando o fôlego. Acho que ele entendeu exatamente o que Rei quis dizer, só não acho que se importe. Parece estar calculando a sua vantagem em peso e altura. Quando sua mão direita se fecha num punho ao lado do corpo e ele recua o cotovelo, eu grito para avisar Rei, mas ele não pode me ouvir, é claro.

Não importa. Rei se volta a tempo de interceptar o punho de Jason com a mão direita. Ele tira o equilíbrio de Jason e aperta o seu punho, torcendo numa rápida sucessão a mão, o braço e o ombro do outro, até que ele desaba de costas no chão.

Rei olha para ele com desprezo.

— *Agora* você entendeu?

Ele se vira para Taylor, ainda atordoada, mas pelo menos agora totalmente vestida.

— Coloque os sapatos — manda Rei. Assim que ela consegue enfiar os pés nos sapatos de salto alto, ele põe as mãos em volta da cintura dela, tira-a do jipe e a coloca na calçada. — Vamos.

Uau! Eu nunca vi esse lado durão de Rei antes!

Ele a faz marchar de volta para o pátio um passo à frente dele o caminho todo, os dedos segurando a parte superior do braço dela, bem em cima da tatuagem. Ele não diz uma palavra até que a senta com firmeza num banco.

Seu rosto é um bloco de gelo.

— Que diabos foi aquilo? — ele a interpela, em voz baixa.

Taylor finalmente parece estar saindo do seu estupor.

— O que... O que deu em você!? Como se atreve!?

— Ah, qual é!? Jason Trent? Você não pode ter batido a cabeça com tanta força.

— Bem, pelo menos ele não me trata como uma irmã mais nova! — ela contra-ataca.

— Isso ficou bem óbvio.

Taylor enrubesce e se levanta.

— É, e ficou bem óbvio também que você não está interessado, Rei. O que estava esperando, então?

— Com certeza não Jason Trent — suspirou Rei, a voz mais suave. — Você ia até a minha casa hoje.

— O quê?

— Ontem, quando eu falei com você pelo telefone, você queria se encontrar comigo e eu disse que tinha lição de casa. Eu disse para você vir amanhã, em vez disso. E hoje... é amanhã.

Taylor pôs as mãos nos quadris.

— Eu não entendo você, Rei. A última vez que fui à sua casa, você não via a hora de se livrar de mim.

— Eu sei. E sinto muito. — Ele sorri hesitante, e então se aproxima e lentamente desliza a mão por baixo do cabelo dela, até aquele lugar na nuca, e lhe dá o aperto que é a sua assinatura. Eu fecho os olhos e reproduzo a sensação de memória.

Ele suspira e deixa a mão escorregar pelo ombro dela.

— E não é que eu não esteja interessado. Só achei que podia ser um pouco esquisito.

Ele roça as costas dos dedos contra o lado do pescoço dela, e ela parece tão inebriada com esse gesto simples quanto eu.

— Eu sinto sua falta, Anna. Vou pode ficar em casa durante toda a tarde, se quiser.

Ele aperta seu ombro suavemente e vai embora.

Capítulo 27

— Eu estava errado — confessa Rei quando chega em casa da escola. Ele deixa cair a mochila ao lado da escrivaninha e aperta o botão para ligar o computador. — Eu disse a Taylor que podia parecer um pouco estranho. Mas, na verdade, vai ser *muito* estranho.

Concordo: vai ser estranho, e prensado no meio de toda essa estranheza está o meu conhecimento de que, embora Rei saiba esconder suas emoções, ele é um péssimo ator. Quanto dessa atuação de mais cedo se deveu à arte da enganação e quanto era alimentada por emoções reais? Quando ele olha para Taylor, é a mim que ele vê, afinal? Quando olho para Taylor, eu mal me reconheço.

— Então, eu sei que foi ideia sua, mas tem certeza de que vai ficar bem com tudo isso? — ele me pergunta enquanto o computador inicia.

— A boa notícia é que eu garanto a você que não vamos usar aqueles preservativos.

E você? Vai ficar bem com isso?

Ele dá de ombros e acena com indiferença.

Reviro os olhos para ele. *Lembra quando tínhamos oito anos e Seth nos desafiou a tocar a língua um do outro?*

Rei sorri.

— Lembro, e então você ficou furiosa porque você também desafiou Seth e eu a tocarmos as nossas línguas, e nós nos recusamos.

Não, eu fiquei furiosa porque você e Seth têm um peso e duas medidas, mas a questão não é essa. Você pensou que eu tinha sapinho e não ia conseguir chegar no andar de cima rápido o suficiente para escovar os dentes. E se ela quiser te beijar? Tem certeza de que quer fazer isso?

Rei pensa um pouco.

— Se eu tiver que beijá-la, vou fingir que é você. Eu posso encarar os seus sapinhos — ele brinca.

Rei já tem muito trabalho para encarar os próprios "sapinhos".

Reviro os olhos para ele outra vez. *Rei, SOU eu.*

— Anna, você pode encher uma concha de caracol com lama, mas isso não faz dela *escargot*.

A campainha toca às três e meia e Taylor está esperando com expectativa quando Rei abre a porta.

— Tudo bem — diz ela, entrando na casa. — Vamos tentar de novo.

O que fazer, o que fazer? Ela não quer dar um passeio, não quer fazer lição de casa, não quer nem ir ao shopping. Ela quer falar sobre o julgamento de Seth. Não, Rei não quer falar sobre isso.

— Nós vamos ter que concordar que discordamos quanto a isso — diz ele diplomaticamente.

Então, ela quer que Rei toque violão para ela. Ela quer se sentar ao lado dele no balanço da varanda enquanto ele toca, e fazer cócegas nos pés descalços dele com os dela. Ele estica as pernas para que os pés de Taylor não alcancem os seus.

Rei toca algumas das canções acústicas do seu repertório, algumas músicas clássicas e new age que costuma tocar sempre que a mãe tem visitas e insiste para que ele toque para elas. Todas essas músicas são só instrumentais, mas ele toca tão bem que eu poderia ouvir durante horas. Mas depois de quinze minutos, Taylor começa a ficar inquieta. Cinco minutos depois, ela pergunta se ele sabe outras músicas. Qualquer coisa que tenha letra. Ele dedilha rapidamente para cima e para baixo algumas vezes, como que para dissipar as últimas notas da música anterior, e em seguida põe a mão sobre as cordas para deter a vibração.

— Eu conheço muitas músicas — diz Rei. — Só que não acho que vá gostar de nenhuma delas.

— Ok — Taylor se levanta, tira o violão da mão dele e o apoia contra a porta da frente. — Então vamos fazer algo diferente.

Ela vem para cima dele como uma barracuda.

Eu estou meio dividida. Parte de mim quer ficar aqui e espiar para ter certeza de que Taylor não vai acabar acusando Rei de fazer nada pior do que tentar sobreviver ao seu primeiro beijo, e parte de mim quer ir para o andar de cima e deixá-lo sofrer essa humilhação em privacidade.

Eu decido que é melhor ficar. Considerando o que eu sei sobre Taylor, ele pode precisar de testemunhas.

Rei tem razão. É muito estranho vê-lo me beijando ou, mais especificamente, vê-lo ser beijado por mim. Eu não tenho certeza se o que eles estão fazendo pode ser qualificado como beijo, na verdade; é mais como se ela tivesse colado minha boca ao rosto dele e estivesse sugando lentamente a sua alma. Bem, ele não está com ânsia de vômito nem nada, então ela deve ter pelo menos escovado os dentes.

O que ele deve estar pensando agora? Deve estar sentindo-a levantar uma perna e jogar a outra por cima dele como se estivesse montando um pônei. Sim, ele definitivamente sentiu o traseiro de Taylor aterrissando no colo dele e agora parece um pouco em pânico quando ela escorrega alguns centímetros para a frente. Ele se mexe desconfortavelmente no balanço de madeira dura. Deus! Eu me sinto como uma *voyeur* pervertida!

— Ai! — Rei desvia a cabeça para o lado e os lábios dela deslizam para sua bochecha. — O que é isso?... você colocou um *piercing* na língua? — Ele parece horrorizado.

Ótimo! Quantos são agora? Com esse são oito furos na minha cabeça?

Taylor põe a língua para fora e a mexe de brincadeira para mostrar seu novo *hardware*. Ela lança um olhar sensual para ele.

— Coloquei. Gostou?

— Você pode tentar não lascar os meus dentes, por favor?

Ela ri e captura a sua boca novamente.

É doloroso demais assistir. Há quatro ovos no ninho de pintassilgo, no vaso pendurado na varanda. Há uma teia de aranha quase simétrica do lado esquerdo da varanda, ao lado da torneira, e há um inseto totalmente enrolado nela, talvez uma mosca, esperando para ser consumido pela aranha. Há um...

— Pare — diz Rei contra seus lábios.

Agora, o que ela está fazendo? Taylor está tentando colocar a mão de Rei num local que seria mais conveniente ele mesmo colocar se decidisse que quer sentir meu peito relativamente achatado, o que ele não quer. Rei puxa a mão e a coloca novamente em segurança nas costas dela.

Então, onde eu estava? Ah, sim, há um esquilo morando sob a varanda. Saya e eu estamos alimentando-o secretamente com sementes de girassol, embora...

— Pare com isso! — Rei diz, mais alto desta vez, e ele puxa a mão de volta pela enésima vez.

— Rei, você é *tão* careta! — Ela faz beicinho para ele, estende a mão para trás e desata o nó das alças da blusa, segurando-as juntas com uma mão. Enquanto Rei ainda está se recuperando do choque de ver isso, ela ri e, com um gesto rápido, desabotoa a calça jeans dele.

— PARE, TAYLOR!

Capítulo 28

— Do que você me chamou? — Ela sai do balanço num instante, os dedos lutando, desastrados, com as alças da blusa. Ela se afasta de Rei como se ele tivesse uma doença contagiosa.

Ele leva alguns segundos para abotoar novamente as calças, antes de responder, para ganhar tempo.

— Eu disse pra parar.

Taylor balança a cabeça enquanto refaz o nó da blusa.

— Seu filho da puta — ela sussurra. — Há quanto tempo você sabe?

— Anna, eu não sei do que você...

— Corta essa, Rei. O quê? Você me pediu para vir aqui só para manter Jason longe da sua amiguinha? Bela tentativa. — Ela gira nos calcanhares e desce os degraus.

— Espere! — Rei vai atrás dela e coloca a mão em seu ombro.

— Não me toque. — Ela afasta a mão dele. — A menos que você queira acabar na cadeia com o seu amigo Seth.

— Taylor, olha, eu sinto muito. E eu sinto muito que tenha caído, mas...

— Eu não caí, Rei. Eu fui empurrada. Pelo seu amigo.

— Ele não te empurrou, Taylor, e...

— Você não sabe. Você não estava lá.

— Ele tentou te segurar.

— Foi isso que a Anna te disse? Ou que Seth lhe disse? Eles não se importam que eu esteja morta. Nenhum de vocês nunca se importou comigo. Vocês todos me trataram como uma leprosa nessa cidade.

Rei para de repente e olha para ela.

— Ninguém quis tratá-la como uma leprosa, Taylor. Você e Seth só não tinham nada em comum. Mas você sabe que ele não te empurrou.

— Ah, ele me empurrou, sim!

— Por que isso? O que você ganha colocando Seth na cadeia por algo que ele não fez?

— Ele devia ter me dado uma chance! Se ele tivesse ao menos me conhecido, talvez tivesse gostado de mim. Talvez *você* tivesse gostado de mim. Mas sabe de uma coisa? Jason gosta de mim.

— Bem, se você gosta tanto de Jason, por que simplesmente não começou a sair com ele antes e deixou Seth em paz?

A mensagem em seu silêncio é tão clara para mim como se ela tivesse falado em voz alta. Jason também não daria uma chance a Taylor. Apesar da impressão de que levou boladas demais na cabeça, até Jason era inteligente o bastante para ver que Taylor tinha potencial para arruinar a vida de qualquer um. Mas ele estava dando uma chance a Anna, e Taylor tiraria o máximo proveito disso.

Seu tom é frio.

— Se você incomodar Jason e a mim de novo, como fez hoje, eu vou te pôr na cadeia. Outra vez. E se me seguir por aí, vou conseguir uma ordem judicial contra você, por me perseguir. Viu, Rei? Você tem outra chance de se juntar a Seth na cadeia.

— Taylor, eu não me importo com o que vai fazer comigo. Mas Anna não fez nada para você. Só devolva o corpo dela — ele implora.

— Você quer Anna de volta? — Ela se vira para ele com um sorriso frio. — Cuidado com o que deseja, Rei, porque eu só conheço uma maneira de deixar este corpo, e você não vai gostar do que vai sobrar de Anna se ela cair na cachoeira como eu.

Rei congela diante da ameaça.

— *Sayonara*, Rei. Eu vou transmitir suas lembranças a Jason.

Eu não sei se ele quer ficar sozinho ou não, mas eu o sigo, fazendo minhas suposições enquanto o acompanho. Se ele quiser ficar sozinho, eu racionalizo, vai entrar na sala de musculação. Se quiser falar comigo, vai ficar em seu quarto. Se ele correr para o banheiro para escovar os dentes, bem, essa é uma questão completamente diferente.

Ele se deita na cama e percebo as lágrimas se acumulando em seus olhos um pouco antes de ele os fechar. Eu não vejo Rei chorando desde que quebrou a perna, aos oito anos, esquiando na neve. Bem, ele caiu, na verdade. Mesmo nessa ocasião, não chorou de medo ou de dor; na verdade, só chorou quando Yumi lhe deu a notícia de que não poderia esquiar pelo resto do inverno. Ele chorou de frustração.

Eu preciso de coisas boas agora. Puxo a energia das profundezas do universo e, quando estou vibrando em plena capacidade, fico visível e toco seu braço para que ele saiba que estou ali.

— Lamento muito. — Ele engole a saliva com dificuldade.

Devemos ser as duas pessoas que mais lamentam no universo.

Ele lê a minha mensagem e acena com a cabeça.

Estou cansada de pedir desculpas por outras pessoas, e estou cansada de ouvir você pedindo desculpas por coisas que não são culpa sua.

— Mas é minha culpa. Eu estraguei tudo e agora Taylor sabe que eu sei que ela não é você. Você ouviu o que ela disse?

Assenti. Eu ouvi o que ela disse.

Lenços são leves. Eu estendo o braço para puxar um da caixa e deixo que uma corrente de ar o leve flutuando até onde Rei está.

— Obrigado.

Será que ela pelo menos escovou os dentes antes de enfiar a minha língua na sua garganta?

— Escovou. Você estava com um gostinho de hortelã. — Ele esfrega o dedo distraidamente sobre os dentes da frente. — Ela furou a sua língua, você sabe.

Eu ouvi você dizer. Como estão os seus dentes?

— Bem. — Seu suspiro poderia rivalizar com um furacão Categoria cinco. — Eu tenho que mantê-la longe de Jason. Ela provavelmente vai transar com ele só para se vingar de mim. — Ele parece sofrer tanto quanto eu com essa perspectiva. — Talvez, se eu falar com a sua mãe, ela proíba Taylor de vê-lo.

Algo me diz que isso só deixaria Taylor mais determinada. Não, eu acho que Jason devia se encontrar com a verdadeira Anna Rogan se está planejando tirar a minha virgindade num futuro próximo.

Acho que eu devia fazer uma visitinha ao nosso amigo Jason. Você me ajuda a encontrar uma música boa para ele?

— O quê? Por quê?

Porque eu quero deixá-lo apavorado.

Essa ideia deixa Rei bem mais animado.

— Sério? O que é mais importante, a música ou a letra?

Grandes solos de guitarra. Muito baixo. E letras obscuras e perturbadoras seriam o ideal.

— Vamos — ele diz. — Eu guardo todas as minhas letras aqui. — Ele rola na cama e abre a porta (surpresa!) da sala de musculação!

Alguns dias atrás, quando estive nessa sala, estava escuro. A vista do lado de fora da janela é diferente depois que se entra. É um quarto. Depois de tanto mistério, estou quase desapontada. É grande: do tamanho da garagem para dois carros, no andar de baixo. É decorado com bom gosto com um carpete cor de aveia, um tom *off-white* nas paredes e persianas de bambu nas janelas. Os pesos e o banco para levantamento de peso estão perto da porta. Há um futon de lona preta, e seu brinquedo favorito, a lustrosa guitarra Ibanez preta, apoiada num suporte ao lado de um amplificador bastante impressionante, que eu conheço porque pode ser ouvido em qualquer ponte dos nossos quintais e chegar até o meu quarto, se Rei quiser.

O computador está no quarto, então eu só consigo movimentar a boca sem emitir nenhum som — *Uau!* — e levantar as sobrancelhas como se aquele fosse o lugar mais maneiro em que eu já estive.

No canto mais próximo da janela, onde a luz solar é recortada pela folhagem rendilhada do salgueiro, há uma mesa baixa onde várias velas brancas parcialmente derretidas estão numa bandeja e uma almofada com o formato de um cogumelo está encostada na parede. Eu junto dois mais dois e concluo que aquele deve ser o lugar onde Rei medita. Eu flutuo até ali e aponto.

— É, eu sabia que você ia fazer algum comentário engraçadinho quando visse isso. Por que você acha que eu nunca te deixei entrar aqui antes?

Eu franzo a testa. Pensei que era porque eu disse que ele parecia estar com o intestino preso quando levantava pesos. Mas, novamente, eu tenho dificuldade para imaginar Rei sentado de pernas cruzadas sobre a almofada entoando "om". Eu reajusto a minha visão: imagino-o sem camisa, esqueço o "om" e a almofada de cogumelo tem que sumir também. Muito melhor!

— Minha mãe comprou aquela almofada para mim, mas eu nunca uso. E não — ele diz na defensiva —, eu também não fico entoando o "om", só para você saber.

Eu gostaria que tivesse um computador aqui, então eu poderia dizer a ele que adoro que ele medite. Adoro a serenidade que se irradia dele, e senti falta disso nesta semana. Ele se trancou nessa sala algumas vezes, mas não acho que tenha passado muito tempo se abastecendo de vibrações positivas. Fico triste em saber que ele se sente constrangido por meditar.

— Ok, então o que você está procurando... power metal, thrash metal, speed metal, Goth metal, punk metal, black metal, death metal...

Concordo com a cabeça vigorosamente.

— Death metal?

"Metal da morte"? É, parece perfeito.

— Tudo bem. — Ele puxa uma caixa de plástico de baixo de uma mesa lateral e a vasculha até encontrar uma pasta com uma etiqueta onde se lê *Death Metal*. Ok, esse tipo de cuidado com a organização já é, por si só, assustador.

— O que é melhor? — ele pergunta enquanto espalha os papéis pelo chão.

Eu descubro uma banda cujas letras são todas igualmente perturbadoras, e Rei me assegura de que ela tem solos de guitarra suficientemente impressionantes para que eu alcance meu objetivo com Jason.

— Vem cá — ele diz enquanto me leva de volta para o quarto, onde acessa a página do YouTube no computador.

— Quer algo sombrio e perturbador? — Rei pergunta. — Então ouça isto.

Eu sorrio para ele quando as paredes do quarto começam a vibrar no ritmo da música. Perfeito.

Cinco minutos depois, eu estou no quarto de Jason Trent, que é tão asqueroso quanto ele, especialmente os lençóis manchados da cama desfeita. Será que Rei é o único cara que troca os lençóis? Há um odor desagradável pairando no quarto, como uma combinação de meias suadas e leite azedo. Ele tem um computador muito bom que deixou ligado, então é só uma questão de entrar na página do YouTube e procurar um vídeo da minha música sombria e perturbadora. Coloco o volume o mais alto possível; então, quando ele entra correndo no quarto com um olhar aturdido no rosto para ver por que seus alto-falantes estão prestes a explodir, tem uma surpresa agradável.

Eu!

Parada ao lado do computador, pareço tão sólida quanto qualquer garota de carne e osso. Por um momento, seus olhinhos azuis de botão parecem confusos, e eu quase posso ver o balão de pensamento sobre a cabeça dele com a palavra "hein?". Ele olha para a janela por um segundo, como se estivesse tentando descobrir como entrei no seu quarto. Que idiota! Talvez se eu flutuar na direção dele e desbotar um pouquinho...

Ele grita como louco e dispara para fora do quarto, tropeçando nos últimos degraus de tanta pressa.

Deixo a música tocando e volto para o quarto de Rei.

— Foi rápido!
Ele gritou e fugiu. Eu sou tão assustadora assim?
Rei ri pela primeira vez em um bom tempo.
— Estou com medo de responder.

Capítulo 29

Há estranhos entrando e saindo da escola o dia todo na quarta-feira. Os policiais revistaram o armário de Seth e acharam o bilhete amassado, que foi colocado cuidadosamente num saco plástico e rotulado como prova. Enquanto estão lá, dão uma olhada no restante das coisas de Seth, que são, em sua maioria, livros escolares, cadernos espirais esfarrapados, tocos de lápis e um saco plástico com um sanduíche mofado contendo alguma carne não identificada e um odor rançoso que é muito mais perceptível agora que foi desenterrado da pilha de coisas.

Alguém decidiu que seria mais fácil que os advogados viessem até a escola para falar com os estudantes dos quais quisessem declarações, em vez do contrário. Algumas salas vazias foram reservadas e os pais são obrigados a estar presentes durante o interrogatório. Annaliese Rogan é dispensada da aula para que o promotor possa interrogá-la. Minha mãe a encontra na sala de aula e escuta enquanto Taylor relata a sua versão dos acontecimentos, com gestos, suspiros e expressões faciais dramáticas. Ela é incrivelmente coerente ao contar a sua história, e o promotor sorri como um idiota enquanto faz anotações.

Ele parece extremamente feliz.

Eu concluo que a minha presença é necessária. Flutuo até o topo do arquivo atrás de Taylor e de minha mãe, e me torno visível. Ele para de sorrir abruptamente.

— O que foi? Eu disse alguma coisa errada? — Taylor pergunta assim que percebe o olhar gelado do promotor.

— Não, não, nada de errado. Então, hã, você estava dizendo algo sobre a camisa dela?

— É! — confirma Taylor. — Ele agarrou a camisa com ambas as mãos e rasgou-a até que ficasse totalmente aberta! Parecia que estava planejando estuprá-la!

Reviro os olhos e nego com a cabeça.

O promotor olha para mim, depois para Taylor, e anota alguma coisa no papel.

— E quando ela resistiu, agarrou-a pelo pulso e arrastou-a até a borda!

Eu balanço a cabeça novamente, e o promotor olha de Taylor para mim. Taylor se vira para olhar para trás, mas eu desapareço antes que ela possa me ver. Minha mãe parece perceber que, se ficar muito quieta e não se virar, vai voltar para o trabalho mais cedo.

— Entendo. E, hã, você disse algo sobre o pulso dele?

— Sim! Ela lutou tanto para se livrar de Seth, que arranhou o pulso dele, mas ele era muito forte.

Eu me materializo novamente e balanço a cabeça. O promotor mantém um falso sorriso no rosto enquanto faz mais anotações.

Eu flutuo até o quadro-negro que, como a maioria dos quadros-negros, está coberto por uma camada de pó de giz. Minhas letras são tão fracas que a pessoa precisaria saber que eu estou escrevendo para notá-las.

Ela mente.

Eu olho para trás para garantir que o promotor está vendo o que eu escrevi. Ele está. Ele me olha diretamente nos olhos e eu vejo um ponto de interrogação no lugar onde deviam estar as pupilas. Eu vou desaparecendo lentamente, deixando as letras fantasmagóricas no quadro-negro como a única prova de que estive lá.

Rei é tirado da sua aula de química para conversar com os advogados, e sua história é sempre a mesma. Ele aproveita a oportunidade para esclarecer ao advogado de Seth sobre os problemas de memória que

"Anna" vem apresentando, desde que bateu a cabeça, e seu comportamento extravagante, incluindo a tatuagem. Ele também menciona que o bilhete foi encontrado no armário de Seth, visto que o boato sobre a visita da polícia circulou na escola tão rápido quanto o odor rançoso do sanduíche de Seth.

O advogado de Seth também interroga Taylor, mas eu decido que não vou mexer com ele. Ele pergunta sobre a tatuagem, mas ela se recusa a admitir que tem uma.

Os advogados conversam com as amigas de Taylor e com alguns professores e funcionários da escola. Eu ouço um professor dizer no corredor que o julgamento foi comentado no noticiário das seis, na noite anterior. Tudo o que precisamos agora são alguns elefantes e cavalos e teremos um circo de verdade.

Taylor perambula pela área em torno do armário de Jason de tempos em tempos, à espera dele. Pouco antes da sexta aula, ele aparece.

— Oi, Jason. — Ela sorri para ele.

— O-oi — ele gagueja e remexe seus livros.

— Você está ocupado depois da aula hoje?

— Hum, estou. — Ele bate a porta do armário e dá alguns passos para trás antes de sair literalmente correndo pelo corredor.

— Rei estragou tudo — queixa-se ela para as amigas no caminho para sua próxima aula. — Jason não vai nem olhar para mim agora! Como ele pode ter medo de Rei? Ele é, tipo, uma ameba comparado a Jason.

— Credo, Anna — Vienna exclama, irritada. — Você realmente fez um grande estrago na sua memória quando caiu. Rei é, tipo, faixa preta em karatê e agora luta outra coisa — Alido? Akudo? Eu não sei bem. Jason seria um idiota se quisesse briga com ele.

— Bem, eu não vou deixar Rei Ellis estragar tudo! — Taylor declara.

— Então, se você não está saindo mais com Rei, isso quer dizer que ele está disponível? — Cori pergunta.

— Claro. Não dou a mínima.

Taylor tem a tenacidade de um terrier. Assim que Jason bate a porta do armário no final do dia e a vê ali, ele dá um salto para trás.

— Eu te assustei?

— Hã, um pouco. — Ele põe no ombro sua mochila e começa a se afastar dela.

— Jason, se você está preocupado com o Rei Ellis, ele não vai nos incomodar de novo. Se ele fizer isso, eu vou fazer com que emitam uma ordem judicial contra ele.

Jason parece confuso.

— Rei Ellis? Por que eu ficaria preocupado com Rei Ellis?

— Porque ele agiu como um idiota ontem. Eu só pensei que talvez você...

— Você pensou que eu estava com medo do Rei Ellis? — Aparentemente a ameaça ao seu ego masculino fez com que ele perdesse todo o medo de mim. — Eu não tenho medo do Rei Ellis. Acabei de lembrar que eu estou livre hoje. O que você quer fazer?

Bem, primeiro ela quer desfilar com Jason bem na frente de Rei, que respira fundo e começa a segui-los até fora da escola.

— Eu não faria isso se fosse você, Rei — Taylor diz por cima do ombro. — Isso é, tipo, um assédio doentio.

— O que há com ele? — Jason pergunta enquanto observa Rei por cima do ombro, desconfiado.

— Ele acha que eu sou a irmãzinha dele — Taylor suspira.

— Mas você não é, certo? — Jason parece confuso.

Até Taylor dá uma risadinha.

— Não, Jason. Eu não sou.

Assim que eles ficam fora de vista, eu me materializo só por tempo suficiente para que Rei saiba que vou segui-los. Três pessoas fazem uma expressão de surpresa na direção de Rei.

Jason leva Taylor para o McDonald's mais próximo, que fica a onze quilômetros de distância. Eles se sentam lado a lado numa mesa, e ele praticamente engole sem mastigar tudo o que há sobre a sua bandeja abarrotada, enquanto Taylor rouba batatas fritas dele e toma pequenos goles de um refrigerante diet. Ele não faz nada para impedi-la de deslizar o pé, para cima e para baixo, pela perna dele.

Jason parece estar se esquecendo do quanto eu sou aterrorizante.

Graças a uma cerveja tamanho extragrande, ele ouve o chamado da natureza.

— Eu já volto — diz, e depois se inclina e dá um beijo engordurado nos lábios dela. Eca!

Eu estou esperando quando ele entra no banheiro masculino, a mão já no alvo, pronto para a ação. Juro que tudo o que faço é sorrir para ele, e mais nada! Eu queria ter uma câmera! O olhar no seu rosto, quando ele me vê, não tem preço, e então eu caio na risada, porque Seth e Jason agora têm algo em comum: uma mancha de xixi na parte da frente da calça.

Ele nem mesmo avisa Taylor de que está indo embora; simplesmente dispara pela porta lateral. Uns cinco minutos depois, Taylor pede a um dos funcionários para verificar o banheiro masculino. Quando ela percebe que o carro dele não está no estacionamento, seu rosto adquire uma tonalidade vermelha que eu não sabia de que era capaz.

Ela digita rapidamente um número no celular e dispara palavras como se fossem balas.

— Cori? É a Anna. Você pode me pegar? Jason Trent é o maior...

Pela primeira vez, eu concordo completamente com Taylor Gleason.

Capítulo 30

Rei está estressado. Além de tudo o que está acontecendo, ele tem que fazer uma pesquisa para amanhã. Há livros espalhados por toda a sua cama, mas, quando eu me materializo em seu quarto, encontro-o andando de um lado para o outro em vez de lendo.

Assim que ele me vê, praticamente se lança na minha direção.

— Você está bem? Onde eles estão? Eu devia ter seguido aqueles dois!

Ela está bem. Ele a levou ao McDonald's. Eu o surpreendi no banheiro e o assustei tanto que ele molhou as calças. Foi embora e a deixou lá, e Cori teve que ir buscá-la.

Os ombros de Rei relaxam.

— Que bom. Bem, pelo menos aconteceu uma coisa boa hoje.

É quarta-feira. Você não devia estar na sua aula de aikido?

— Devia, mas eu tenho que entregar este trabalho até amanhã, porque vou estar no tribunal na sexta-feira. Quer me ajudar?

Claro.

— Você pode pesquisar a história do processo eleitoral nos Estados Unidos e imprimir alguns textos que pareçam bons?

Enquanto os textos estão imprimindo, eu conto a Rei as coisas mais importantes do depoimento de Taylor, e ele desvia os olhos da leitura e acena com a cabeça de vez em quando. Deixo convenientemente de fora a parte em que me materializei na frente do promotor. Rei já está suficientemente estressado.

Sua dor de cabeça voltou. Assim que o vejo pressionando o meio da testa com o polegar enquanto lê as páginas impressas, eu estendo o braço e deixo que qualquer energia que eu tenha se transfira da ponta dos meus dedos para as suas têmporas.

Ele sorri, sem tirar os olhos do papel que está lendo.

— Você sabe o que está fazendo?

Estou tentando ajudá-lo a se livrar dessa dor de cabeça.

— E ajudou. Ela passou. — Ele olha para mim e seu sorriso é doce, mas cansado. — Foi embora assim que você me tocou. Você já fez isso algumas vezes, mas eu não tinha certeza se estava fazendo de propósito. — Rei estende a mão na minha direção, mostrando a palma, como se esperasse um "toca aqui" e coloca a mão na frente da minha, cada dedo espelhando os meus. Ele olha para as nossas mãos. — É como se você estivesse ronronando. Eu também pareço estar para você?

Concordo com a cabeça.

— Sabe, minha mãe fez um curso para aprender a aplicar Reiki. Como você aprendeu isso?

Eu dou de ombros.

— Eu acho que a minha mãe devia te deixar atender a alguns dos clientes dela.

Sentada na cama, eu estendo uma mão para alcançar o teclado. *Sua mãe não me deixaria nem ensinar yoga para as criancinhas.*

— Ei... — Rei desvia os olhos de mim e olha para o teclado, em seguida, volta a olhar para mim. — Eu não sabia que você podia esticar tanto o braço. Você sabia que era capaz de fazer isso?

Com toda a emoção de ontem, eu me esqueci de mostrar o meu novo truque a Rei. Digo que sim com a cabeça.

— Legal. E ela não deixa você ensinar as criancinhas, porque é obsessiva com os fundamentos do yoga e sabe que você ia se concentrar na parte da diversão. Mas é diferente. Acredite, você consegue curar uma dor de cabeça muito mais rápido do que a minha mãe — ele admite.

Eu levanto as sobrancelhas, mas essa confissão me agrada mais do que ele pode imaginar.

— É verdade — insiste. — Eu sei que te provoco dizendo que você é a minha Mágica e Mística Menina Áurica, mas muito dessa coisa metafísica vem naturalmente de você, Anna. É como um dom.

Novamente, eu queria ter uma câmera, porque Rei está com esse olhar de admiração terna no rosto, e eu quero me lembrar dele para sempre. Eu olho para as nossas mãos, carne e espírito, ainda se tocando. Eu não quero decepcioná-lo, mas acho que ele merece saber a verdade.

Eu não sei se vou ser capaz de fazer tudo isso quando voltar para o meu corpo.

Eu não sei nem se vou conseguir voltar para o meu corpo.

Eu não escrevo isso, mas Rei deve saber o que eu estou pensando.

— Nós vamos tirá-la de você — ele promete. — Faremos o que for preciso, mas vamos tirá-la de você, Anna. E, quando você estiver de volta ao lugar a que pertence, vou dar uma bela dor de cabeça na minha mãe para que você possa mostrar a ela do que é capaz.

Eu tenho que rir disso. Rei está dando mais dores de cabeça a Yumi nesta semana do que deu a vida inteira. E por mais que eu queira ficar ali ouvindo meu melhor amigo dizer coisas agradáveis a meu respeito, ele ainda tem que terminar seu trabalho idiota, então eu me ofereço para ajudar. Duas horas depois eu ainda não sei direito por que o voto eleitoral supera o popular e o que os fundadores estavam bebendo quando tiveram a ideia do Colégio Eleitoral. Por fim, dou a desculpa de que preciso dar uma olhada em Taylor. Considerando que tenho que fazer um trabalho de história que é semelhante ao de Rei, talvez eu tenha sorte e a encontre fazendo algo útil, como a minha lição de casa.

* * *

Tudo está tranquilo na minha casa. Minha mãe foi a um compromisso de trabalho esta noite, e meu pai está afundado na sua cadeira, o brilho azul da televisão refletindo um verde estranho no branco dos seus olhos. Ele leva o copo até a boca e bebe, engole, coça lugares que é melhor não mencionar e devolve o copo à marca impressa na mesa de madeira barata, traçada ao longo de centenas de dias e noites justamente como esta.

Meu quarto não é mais familiar. Tudo na minha cômoda desapareceu e foi substituído pelas coisas de Taylor. A grande almofada amarela de Pikachu que Rei me deu no meu aniversário de dez anos não está em lugar nenhum, e há um edredom novo na minha cama que é de um tom desbotado de lilás. Taylor parece em casa sentada na minha cama, lendo um artigo de uma revista de moda, com um saco aberto de batatas fritas e uma garrafa quase vazia de vodca ao seu lado.

Isso não está me ajudando na minha campanha para evitar que eu me torne uma alcoólatra. Eu pairo num canto, invisível, e a vejo folhear a revista languidamente e sorver a vodca. Quando Taylor drena o último gole, um palavrão sai da sua boca, juntamente com um bufo de aborrecimento.

Ela contempla a porta por um tempo antes de se levantar com relutância. As roupas no meu armário me são completamente estranhas, mas ela imediatamente pega um robe de seda curto com estampa de leopardo. Taylor desliza os braços nas mangas, amarra o cinto frouxamente ao redor da cintura e tira o cabelo de baixo do tecido antes de abrir a porta do quarto e ir em direção à cozinha.

Meu pai não reconhece nada que não seja o copo e a televisão. Taylor entra na cozinha, observando-o desconfiada enquanto passa na ponta dos pés. Sob a pia, há material de limpeza e mais garrafas de bebida para o meu pai, cortesia de mamãe, a Facilitadora. Ela decidiu anos atrás que a vida seria muito mais fácil na casa dos Rogan se houvesse sempre algumas garrafas extras do "suco do papai", então ela mantém a despensa cheia só por precaução. Taylor abre o armário sob a pia silenciosamente, mas não consegue evitar o tilintar de vidro contra vidro, quando pega uma garrafa de uísque.

Não há nada neste mundo pelo qual meu pai se sinta responsável, a não ser aquelas garrafas. Eu já ouvi dizer que as mães acordam instantaneamente de um sono profundo quando seu bebê choraminga; por isso ,concluí que talvez o meu pai tenha algum tipo de instinto paternal, afinal de contas — só não está relacionado a mim. Ao ouvir o barulho das garrafas, ele fica alerta e se vira lentamente na direção de Taylor, mas não há lugar para se esconder na minha casa minúscula.

Eu observo seus ombros se encolherem enquanto ela fecha cuidadosamente a porta do gabinete e esconde a garrafa nas costas. Agora meu pai se esforça para ficar de pé, segurando o braço da cadeira para se apoiar, enquanto aperta os olhos para enxergar a cozinha.

— Que é *isssu* na *sssua* mão? — Sob a luz fluorescente da cozinha, a pele dele é da cor de banana madura e seu nariz parece um morango. Todo o loiro no cabelo desbotou e se diluiu, e parece uma camada de gordura cobrindo a cabeça.

Ele cambaleia até Taylor, examinando-a. Quando foi a última vez que ele realmente olhou para mim? Quando eu nasci? Quando eu era pequena? Pouco antes de ele me bater no balcão? Durante muito tempo, ele não fez nada além de me ignorar e, agora que eu finalmente tenho sua atenção, sinto um aperto no coração por ser Taylor que ele vê.

— Você não pode levar *isssu*. — Sua mandíbula está frouxa, a respiração é superficial. — Dá *isssu* aqui! — Ele tenta agarrar o braço dela, mas seu punho se fecha no ar.

As costas de Taylor e a garrafa batem contra o gabinete, como se ela pudesse atravessá-lo e fugir dali. Sua aura adquire um sombrio tom de azul. Até agora, o meu pai não tem sido nada além de um objeto passivo, patético, que vive sentado numa cadeira. Eu não acho que Taylor já o tenha visto de pé. Há um grito se formando em algum lugar da sua boca aberta.

Corra! Eu grito silenciosamente para ela. CORRA! Eu sei por experiência própria que ele não vai persegui-la, não conseguiria, mas ela só fica ali, paralisada.

— Já *dissse* pra me dar *isssu*! — Meu pai avança mais uma vez na direção do braço que segura a garrafa, mas tropeça contra o balcão e cai de joelhos. Ele segura uma ponta do robe escorregadio de Taylor para se levantar.

A garrafa desce muito rápido e os reflexos do meu pai são muito lentos. Junto com um grito estridente, vêm os sons de vidro se quebrando, um grito abafado e, finalmente, um baque surdo quando o meu pai se estatela no chão. O cheiro acre de álcool invade o cômodo e o sangue se espalha rapidamente da cabeça do meu pai, formando uma piscina cor de âmbar, em longas fitas vermelhas. Taylor e eu disparamos para fora da cozinha, como balas de canhão.

Eu sou mais rápida.

Rei ainda está fazendo seu trabalho quando eu me choco contra a cadeira e digito freneticamente no teclado.

Ligue para a emergência. Taylor quebrou uma garrafa na cabeça do meu pai e ele está sangrando muito.

Rei solta um palavrão baixinho, pega o telefone e começa a apertar as teclas.

Lá embaixo, a campainha toca incessantemente, até que Robert sai do quarto principal para atendê-la. Taylor está chorando e balbuciando algo que ele não consegue entender. Atrás dela, um rastro de manchas vermelhas leva até o caminho de pedras e a varanda. Assim que ouve a minha voz, Yumi se apressa para fora do quarto, ainda fechando o roupão de banho.

— Anna? O que aconteceu? — Ela passa um braço em volta de Taylor, tira o gargalo quebrado da mão dela e o entrega a Robert, com um olhar preocupado.

Rei está no andar de cima, saindo do seu quarto. O tumulto acordou Saya, e ele a detém com um braço enquanto ela sai do seu quarto, sonolenta, esfregando os olhos com os punhos. Ele sussurra algo para ela e a pega no colo, e a pequena se agarra a ele como um macaquinho cansado enquanto Rei a leva de volta para o quarto, esfregando suas costas.

Yumi leva Taylor até o sofá.

— Anna, querida, o seu pé está sangrando. Deixe-me dar uma olhada. Robert, traga papel-toalha e o kit de primeiros socorros, por favor.

Eu volto às pressas para minha casa e encontro o meu pai ainda caído no chão, gemendo. É difícil dizer quanto sangue ele perdeu, pois está misturado com o uísque, mas o sangue ainda parece estar escorrendo de um corte profundo e irregular em sua testa, que atravessa a sobrancelha e chega perigosamente perto do olho esquerdo.

Uma sirene toca a distância; em seguida, fachos ofuscantes de luz vermelha e branca infiltram-se pela janela da sala. A porta ficou escancarada, depois da saída abrupta de Taylor, e o ar quente da noite e os mosquitos serpenteiam através dela. Rei aparece na porta, como uma sombra, justo quando os paramédicos içam o meu pai para colocá-lo na maca. Ele os segue e os observa enquanto carregam meu pai até a ambulância, então fala com um dos paramédicos brevemente antes que eles fechem as portas do veículo e saiam pela rampa da garagem. As luzes e a sirene vão sumindo na escuridão e então o silêncio se instala mais uma vez.

Depois que eles partem, eu sigo Rei de volta para a minha casa. Tudo em torno de nós está pegajoso e espesso, e isso não tem nada a ver com o ar úmido da noite. São meu pai e Taylor, toda a raiva e o drama da noite, toda a negatividade que suga a maior parte da luz existente e deixa no ar apenas essa densa escuridão. Eu não sou forte o suficiente para atravessar esse ar pesado e absorver a energia de que preciso para me materializar, e Rei não pode me sentir ao seu lado, mesmo quando toco a sua mão. Ele está ocupado, inspecionando a bagunça na cozinha: vidro quebrado, sangue e bebida. Eu gostaria de poder dizer a ele para ir para casa e deixar a bagunça, mas ele não ouviria de qualquer maneira. Ele pega os pedaços maiores de vidro com cuidado, joga-os no lixo perto da porta dos fundos e usa quase todo um rolo de toalhas de papel para enxugar o chão. Na garagem, encontra um balde. Passa um pano no chão de forma rápida e metódica, deixando no ar as emanações de cloro que indicam que ele está eliminando algo muito além da capacidade dos materiais de limpeza normais. Ele tranca a porta quando sai.

Na casa de Rei, Taylor usa um *band-aid* da Hello Kitty na sola do pé, e um caco de vidro repousa sobre uma toalha de papel sangrenta em cima da mesa lateral. Ela está enrolada como uma bola no canto do sofá, e ainda chora baixinho. Robert voltou para a cama, mas Yumi está no sofá ao lado dela, tentando, sem sucesso, descobrir o que aconteceu. Hesitante, Rei entra pela porta e desliga a luminária sobre a mesa da cozinha, antes de virar uma cadeira e se sentar nela ao contrário, apoiando os braços no encosto, de frente para o sofá.

— Steve está bem? — Yumi pergunta de repente.

— Eu não sei — diz Rei com sinceridade. — Parece que ele perdeu muito sangue. Eles o levaram para o Burlington Memorial.

— Ela não vai me contar nada. — Yumi dá um tapinha no ombro de Taylor e levanta-se. — Anna, querida, Rei está aqui. Por que você não diz a ele o que aconteceu enquanto eu ligo para a sua mãe?

Taylor só dá uma fungada e se enrodilha ainda mais no sofá.

Quando Yumi está fora do alcance da sua voz, Rei se senta ao lado de Taylor no sofá.

— Você está bem?

— E você se importa? — ela murmura.

— Eu me importo. — Ele baixa a voz. — Só porque não quero que você desabotoe as minhas calças não significa que eu não me importo.

— Você só quer *Anna* de volta.

— É o corpo dela; é claro que eu quero que ela volte. Mas isso não significa que eu não me importo com o que acontece a você.

Taylor olha para Rei com os olhos marejados de lágrimas.

— Se eu sair, vou estar morta, e ela também. Eu já disse a você, eu não sei como sair.

— Bem, talvez eu possa ajudá-la.

— Como você poderia me ajudar?

— Eu ainda não sei, mas posso descobrir um jeito se você estiver disposta a tentar.

Ela respira trêmula e profundamente.

— Eu tenho outra ideia.

— Qual?

— Eu fico onde estou, e você me dá outra chance.

— Que tipo de chance? — Rei pergunta, desconfiado.

— Uma chance para... eu não sei, tentar de novo. — Ela se desenrola um pouco e se volta para Rei, a aura azul que a cerca clareando. — Você disse que Seth e eu não tínhamos nada em comum, mas você e eu temos, Rei. Nós dois sabemos como é ser pressionado pelos pais, quando tudo o que importa são as notas e o quanto estamos qualificados para as faculdades. Eles não ligam para tudo de que temos que desistir. — Ela limpa uma lágrima na manga do robe. — *Eu sei* que sua mãe é durona com você, Rei. As pessoas a ouvem falando de você na loja. Todo mundo sabe para que faculdades você está se candidatando e o que planeja fazer.

Bem, não, não todo mundo. Rei ainda não disse *para mim* onde ele quer fazer faculdade. Eu não tenho certeza se ele conhece a si mesmo.

— Aquele caixão era só uma formalidade. — Taylor se inclina para mais perto dele. — Meus pais me prenderam numa caixa há muito tempo atrás. Esperavam que eu entrasse em Yale, me formasse com honras e fosse cursar direito. Meu pai costumava dizer que eu podia ser uma juíza na Suprema Corte, se eu quisesse. Mas não se eu engravidasse. — Ela enxuga os olhos com as costas das mãos. — Como se eu realmente quisesse ser juíza da Suprema Corte.

— Eu sinto muito — diz Rei.

— E eu sinto muito, também. — Sua voz não passa de um sussurro. — Eu só quero alguém que... me entenda, sabe?

Rei acena obedientemente. Parece que ele só quer que esta noite acabe.

— Se você me der outra chance, eu posso provar que não sou essa pessoa terrível que você acha que eu sou. Eu não vou apressar as coisas desta vez.

Rei se move, afastando-se ligeiramente dela.

— E eu não iria testemunhar contra Seth — acrescenta rapidamente.

— Então o que você está dizendo? — pergunta ele. — Seth ganha a liberdade, mas Anna fica presa onde está.

— Rei, eu estou com medo — ela sussurra. — Sabe aquela luz que as pessoas dizem que veem quando morrem? Não havia nenhuma luz. Não para mim. — Mais duas lágrimas caíram. — Se eu sair daqui, eu não sei onde vou acabar. Por favor? — Ela enlaça os dedos dela nos dele, quase timidamente, e o fita nos olhos. — Pelo menos pense sobre isso.

Rei olha para as suas mãos unidas.

— Com licença! — Tanto Rei quanto Taylor têm um leve sobressalto, pois nem eu mesma ouvi os pés silenciosos de Yumi caminhando pelo corredor. — Rei, posso falar com você?

— Claro. — Rei larga a mão de Taylor e segue Yumi pelo corredor até o escritório. Ela fecha a porta silenciosamente.

— Ela contou o que aconteceu?

— Ela só disse que ele veio atrás dela e ela bateu com a garrafa na cabeça dele.

Yumi parece perplexa.

— Então, por que todos aqueles sussurros e mãos dadas? — ela pergunta.

Rei faz sua cara de paisagem.

— Ela está nervosa. Acha que a mãe vai ficar furiosa com ela. Quando é que a Lydie vem, afinal?

Yumi não parece convencida.

— Ela está saindo agora, mas quer dar uma passada no hospital para ver se Steve está bem. Ela deve estar aqui em mais ou menos uma hora. Rei — Yumi faz uma pausa —, você sabe que não tem tempo para se envolver com meninas agora.

Isso parece pegar Rei completamente de surpresa.

— O quê?

— Rei, pense nisso. Você tem que lidar com toda a pressão de manter as suas notas altas na escola, as aulas de aikido, o trabalho, os formulários das faculdades, e as coisas só vão ficar mais puxadas no próximo ano. Quando você vai ter tempo para namorar? E eu sei que você gosta muito da Anna, mas namorar a sua melhor amiga é querer arranjar problemas. Confie na sua mãe — ela sorri e estende o braço para dar um tapinha no rosto dele.

— Isso não é algo com que precise se preocupar — diz Rei a ela com frieza na voz.

De repente, eu tenho aquela vontade irresistível de derrubar uma xícara de chá.

Capítulo 31

Taylor finge dormir. Eu sei disso. Rei sabe disso. Acho que Yumi sabe também. Quando minha mãe chega à casa de Rei e tenta acordá-la, ela finge estar mais adormecida ainda, como se fosse uma morta-viva. Ah, que bobagem a minha. Ela *é* uma morta-viva. Rei acaba pegando-a no colo e carregando-a pelo caminho escuro, de volta para a minha casa.

Minha mãe abre a porta para eles, e Rei a coloca em cima do edredom cor de lavanda, no meu quarto. Assim que ele tira os braços de baixo de Taylor, ela subitamente acorda.

— Rei? — Ela pega a mão dele.

— Fale.

— Você vai pensar sobre o que eu disse?

— Vou. — Rei afasta delicadamente sua mão da de Taylor e se inclina sobre ela para tirar a garrafa de vodca vazia da estante.

— Rei?

— O quê?

— Você não quer sair da camisa de força em que te puseram?

Ele hesita.

— Quero — admite. — Você devia dormir um pouco. — Ele fecha a porta ao sair, deixando-a na escuridão.

Minha mãe está em frente à pia da cozinha, cercada por um exército de garrafas alinhadas no balcão, despejando seu conteúdo, uma por uma, no ralo. Eu me sinto um pouco tonta só de respirar as emanações do álcool.

— Tem mais? — Rei pergunta.

— Deve ter uma caixa na garagem — ela diz, fungando.

Rei volta com quatro garrafas cheias de uísque e também a de vodca vazia numa caixa de papelão que coloca sobre o balcão. Assim que a minha mãe esvazia cada garrafa e as enxágua, ele as coloca de volta dentro da caixa. Quando acabam, há dez garrafas vazias na caixa. Minha mãe abre a porta da geladeira e pega uma garrafa meio vazia de Chardonnay. Ela olha para a garrafa de modo pensativo, então tira a rolha e joga o conteúdo pelo ralo também. Rei acrescenta a garrafa à caixa, fecha as abas e a coloca no ombro.

— Eu vou levá-las para a loja e reciclá-las para você.

— Obrigada, querido. — Minha mãe solta um suspiro e assoa o nariz numa toalha de papel. — Ela contou por que bateu nele?

Rei balança a cabeça.

— Ela não tem sido ela mesma desde que bateu a cabeça.

— Não, não tem. — Minha mãe rasga outra toalha de papel do rolo e enxuga algumas gotas de uísque e de água espalhadas na bancada. — Ele não é má pessoa, Rei. Eu não sei se você se lembra dele antes do acidente, vocês eram muito pequenos. Eu sei que Anna não se lembra.

— Ela vai se lembrar. Ela vai recuperar a memória e, quem sabe, isso tudo que aconteceu seja bom. Talvez ele pare de beber. — Rei muda a caixa de ombro.

Minha mãe suspira.

— Ela não se lembrava de nada de bom sobre ele mesmo antes de bater a cabeça. Ela só... Eu não sei. Eu não acho que ela queira se lembrar. Ela não entende que isso não é culpa dele. E o que é realmente frustrante é que nós estávamos nos dando tão bem esta semana! Eu senti como se estivéssemos finalmente nos entendendo.

— Hum, entendo... Eu tenho que ir. Preciso estar no tribunal na sexta-feira e ainda tenho lição de casa para terminar hoje à noite.

— Ah, tudo bem. Como foi o seu depoimento hoje?

Rei encolhe os ombros.

— Sei lá. Há um monte de versões diferentes do que aconteceu.

— É por isso que vocês dois não têm se falado tanto como antes?

Fico surpresa ao ver que ela percebeu. Eu achava que ela não prestava muita atenção na minha vida social.

— Isso e outras coisas. Há muita coisa acontecendo.

— Ela tinha que dizer a verdade a eles. Você sabe disso, né?

— Talvez ela ache que está dizendo a verdade, mas eu conheço Seth. Eu sei que ele nunca mataria ninguém. Estou surpreso que eles acreditem nela sabendo que bateu a cabeça.

Minha mãe parece incerta.

— Eu não estava lá na cachoeira, Rei, mas por que ela mentiria? Anna não conhecia essa garota. Eu não acredito que ela colocaria em risco a amizade com você testemunhando contra Seth, se não tivesse certeza absoluta.

Rei parece muito cansado para discutir com ela.

— Eu tenho que ir — ele repete, empurra a porta de tela e mergulha na escuridão.

Estou esperando por Rei em seu quarto quando ele chega em casa.

Eu sinto muito, digito no teclado, embora o que eu realmente queira escrever seja SUA MÃE ME ODEIA! No entanto, Rei parece muito cansado para discutir esse assunto agora.

— Não foi você que disse que devíamos ser as pessoas que mais se lamentam neste mundo e que você não aguentava mais pedir desculpas? — ele pergunta.

Sim, mas eu ainda estou arrependida. Se eu tivesse escutado Rei e ficado no meu corpo, bem, talvez Taylor ainda estivesse morta, mas não haveria nenhuma testemunha ocular. Qual foi o termo que eu ouvi no seriado *Law & Order*? Ônus da prova? A menos que o DNA de Seth tivesse sobrevivido debaixo das unhas dela durante seu banho prolongado de rio, eles não poderiam provar nada.

Rei rola na cama e fica de lado, com o cotovelo dobrado sob a cabeça.

— Taylor disse que, se eu sair com ela novamente, ela não vai depor contra Seth.

Uau. Que belo acordo.

— Eu não posso fazer isso.

Eu sei que vou me odiar por dizer isso, mas não posso resistir.

Isso mesmo. Sua mãe não quer que você namore.

— Ah. Você ouviu aquilo — ele diz sem emoção.

Concordo com a cabeça solenemente.

Especialmente a sua melhor amiga.

— Não é só você, é todo mundo — ressalta. — Ela acha que eu não tenho tempo. A única razão que a leva a dizer essas coisas sobre você é que, se não der certo, ela tem medo de que isso possa arruinar a nossa amizade, só isso.

Claro. Nós somos amigos há quase dezessete anos. Por que mexer em time que está ganhando?

O que você acha da Taylor?

Rei rola de costas e olha para o teto.

— Ela está com medo. Acha que vai acabar no inferno ou algo assim. — Ele fecha os olhos e fica em silêncio por tanto tempo que eu concluo que deva estar dormindo. Eu absorvo energia suficiente para desligar o interruptor da luminária sobre a mesa ao lado da cama, deixando apenas o brilho da tela do computador iluminando o quarto. — Ela disse que morrer é a única maneira que ela conhece de sair do seu corpo — diz ele, de repente.

Ela não sabe o que está falando. Eu não me incomodo em digitar isso, mas agora ela me fez pensar.

Taylor não precisa estar morta para sair do meu corpo, mas ela não sabe como se desconectar dele e mover-se para fora como eu. Não há como convencê-la, a não ser que ela queira sair, mas...

E se encontrarmos uma maneira de enfraquecê-la ou incapacitá-la de alguma maneira? Talvez isso afrouxe sua conexão com o corpo e me permita puxá-la para fora.

Rei volta a ficar de lado para ler a tela do computador.

— Como faríamos isso?

Eu não sei. É preciso bater muito forte na cabeça de uma pessoa para derrubá-la?

Rei olha para mim com uma cara engraçada.

— Depende — diz ele com cuidado. — Mas eu não acho que a gente vá querer bater na cabeça dela. Aquela cabeça é sua também. — Ele faz uma pausa, pensando. — Além disso, ela já bateu a cabeça quando caiu da cadeira. Você não tentou voltar naquela dia?

Sim, mas ela ainda estava consciente. Talvez precise ficar inconsciente.

— Por que você não pode voltar quando ela está dormindo?

Já tentei, mas não funcionou.

Rei esfrega o lábio superior com os nós dos dedos enquanto pensa.

— Você sabe dos pontos de pressão, não sabe?

Como na acupuntura?

— Mais ou menos, mas a acupuntura serve para curar. Se um desses pontos for golpeado pressionado por muito tempo, é perigoso. Nós aprendemos sobre eles no aikido, para evitar que sejamos atingidos nesses lugares.

Rei senta-se de pernas cruzadas e dá um tapinha na cama na sua frente.

— Venha cá.

Quando me sento na frente dele, ele aponta para o topo da minha cabeça.

— Este é o ponto *tendo*. Você não vai querer ser atingida aqui.

Isso parece lógico para mim.

Ele desce o dedo indicador até o meio da minha testa, bem sobre a linha do cabelo.

— Este é o ponto *tento*. — Agora seu dedo desce ligeiramente abaixo do meio da testa, a uns três centímetros das sobrancelhas. — Este é o ponto *uto*. — Sim, o ponto que eu já conheço, onde toda a tensão de Rei parece se acumular.

Ele vai dali para um ponto entre o lábio superior e o nariz, em seguida até abaixo do lábio inferior, depois para a têmpora, e então para o ponto logo atrás da orelha, me dizendo o nome em japonês de cada ponto enquanto os indica.

Eu sei que não sinto nada além de uma leve vibração por onde passam seus dedos, mas posso sentir Rei, gloriosamente sólido.

Eu sinto como se estivesse em um sonho muito próximo da realidade.

Tento esquecer a outra realidade — o pesadelo de saber que isso pode ser o mais próximo que podemos chegar de tocar um no outro. Com os olhos no nível da sua boca, eu observo seus lábios se moverem enquanto ele fala. Não sei por que, depois de tantos anos, eu acho seus lábios tão irresistíveis! Porque Taylor o beijou? Se Taylor usou a minha boca para beijar Rei, ela sabotou o meu primeiro beijo?

— Anna? Você está prestando atenção?

Eu olho para aqueles olhos indescritíveis e aceno com a cabeça. Usando a vibração como guia, ele desliza a mão lentamente até aquele ponto familiar na parte de trás do meu pescoço, os dedos de um lado e o polegar do outro. Então limpa a garganta.

— Este é o ponto *shofu*. — Ele move a mão até a frente do meu pescoço e corre os dedos levemente até onde minha pulsação deveria estar. — E estas são as suas artérias carótidas. Trinta segundos de pressão aqui te deixariam inconsciente.

Será que ele sabe? Será que pode sentir que eu estou simplesmente flutuando ali e imaginando como seria a sensação de beijá-lo? É bem óbvio para mim. A respiração dele ecoa através de mim, lenta e regularmente, e, quando desliza a mão pelo meu pescoço, sua energia se expande através de mim como uma carícia suave.

— Anna? — ele sussurra.

Mesmo se eu tivesse cordas vocais, não poderia falar. Estou infinitamente grata por não precisar de oxigênio, porque eu não conseguiria respirar nem se a minha vida dependesse disso. Tudo o que posso fazer é balançar a cabeça uma vez.

Ele se inclina para mim e seu suspiro tem aroma de canela.

— Pena que não podemos simplesmente dar a ela manteiga de amendoim.

Capítulo 32

Rei não percebe que eu estou murchando como um balão que vai perdendo o ar lentamente.

— Você sabe, foi idiotice da minha parte contar a ela que você é alérgica a amendoim. — Ele se inclina para o lado e acende a luz do abajur atrás dele. — Poderíamos ter usado isso, sabe. Por que você parece estar com raiva?

Por quê? Porque eu *não* quero falar sobre manteiga de amendoim justamente agora! Eu quero que ele desligue o abajur e continue seu *tour* pelos meus pontos de pressão, mas não posso dizer isso a ele, por isso dou outro motivo, e é um bom motivo também.

Porque, se você for pego dando manteiga de amendoim a ela, pode ser preso. Outra vez!

— Bem, então o desafio seria não ser pego.

Você realmente gostou da prisão, hein?

— Não, não gostei, mas pense nisso. Na primeira vez que comeu algo com amendoim, você teve uma reação alérgica e depois se recuperou rápido, não foi? Talvez a mesma coisa aconteça com Taylor.

Talvez. Você só tem que se certificar de que ela vai estar com a minha EpiPen.

— Quanto tempo?

Quanto tempo o quê?

— Se eu conseguir encontrar uma maneira de dar a ela alguma coisa com amendoim, quanto tempo eu espero para usar a EpiPen? Até que você esteja inconsciente? Quero dizer, nós precisamos maximizar suas chances. — Ele está realmente levando a sério essa ideia perigosamente idiota!

Rei, isso não é algo que eles ensinem quando a gente aprende a usar uma EpiPen. Eles te dizem para agir rápido, porque quanto antes melhor. Ninguém te fala para bancar a cobaia e ver quanto tempo você consegue aguentar antes de morrer. Como eu vou saber quanto tempo você tem que esperar?

— Por que você está tão brava? Eu acho que isso pode funcionar.

Bem, eu acho que você e Seth vão acabar em celas vizinhas numa prisão de segurança máxima. É muito arriscado para você.

Rei zomba do perigo.

— Estou mais preocupado com você. Contanto que eu use a Epi a tempo, você vai ficar bem, não vai?

Não necessariamente.

— Como assim "não necessariamente"? — ele perguntou com cautela. — Eu pensei que a EpiPen fosse sua rede de proteção.

Quero dizer "não necessariamente". Eu preciso ir para o hospital caso tenha uma segunda reação. Além disso, eu só tive uma reação alérgica, uma única vez. Não sei se uma outra será mais grave ou não. É um risco que nós dois corremos. Eu voto para que a gente só bata na cabeça dela.

— Posso usar o teclado?

Claro. Só não deixe de segurá-lo com as duas mãos quando bater.

— Muito engraçado.

Eu deslizo para o lado e ele se senta e digita "anafilaxia" na barra do Google. Eu lhe lanço um olhar azedo e me despeço com um aceno.

— Por que você vai embora? Ainda está brava?

Eu não tenho ideia do que estou sentindo agora. Raiva? Confusão? Frustração? Medo? Todas as anteriores? É, acho que é isso.

Eu vou dar uma olhada no meu pai. Vejo você mais tarde.

Apesar dos muitos pontos na cabeça, o meu pai não está sentindo tanta dor agora quanto vai sentir quando descobrir que a minha mãe despejou todo o seu estoque de bebidas na pia. Sua cabeça está enfaixada como a de uma múmia, e há uma agulha bem presa com esparadrapo nas costas da sua mão. Ele provavelmente está fortemente sedado, embora eu suspeite que ainda esteja bem embriagado também.

Eu sempre o vejo com uma aura acinzentada muito densa, mas agora ela está quase preta. Passei muitos anos tentando não olhar para ele, na esperança de que, se eu o ignorasse, ele simplesmente fosse embora. Bem, agora ele está fora de casa, pelo menos por algum tempo. Acho que, se eu aspirasse os recônditos mais profundos do meu cérebro, conseguiria encontrar lembranças do homem que supostamente beijava os dedos dos meu pés e assoprava na minha barriga. Mas para que me lembrar? Se fizer isso, só vou lamentar a perda do que não existe mais. É mais fácil esquecer.

Mas eu não posso deixar de sentir um pouco de compaixão por esse homem destruído. Eu não consigo reunir toda a energia de que preciso aqui, a atmosfera é muito pesada, então saio ao ar livre, sob o céu estrelado, e absorvo o que posso. Carrego essa energia até ele e libero-a, pouco a pouco, até que o preto vai desbotando e se transforma em cinza, e o cinza, em azul.

Embora ajudar o meu pai faça eu me sentir um pouco melhor, não estou completamente pronta para voltar para a casa de Rei agora. Ele está me sufocando com a sua necessidade obsessiva de me salvar e salvar Seth, e uma partezinha desiludida de mim ainda duvida... e se? E se Rei estiver errado? E se eu nunca mais voltar para o meu corpo? E se Rei fizer alguma idiotice, tentar oferecer uma barra de chocolate para Taylor e ela sobreviver, apenas para acusá-lo de tentar matá-la? E se Seth for condenado por assassinato e passar o resto da vida na prisão? E se, mesmo que a gente consiga tirar Taylor do meu corpo, ela ficar nos assombrando pelo resto da vida? Como essa garota perversa consegue ter tanto poder sobre nós?

E que diabos eu vou fazer com relação a tudo isso?

Capítulo 33

Rei ainda está dormindo quando eu chego às sete horas da manhã seguinte. Será que ele está doente? Eu o cutuco, mas ele não se mexe, então eu o bombardeio com energia até que abra os olhos e me veja.

— O que foi? — pergunta ele, meio grogue.

O computador ainda está ligado. Tenho a sensação de que ele ficou até tarde na internet.

Você está atrasado para a aula.

Ele levanta a cabeça para ler a minha mensagem, e então volta a se deitar e fecha os olhos.

— Eu não vou à aula hoje. Vou acabar o meu trabalho. Depois, não sei, talvez eu vá caminhar em Red Rocks ou algo assim. Preciso ficar longe de tudo por um tempo, para pensar.

Caminhar? Falta só um dia para o julgamento e ele vai caminhar?

Ok, tchau.

Ele abre os olhos quando me ouve teclando e lê.

— Aonde você vai?

Você precisa se afastar de tudo.

— Não de você!

Ah. Eu o vejo bocejar e se espreguiçar. Seu cabelo está todo bagunçado, seus olhos ainda estão lentos e sonolentos, e ele está sim uma gracinha, mas eu ainda estou meio irritada com ele. Rei se senta e os lençóis deslizam até a sua cintura. Ok, ele está perdoado.

— O que você fez no resto da noite? — ele pergunta enquanto veste o short sobre a boxer xadrez de verde com que dormiu.

A mesma coisa que eu faço quase todas as noites desde que estou fora do meu corpo. Eu observei Taylor dormir e esperei que ela saísse fora do meu corpo durante um sonho. Eu ronco?

— Bem, por mais chato que pareça, é bom você pensar na sua parte. E não, você não ronca. Por quê?

Porque a Taylor ronca, então eu fiquei curiosa pra saber se eu ronco também.

— Se ronca, eu nunca percebi. E mesmo se roncasse, qual é o problema? Eu já volto.

Faltar à aula é algo que Rei não costuma fazer. Eu ouço a descarga do banheiro, a água correndo na pia e os passos silenciosos de Rei voltando pelo corredor.

Você não vai à escola porque quer evitar Taylor?

Ele se senta na cama e penteia o cabelo com os dedos enquanto lê a minha mensagem.

— Não é só por isso. Eu não quero falar com ninguém na escola sobre o julgamento, e sei que as pessoas vão perguntar. Além disso, as coisas ficaram tão agitadas na noite passada que eu não terminei o trabalho.

Rei não demora muito para terminar o seu trabalho, e então me convida para ir caminhar com ele. A viagem até South Burlington é relativamente curta de carro; e do estacionamento, são uns quatro quilômetros até o topo das montanhas Red Rocks. Ele fica em silêncio enquanto sobe a trilha. Eu não tenho certeza se é porque ele não parece um maluco, falando sozinho, ou se ele sente a diferença na vibração agora que estamos tão perto do lago.

A água é um bom condutor, não apenas de eletricidade, mas de outros tipos de energia também. Eu passei muito tempo nas praias da Indonésia e da Austrália, onde o dia é paralelo à nossa noite, porque eu adoro a vibração irregular do oceano. O zumbido tranquilo do lago é repousante depois dessa semana agitada. Até mesmo as árvores estão em paz, rodeadas por um azul cintilante.

A vista é incrível lá de cima, a uns vinte e cinco metros de altura do Lago Champlain. Adolescentes vêm aqui o tempo todo para saltar do penhasco nas águas profundas abaixo. Rei e Seth, inclusive, estiveram aqui no verão passado, mas Rei só me contou depois que eles voltaram. É preciso usar tênis velhos ao saltar, a menos que se queira nadar até a margem ou correr o risco de cortar os pés nos mexilhões-de-água-doce que vivem nas rochas ao longo da costa. Rei está calçando botas de caminhada hoje.

Ele se senta na beirada do penhasco, uma perna balançando. Exceto por alguns barcos que atravessam o lago, não há ninguém por perto, então eu me materializo ao lado dele e nos sentamos num silêncio amigável. De vez em quando ele me diz algo ao acaso, como que a cor vermelha das rochas de quartzito abaixo de nós tem essa tonalidade por causa dos milhares de anos de oxidação subaquática durante o período Cambriano, e que ele uma vez sonhou que tinha caído num lago congelado e lembrava como o sol parecia brilhante através do gelo e da água acima dele, enquanto ele ficava sem oxigênio.

Ele estende a mão até a minha e, quando eu alinho os meus dedos com os dele, Rei finalmente confessa que tem medo de que Taylor roube o meu corpo para sempre. Ele está sentado a quinze centímetros de distância de um precipício de vinte e cinco metros, e Taylor é o que ele teme.

Eu gostaria de ficar e ver o pôr do sol com Rei, mas ele tem que pegar os pais e Saya na loja, no final da tarde. Eu chego à casa de Rei antes dele, e posso ver que a tranquilidade do dia está a ponto de acabar.

Taylor está sentada nos degraus da frente de casa, em um vestido de algodão azul-claro que eu nunca tinha visto antes. Seus olhos estão pregados na rampa da garagem de Rei. Assim que ele estaciona o carro e sua família entra em casa, ela corre descalça pela trilha que liga nossas casas. Ela parece tão diferente de mim! Com seu cabelo solto e apenas um toque de maquiagem, ela parece uma fada delicada deslizando sobre a grama e, por um momento, fico com inveja porque ela fica melhor no meu corpo do que eu. Deve ser o vestido.

— Oi, Rei.
— Oi, Taylor. — Rei abre o porta-malas e pega sua mochila.
— Você não foi à aula hoje.
— Não. — Ele joga a mochila quase vazia sobre o ombro e fecha o porta-malas.
— Onde você estava?
— Fui fazer uma caminhada.
— Ah. Você sumiu o dia todo. Deve estar exausto.
— Não muito.
— Você pensou sobre o que falamos na noite passada?
— Sim, pensei — diz Rei muito a sério. — Eu pensei sobre isso o dia todo, Taylor.

Ela se aproxima e fica na ponta dos pés para poder olhar nos olhos dele.

— E então?

Rei não diz nada por um minuto. Ele só olha para ela com um olhar angustiado no rosto. Justo quando eu acho que vou precisar cutucá-lo para que se mova novamente, ele deixa que a mochila escorregue pelo braço e se inclina para beijá-la.

Ok, isso foi inesperado.

E é um ótimo beijo, muito melhor do que o da varanda.

Eu fico olhando para ele em choque e apavorada por um momento, e então percebo: uma onda inesperada de ciúme avança sobre mim. Esse beijo foi ideia *dele*. Ele *quis* beijá-la! Sua aura fica cor-de-rosa, com tonalidades mais claras do que as de Taylor. Eca! Devia dar a eles um pouco de privacidade e ir embora, eu sei, mas não consigo me afastar. É como se eu estivesse saboreando o beijo indiretamente, imaginando suas mãos subindo e roçando suavemente no meu pescoço em vez de no dela, dedos deslizando pelo meu cabelo, seus polegares circundando o ponto macio onde é possível sentir a minha pulsação, que antes indicava as batidas do meu coração.

E então algo me ocorre.

Qual era o nome daquele ponto de pressão?

Ela está totalmente concentrada no beijo, na ponta dos pés como uma bailarina, as mãos subindo pelos braços e ombros dele, e está tão ofegante que eu duvido que vá notar a falta de oxigênio, se ele estiver...

Apertando.

Trinta segundos. Não era preciso mais do que isso, ele tinha dito. Parte de mim quer que ele faça isso, pressione o ponto macio e vulnerável até que ela desmaie com a falta de oxigênio no cérebro, e depois talvez, apenas talvez, eu possa expulsá-la do meu corpo, enquanto ela está inconsciente. A outra parte de mim, a parte que não quer que nada aconteça a Rei, quer que ele pare. E se ela o acusar de tentar estrangulá-la? E se ele *gostar* de beijá-la? E se ele gosta de beijar *Taylor*?

Estou tão perto deles que posso ver a língua dela passando pelos lábios de Rei e as marcas dos polegares dele ficando cada vez mais pronunciadas enquanto ele pressiona lentamente a pele do seu pescoço.

Só um pouco mais.

De repente, ele para. Para de pressionar. Para de beijá-la. Ele se afasta dela e se abaixa para pegar a mochila.

— Eu não posso fazer isso — diz, quase se desculpando.

A respiração dela está irregular e eu posso ver a vibração do seu batimento cardíaco através do vestido fino.

— O quê? *Por quê?*

Ele faz uma pausa.

— Como eu posso vender um amigo por outro, Taylor? Eu não poderia viver com isso.

— *O quê?* Então você vai deixar Seth na pior?

Rei encolhe os ombros.

— Ele já está na pior. Ou eles saem dessa juntos ou eu afundo com eles.

Não foi por isso que ele parou. Tenho certeza de que o que ele disse é verdade, mas sei que ele está escondendo alguma coisa por trás do seu rosto sem expressão.

Enquanto ela esfrega distraidamente o pescoço, sua expressão de descrença se transforma em tristeza, melancolia e carência.

— Rei?

Ele ajeita a mochila e dá de ombros, como se não tivesse ouvido nada.

— Vejo você amanhã — ele diz, indo para casa sem olhar para trás.

Quando eu a vejo observando-o se afastar, mais uma coisa me ocorre: seja o que for que Taylor sente por Rei, vai além do desejo, além da carência, além da sua vontade de possuir um homem como se possui um bichinho de estimação. Ela não está correndo atrás dele com ameaças ou ultimatos, ela apenas olha para ele com lágrimas nos olhos. Ela sinceramente gosta dele.

Só quando a porta da frente se fecha atrás de Rei, as lágrimas finalmente transbordam e ela se vira e volta lentamente para a minha casa.

Espero por ela no meu quarto, e o computador está ligado e pronto quando ela chega lá.

Olá, Taylor. Eu me materializo enquanto digito e o barulho do teclado a surpreende.

— Ah. É você. — Ela morde o lábio inferior. — Eu suponho que tenha vindo se gabar porque Rei não quer nada comigo.

Não é você. É a mãe dele. Ela não acha que eu seja boa o suficiente para Rei.

— Bem, sem ofensa, mas... deixa pra lá. — Taylor puxa a cadeira nova que minha mãe comprou para ela e se senta. — Por que ela pensa assim?

Olhe em volta. Alcoolismo pode ser hereditário. E eu não sou exatamente a aluna mais brilhante da escola. Eu não acho que ela queira que essas características passem para os seus netos.

Isso parece deixá-la melancólica, e as cores ao seu redor se aprofundam.

— Mas eu olhei todos os seus álbuns de fotos. Você e Rei têm toda essa história juntos. Como a mãe dele pode pensar mal de você desse jeito?

Porque Rei é o filhinho querido dela e eu sou apenas a garota da casa ao lado. E ela não pensa mal de mim; ela foi muito boa comigo durante a minha vida inteira. Você sabe como é viver aqui com o meu pai. Pode imaginar como a minha vida teria sido se eu não tivesse Rei e a sua família aqui do lado?

— Seu pai me mata de medo!

Eu sei. Ele me mata de medo também. Mas você não tinha que acertá-lo com uma garrafa. Você podia ter fugido dele facilmente. E se não quer acabar como ele algum dia, não devia beber.

Ela me lança um olhar de raiva.

— O que você quer, Anna? Eu encontrei todos os seus folhetos de viagens e outras coisas que você baixou. Por que não vai a algum lugar exótico e me deixa em paz?

O que VOCÊ quer, Taylor?

— Que diferença faz o que eu quero? Eu nunca consigo o que quero. — Ela respira fundo e despeja suas frustrações. — Eu queria sair com Dylan, e ele me chutou assim que descobriu que eu estava grávida. Eu queria ter o meu bebê, mas meus pais não deixaram. Eu não queria me mudar para Vermont, isso com certeza. Eu não quero ir para Yale. Eu não quero me tornar advogada. Eu queria sair com Seth, mas todos nós sabemos no que deu. Jason Trent é um completo idiota. E quem sabe o que se passa pela cabeça de Rei? Que diferença faz o que eu quero? Eu nunca consigo o que eu quero.

Bem, você queria o meu corpo e você o tem.

— Anna, sem ofensa, mas eu não *queria* este corpo. Eu precisava de um corpo. Estava aqui, e agora estou presa nele.

Eu sei como você pode sair.

— Eu sabia! Eu sabia que você tinha segundas intenções. Guarde-as pra si mesma, Anna. Eu não tenho mais para onde ir.

É difícil ficar positiva em face de tanta negatividade. É difícil sentir amor por essa garota que tem tanto ódio dentro de si. É difícil vê-la como uma vítima quando ela parece ter a intenção de ferir os outros. É difícil perdoá-la, mas isso é exatamente o que eu tenho que fazer. Se eu não conseguir substituir sua negatividade por algo positivo, eu nunca serei capaz de invocar a luz.

Você tem para onde ir, eu digito, e então eu penso novamente no salgueiro, na sensação de harmonia e paz. Peço desculpas para a luz por incomodá-la mais uma vez com outro alarme falso, porque sei que Taylor não está pronta para fazer a sua passagem, mas eu quero que ela saiba que a luz está à espera dela. "Estamos avançando bem devagar aqui, Luz", eu penso. "Por favor, me ajude."

— Anna, o que você está fazendo? Você parece... estranha.

E então eu a ouço ofegar e sei, mesmo antes de abrir os olhos, que funcionou, que ela está vendo a luz. E, quando eu abro os meus olhos, lá está ela, iluminando o quarto em toda a sua glória.

Você tem para onde ir, Taylor, e é assim que você chega lá.

Capítulo 34

Você acha que essa roupa está boa para usar no tribunal? Eu fico na frente de Rei, alisando as dobras imaginárias da camiseta de coelhinho que uso desde que Taylor roubou o meu corpo. A grande vantagem desta dimensão é que você nunca fica sujo e nunca sua, então não há necessidade de banho. O que Rei faria com tanto tempo livre?

Ele veste a sua confiável calça de sarja bege e a camisa polo branca. Eu juro que, se eu recuperar o meu corpo, vou fazer umas compras com esse garoto.

— Quem vai ver você além de mim?

Nunca se sabe.

Rei olha para mim.

— O que você vai fazer? — ele pergunta, desconfiado.

Nada.

— Fala sério!

Eu sorrio para ele inocentemente.

Vejo você no tribunal.

— Ei, Anna?

Eu olho para ele.

— Fique perto da Taylor hoje. — Sua voz é um pouco descontraída demais. Algo está rolando.

O que VOCÊ está tramando?

Ele não sorri de volta para mim.

— Talvez nada. Talvez alguma coisa. Eu não decidi ainda. Só tente ficar perto dela, ok?

Concordo com a cabeça. Depois que viu a luz na noite passada, ela meio que surtou comigo e me disse para sair do quarto dela e levar aquela coisa comigo. Eu não sei bem como vai estar o seu humor hoje, então eu estava planejando segui-la o dia todo, de qualquer maneira.

— Anna?

A seriedade da sua expressão me assusta.

— É o *seu* corpo. Não se esqueça disso. Ok?

Faço que sim.

— Prometa — ele insiste.

Concordo com a cabeça novamente. Eu me sinto como um daqueles bonequinhos com a cabeça sobre molas.

Há tantas pessoas aqui para o julgamento que a polícia teve que bloquear a rua. A loja vai ficar fechada o dia todo para que Yumi e Robert possam ficar no tribunal com Rei, e eles tiveram que deixar o carro num estacionamento a duas quadras de distância. Há repórteres bisbilhotando em meio à multidão e, dentro do tribunal, as pessoas se espremem nos bancos longos de madeira para conseguir espaço. Yumi pode ser minúscula, mas tem cotovelos pontudos e não tem medo de usá-los. Eu flutuo perto da cadeira do juiz e assisto a todo mundo se ajeitando e aguardando.

Aguardando.

Aguardando.

Bocejo. Existem procedimentos judiciais que precisam ser seguidos. Vejo Taylor sentada entre minha mãe e os pais dela. Ela parece muito... adulta. Está usando uma saia azul-marinho simples e um blazer, com uma blusa branca de gola alta por baixo. Até suas sandálias são discretas, um modelo azul-marinho de salto de cinco centímetros. O cabelo está solto e esconde os *piercings* em suas orelhas; no entanto, ainda que os vissem, isso de modo algum diminuiria sua credibilidade como testemunha. Eu gostaria de poder tirar o blazer dela para que vissem a tatuagem, porque só um psicopata imprime permanentemente no braço a figura de uma menina morta que ela mal conhecia.

Barulho de chaves e uma porta se abre. A princípio eu penso *Oba! É o juiz*, mas depois eu olho melhor. *Ah! É Seth com tornozelos e pulsos acorrentados*. Ele está acompanhado por dois policiais, com armas realmente grandes nos coldres. O que resta da aura de Seth é da cor do cimento, e ela se agarra a ele numa camada fina. Eu cometo o erro de verificar se Rei viu Seth entrar, mas é claro que viu. Seth faz um breve contato visual com Rei, e a tristeza de ambos se reflete na mesma tonalidade de cinza.

Os dois policiais armados conduzem Seth até a mesa onde seu advogado já está sentado; depois de acomodado, os policiais ficam próximos a ele.

— Todos de pé! — o oficial de justiça diz, como no seriado *Law & Order*. Todos os oficiais de justiça devem falar do mesmo jeito, como os locutores esportivos e as vozes femininas das secretárias eletrônicas.

A multidão se levanta mecanicamente. O juiz entra, vestido com a sua solene toga preta. Eu saio do seu assento, antes que ele se sente sobre mim, e vou para o fundo da sala. Imagino se ele consegue enxergar com aqueles óculos escorregando do nariz.

Ele está fazendo um discurso sobre a gravidade deste julgamento, e eu decido colocar essa questão em teste. Quando eu me materializo, parece que estou realmente em pé atrás de um dos bancos, encostada na parede dos fundos, devidamente vestida com a minha bermuda de ginástica e a minha camiseta.

O juiz me vê. Percorre o público com os olhos enquanto faz o seu discurso e, quando seus olhos encontram os meus, levanta os óculos no nariz e, intencionalmente ou não, me mostra o dedo, enquanto seus lábios se comprimem de forma assustadora.

— Será que a jovem no... — Eu desapareço. Ele olha para o espaço onde eu estava, onde eu ainda estou, flutuando, invisível, e ele fica boquiaberto.

— Hã, não importa. — Ele nota Taylor entre as duas mulheres e seus lábios se comprimem ainda mais, atingindo proporções épicas. Lança mais um rápido olhar para a parte de trás da sala antes de remover os óculos e limpá-los na manga folgada da toga.

— Tudo bem, então. Defesa, pode chamar sua primeira testemunha.

A primeira testemunha é Rei.

Eles o fazem jurar dizer a verdade, toda a verdade, nada mais que a verdade, então que Deus o ajude, e ele faz justamente isso, apesar do esforço da promotoria para confundi-lo, fazendo a mesma pergunta várias vezes, formulando-a de maneira ligeiramente diferente. Rei é uma rocha, e se recusa a ficar preso na teia de perguntas obscuras do promotor.

As amigas de Taylor são menos bem-sucedidas com o advogado de Seth.

— Ela não *roubou* o celular dele — Vienna testemunha. — Só pegou emprestado de brincadeira. Ela estava planejando devolver.

— Basta responder a pergunta, sim ou não. Taylor Gleason pegou o telefone de Seth Murphy sem pedir permissão?

— Bem, sim, mas...

— Isso é tudo.

— Mas...

— Eu disse, isso é tudo. — O advogado de Seth pega o bilhete amassado e mostra para o júri, e o lê em voz alta antes de segurá-lo na frente de Vienna. — E ela pediu a você ou a uma de suas amigas para fixar esse bilhete no armário de Seth Murphy?

Vienna explode em lágrimas.

— Ela está *morta*! *Deus*! Não podem pelo menos ser *gentis* com ela?

Eles fazem uma pausa no meio da manhã. Todo mundo se espreguiça, arrasta-se até a extremidade do banco e sai em busca de alívio para a bexiga, cafeína, uma tragada rápida no cigarro, qualquer coisa.

Rei parece ter outra coisa em mente.

Taylor está com suas amigas, que estão ocupadas xingando o advogado de Seth por fazer Vienna chorar. Quando Rei se aproxima delas, a conversa é interrompida e todos os olhos se fixam nele. Rei está muito bonito com o cabelo perfeitamente penteado para trás, e ninguém parece perceber que esta é a terceira vez na semana que ele está usando a mesma roupa. Quando passa por elas, ele sorri diretamente para Taylor e diz "oi", e essa simples palavra de alguma forma flutua dos lábios dele, como se fosse uma declaração de amor. Ouve-se um suspiro coletivo quando ele se afasta e empurra uma porta de metal que leva ao primeiro andar.

Rei desce as escadas e entra no corredor onde ficam os banheiros e uma máquina de lanches. Depois de várias moedas, ele consegue o seu primeiro pacote de bombons com recheio de manteiga de amendoim.

Que *diabos* esse garoto está fazendo? Ele já comeu uma tigela de mingau de aveia e uma banana no café da manhã, e Rei não é de comer doces. Eu só posso supor que ele queira dá-los a Taylor, mas espero desesperadamente que não planeje entregá-los no meio do tribunal lotado, com todas aquelas câmeras da TV. Isso seria simplesmente um *passaporte* para a cadeia.

Ele rasga a embalagem, tira dali os dois bombons e coloca-os na boca ao mesmo tempo.

Santo Deus! Onde está a minha câmera quando eu preciso dela? Surjo na frente de Rei para mostrar a minha expressão de surpresa quando ele joga a embalagem no lixo.

Ele levanta um dedo para que eu espere um segundo enquanto mastiga lentamente, e eu começo a rir de suas bochechas de esquilo, mas ele não está rindo comigo, então eu paro. Eu não me lembro de um dia ter visto Rei comendo manteiga de amendoim; é uma daquelas coisas que Yumi nunca tem em casa para manter as coisas mais seguras para mim.

— Fique por perto e invisível, ok?

Concordo com a cabeça e desapareço no ar quando ouço o barulho de sapatos de saltos altos descendo as escadas.

— Rei? — Eu não sabia que a minha voz poderia soar tão sexy.

Ele engole tudo de uma vez.

— Oi, Taylor.

— Eu sou a próxima a depor.

— Eu sei.

Ela se aproxima dele e se inclina contra a parede.

— Eu não sei o que fazer, Rei. Apenas... Eu me sentaria no banco das testemunhas e diria a eles que tudo isso é um grande erro, se achasse que eu e você pudéssemos... — Ela toca o braço dele, e suas unhas rastejam na sua pele em direção aos ombros como aranhas.

Eu conheço essa expressão no rosto de Rei, aquela de quando ele não quer fazer algo que sabe que tem que fazer. Ele respira fundo...

... e a beija.

De novo!

Em algum lugar lá no andar de cima eu ouço a voz do oficial de justiça dizendo que estão prontos para retomar o julgamento, mas nem Taylor nem Rei dão qualquer sinal de que ouviram o aviso. Rei desliza os braços em volta dela e a puxa para mais perto.

Desta vez, é Rei que está totalmente concentrado no beijo, *sua* boca forçando os lábios dela a se abrirem, deslizando a língua profundamente em sua boca. Muito profundamente!

Ok, um pouco de língua demais, amigo! No entanto, certamente Taylor parece estar gostando. Ela solta um gemido e suas costas se arqueiam quando seus braços envolvem o pescoço dele. Cruzes! Não existem leis contra demonstrações públicas de afeto num edifício do governo?

Ela geme de novo, mas desta vez parece diferente, não é de prazer, mas... por outra coisa. Sua aura cor-de-rosa brilhante empalidece. Ela tenta virar a cabeça para se afastar de Rei, mas as mãos dele seguram sua cabeça e ele aperta sua boca na dela, até que Taylor o empurra com força.

— Rei, pare. Tem alguma coisa errada, eu... — Ela não consegue respirar. Agora parece apavorada e se segura em Rei porque precisa, não porque quer. — Eu não consigo... respirar! O que há de errado... comigo?

Rei senta-se no chão e a puxa para o seu colo.

— Onde está a Epi? — ele pergunta enquanto puxa a alça da bolsa dela do ombro.

— O... o quê?

— A EpiPen! Lembra, eu disse para você mantê-la o tempo todo por perto? Onde ela está?

— Acho que está... na minha mochila.

Ah, eu me pergunto se ela quis dizer a mochila que está em casa, no chão do meu quarto.

— O quê? — Ele abre o zíper da bolsa e procura em vão pela familiar embalagem cilíndrica. — Taylor, você tem que ficar com ela o tempo todo! — Rei enfia a mão no bolso para pegar o celular e disca para a emergência, ajeitando o braço para acomodar a cabeça de Taylor quando ela tomba para trás e começa a engasgar. — Vamos! Vamos! — ele grita em desespero quando ninguém atende. Ele fala rápido e, tão logo desliga o telefone e o guarda no bolso, levanta-a nos braços e sobe as escadas, saltando os degraus.

O policial no saguão olha para ele e tira o rádio do suporte na cintura.

— Já chamei a emergência — Rei diz a ele. — Veja se consegue localizar Lydie Rogan na sala do tribunal. Diga a ela que a filha está tendo uma reação alérgica e não está com a EpiPen.

O guarda não discute; simplesmente dispara pelo saguão.

O rosto de Taylor está inchando como um balão e seus lábios parecem duas salsichas. Rei olha em volta, com urgência, procurando eu não sei o quê — minha mãe, os paramédicos, eu? Todas as anteriores?

Eu apareço na frente dele.

— Isso é suficiente? — ele me pergunta.

Taylor se agita em seus braços tentando respirar.

— Sinto muito — ele olha para Taylor, depois para mim novamente, com um olhar angustiado no rosto. — Eu não consegui pensar em outra maneira.

Eu balanço a cabeça, mas não tenho tempo para ouvir suas desculpas agora. Se eu não fizer isso dar certo, será tudo em vão. As sirenes soam a distância, mas muita coisa pode acontecer até a ambulância chegar, especialmente quando a minha "fonte de segurança" está em casa, dentro da minha mochila.

Eu não preciso respirar fundo, mas meu peito sobe e desce de qualquer maneira. Sinto como se estivesse no topo das Red Rocks, me preparando para saltar vinte e cinco metros e cair na água gelada do lago Champlain. Taylor está evidentemente sofrendo por causa da histamina que circula pelo seu corpo agora. Sua respiração está irregular, dificultada pelo esôfago inchado. Durante uma semana, eu não quis nada além de tirar Taylor Gleason do meu corpo e reivindicar o que é meu por direito. Agora que chegou a hora, eu gostaria de estar em qualquer outro lugar menos ali, prestes a arrancá-la do meu corpo em pane e mergulhar para dentro dele.

A primeira coisa que eu faço é ter certeza de que tenho energia suficiente para terminar o que comecei. Fecho os olhos e me projeto nas profundezas mais longínquas do universo, para longe de mim mesma, até ter certeza de que posso fazer isso, de que basta esticar o braço e... puxar.

Ela está tão fraca e desorientada devido à reação alérgica que é arrancada do meu corpo e reage com um grito de pânico.

— Não! NÃO!

Rei prende a respiração quando meu corpo fica flácido nos seus braços e meus olhos reviram. Isso deve estar acontecendo porque não há ninguém ali agora, mas é melhor que alguém encontre aquela EpiPen e *rápido*!

— Anna! *Anna!* — Minha mãe corre com suas pernas vigorosas, seguida pelo policial, que grita no rádio. Algum idiota com uma câmera de TV os está seguindo pelo saguão, e algumas pessoas também olham com espanto. Que ótimo... uma plateia. Ainda assim, fecho os olhos e me preparo mentalmente para assumir o controle do meu corpo.

Agora!

Alguém agarra o meu pulso.

— Não, Anna, por favor! Você tem que me deixar voltar! Por favor!

As palavras "por favor" só funcionam em certas ocasiões e esta não é uma delas. Ela está fraca, eu posso sentir. Nós disputamos para ver quem consegue assumir o controle, mas Taylor está moldada para entrar no meu corpo de novo e eu não estou mais, por isso ela o reivindica novamente.

— Anna! Querida, você pode me ouvir? — Minha mãe se ajoelha ao meu lado, chorando, e tenta me tirar do colo de Rei, mas ele não me larga.

— Olhe na sua bolsa! — ele diz. — Ela precisa da EpiPen.

Eu estendo o braço e os limites do meu corpo parecem permeáveis para mim agora. É tão simples quanto puxar uma luva da mão de alguém.

— Não! — ela choraminga quando sai pela segunda vez. — Anna, por favor! Por favor, não faça isso comigo!

O eco da voz de Rei me lembra do que é meu.

— Lamento! — eu me desculpo pela última vez enquanto luto para tomar posse e...

Oh, não! Eu não me lembro da minha primeira reação alérgica aos quatro anos, porque logo saí do corpo e só voltei quando ela já tinha terminado, mas esta é...

...agonizante!

Eu quero desesperadamente cair fora do meu corpo e dizer a Taylor que pode ficar com ele. Eu fiquei livre por tanto tempo que, dentro dele, me sinto presa num sarcófago e enterrada viva. Não há oxigênio aqui, algo de que não precisei na última semana, mas preciso agora, preciso desesperadamente, e não consigo encontrar. A coceira que sinto é excruciante e instalou-se tamanho caos dentro do meu corpo que é quase impossível conseguir as vibrações necessárias para me fundir completamente. Eu sinto as unhas de Taylor em mim, tentando me segurar para poder me arrancar do meu corpo e eu me estico rapidamente, grudo meus dedos descarnados nos meus dedos de carne o melhor que posso e tento me segurar ali, mas tudo o que eu quero é me soltar e flutuar para longe de toda essa dor.

Eu me sinto perdendo a consciência. Em algum lugar acima de mim há um zumbido alto e luzes piscando e as vozes soam tão... tão distantes. A voz de Rei é um mantra, implorando para que eu aguente firme.

A dor é repentina e doce na minha coxa e uma torrente de energia química flui através do meu corpo, dando-me força suficiente para...

...vomitar. Exceto que o meu esôfago ainda está inchado e eu sinto como se tivesse aspirado uma parte do vômito. Eu estou perdendo todo o meu precioso oxigênio tentando expeli-lo pela tosse, mas ele fica exatamente onde está.

Há um tumulto à minha volta, que inclui pessoas segurando a minha cabeça e me forçando a manter a boca aberta; então elas empurram algo pela minha garganta e eu entro em pânico e luto contra isso porque *dói*, mas todo mundo é mais forte do que eu no momento. A voz de Rei está ali em algum lugar, implorando para que eu fique firme, e parece que ele está chorando.

E então eu sinto o ar, o doce, lindo e maravilhoso ar.

Tento abrir os olhos, mas eles parecem inchados, e através das fendas eu vejo que o teto acima está repleto de rostos nada familiares. Ocorre-me que todo mundo do tribunal provavelmente lotou os corretores para xeretar enquanto sou colocada na maca e carregada para a ambulância. Eu ouço Rei dizendo que vai comigo para o hospital e alguém diz a ele que não, ele não pode, mas a voz de Rei assume aquele mesmo tom perigoso que ele usou com Jason Trent, enquanto diz:

— Eu. Vou. Sim.

E então eu ouço alguém dizer naquele tom educado de repórter fazendo perguntas que não são da conta de ninguém, e a voz da minha mãe dizendo:

— O nome dela é Annaliese Rogan, e ela é a única testemunha ocular.

Capítulo 35

No pronto-socorro, eles não deixam Rei entrar para me ver, até que avaliem os riscos de eu ter uma reação bifásica, que é, em poucas palavras, uma segunda reação até pior do que a primeira. É nesse momento que eu percebo que meu senso de humor voltou, porque eu rio na cara do médico com meus lábios inchados e digo a ele que nada pode ser pior do que aparecer vomitando no noticiário das seis.

Eles deixam a minha mãe entrar, no entanto, e ela está cercada de uma energia de nervosismo tão intensa que está me deixando maluca. Ela está completamente transtornada com a minha reação alérgica, que provavelmente foi mais assustadora do que a primeira, já que desta vez tínhamos uma plateia de cerca de cem pessoas e uma câmera de TV.

Depois de um tempo, eles decidem me deixar em observação por uma noite. Levam-me de maca pelo corredor, diante dos olhos das pessoas normais que estão só fazendo visitas e não conseguem resistir a dar uma olhada, por isso eu cubro a cabeça com o lençol e deixo todo mundo, no elevador, se perguntando se eu estou morta. Minha mãe fica no quarto só até eu me instalar, depois sai para almoçar e checar algumas mensagens do trabalho.

Após tanto tempo fora, demora um pouco para eu me encaixar no meu corpo perfeitamente. Ele parece mole e desconfortável agora, além de pesado, como se eu fosse feita de banha de porco. Eu me pergunto por que o meu braço está dolorido, e então me lembro da tatuagem medonha. Ainda me sinto inchada e com muita coceira, e minha garganta arde por causa do tubo idiota que eles enfiaram na minha boca. Eu me entretenho, tentando, sem sucesso, tirar os *piercings* das minhas orelhas, língua e nariz, mas, mesmo que eu não tivesse essas unhas acrílicas idiotas, minha destreza manual ainda estaria longe de ser como antes, visto que ainda não recuperei totalmente o controle dos meus dedos. Eu ataco o *piercing* da língua primeiro, que me causa uma dor terrível, porque é como se estivesse parafusado ali, e sinto como se eu tivesse garras de lagosta em vez de dedos. Já consegui tirar metade dos *piercings* das orelhas quando ouço uma batida na porta aberta.

— Anna? — A voz de Rei soa hesitante.

Quando olho para cima, vejo que ele parece muito hesitante, como se estivesse se intrometendo ou como se eu estivesse brava com ele. Mesmo não sendo mais capaz de flutuar, eu me atiro da cama e, três passos depois, sinto seus braços em volta da minha cintura e os meus pés balançando fora do chão enquanto ele faz um meio giro no ar.

Eu prometi a mim mesma que não ia chorar quando o visse, mas essa é uma causa perdida agora. Parece que ele está chorando também, então não tem problema. Em algum momento em meio a todas essas lágrimas, ele me pega no colo, assim como fez com Taylor, e me carrega até a cama. Estou temendo o momento em que vai me deixar cair pesadamente na cama, exatamente como fez com Taylor, mas isso não acontece. Em vez disso, ele se senta e se reclina contra os travesseiros, me segurando no colo.

— Me desculpe — ele diz várias vezes em meio ao meu cabelo. — Eu sinto muito!

— Pare com isso! — eu grito em seu ombro úmido. — Chega de se desculpar!

Ele se inclina para trás, olha nos meus olhos lacrimejantes e sussurra:

— Você disse que era arriscado, mas eu pensei que estava exagerando porque estava com medo que eu fosse pego. Meu Deus, Anna — ele reprime um soluço. — Eles estavam tirando o desfibrilador da ambulância. Não achavam que você fosse se recuperar.

— Mas eu me recuperei. E você não poderia saber o quanto seria ruim. Nem eu sabia ao certo o que iria acontecer desta vez. — Eu olho bem dentro dos olhos dele para que saiba que eu estou bem. Nós estamos bem. Tudo está bem agora.

— Eu devia ter te escutado — Rei persiste. — Ontem, quando eu beijei Taylor, pensei que poderia deixá-la inconsciente se pressionasse a carótida, mas estava demorando muito e eu fiquei com receio de que ela percebesse o que eu estava fazendo. Então achei que a manteiga de amendoim seria...

— Chhh — Eu o abraço forte. — Acabou, Rei, deu tudo certo. Sem críticas ao que já passou.

Ele me abraça também e seu suspiro trêmulo de alívio parece romper a camada de tristeza. Nós ficamos sentados desse jeito nem sei por quanto tempo, e tudo que eu consigo pensar é em como é bom ser tocada novamente. Seu pescoço tem um aroma doce e seu hálito aquece o meu rosto. De vez em quando ele desenha círculos lentos nas minhas costas ou roça o queixo no meu cabelo, como se para ter certeza de que eu estou realmente aqui.

Mesmo antes de ficar presa fora do corpo, a única pessoa que realmente me tocava era Saya. Meu pai nunca me encostou, exceto nas ocasiões em que agarrava o meu braço e apertava. Minha mãe sempre estava de batom quando ia sair, então, na maioria das vezes, eu nem sequer ganhava um beijo de despedida. Rei se limitava àqueles apertos afetuosos em volta do meu pescoço.

Mas quando Rei e eu éramos muito mais jovens, agíamos um com o outro como as crianças agem, totalmente despreocupados com os limites. Nós costumávamos lutar, fazer cócegas um no outro sem piedade, usar o outro como travesseiro ou banquinho para os pés. Antes de Saya nascer, Yumi costumava fazer massagens nas costas de Rei para que ele dormisse, então, é claro, costumávamos fazer massagens um no outro também. Rei me ensinou vários jogos: com os dedos desenhávamos mapas do tesouro nas costas um do outro com um X para marcar o local, ou ele desenhava círculos concêntricos gigantes nas minhas costas que gradualmente iam ficando menores e menores, até que fingia puxar uma corda do centro do círculo e eu sentia como se o próprio núcleo do meu ser estivesse sendo puxado do meu corpo. Um dia, quando tínhamos uns onze anos, Yumi entrou no quarto de Rei e encontrou nós dois sem camiseta, eu sentada sobre o bumbum de Rei, com um punhado de creme hidratante na mão. Dizer que ela não ficou satisfeita é pouco. Nós dois tivemos que ouvir um longo sermão sobre como estávamos ficando mais velhos agora e qual era o comportamento apropriado entre rapazes e moças como nós, jovens, e que seu creme hidratante era muito caro e não devíamos brincar com ele. Depois disso, era como se Yumi tivesse colocado uma cerca entre nós.

Eu percebo agora o quanto senti falta dele, não apenas durante a semana passada, mas nos últimos cinco anos. Mesmo morando bem perto da casa de Rei, eu sentia como se uma parte de mim estivesse faltando. Ele é o yang do meu yin, não o meu oposto, mas uma força complementar que me equilibra. Agora, eu só quero me sintonizar com ele, me esticar na cama e puxá-lo para que fique em cima de mim como um cobertor. Neste instante, não há outro lugar em que eu queira estar.

Mas nada dura para sempre. Por fim, Rei passa a mão pela minha panturrilha nua, que eu espero que Taylor tenha depilado esta manhã.

— Você está com frio? — ele pergunta e aperta o meu pé descalço.
— Os seus pés estão congelando! Eles não te deram meias?
— Meias? Que meias? — eu pergunto e espero que ele não veja o saco plástico contendo um par de meias cinza antiderrapantes felpudas, mas pavorosas, que eu atirei pela janela. Eu mudo de assunto.
— Quer me ajudar a tirar o resto destes *piercings*?
— Claro. Assim que você entrar debaixo das cobertas e aquecer os seus pés. E, sim, você precisa de meias. Você não vai querer andar no chão de um hospital com os pés descalços. Vai saber o que pode pegar.

O que eu faria sem Rei para apontar todos os perigos que eu não percebo?

— Eu senti sua falta — confesso, enquanto saio do seu colo e me acomodo sob o cobertor.

— Senti sua falta, também. Você conseguiu tirar o *piercing* da língua?

— Consegui, mas levou uma eternidade com essas unhas ridículas.

— Eu sacudo os dedos.

— Aposto que sim. Deixe-me ver... — Rei coloca o meu cabelo atrás da orelha e suavemente desatarraxa a parte de trás do primeiro brinco.

— Bem, pelo menos ela não colocou alargadores.

— Não, mas furou o meu umbigo. Descobri isso quando fui ao banheiro.

Rei sorri.

— Você precisa de mim para tirar esse também?

— Hum, não. Na verdade, eu pensei em deixar *esse*.

Rei para de desatarraxar o brinco da minha orelha.

— Sério?

Eu sorrio para ele.

— Brincadeira.

— Ah, bom. Não que você não pudesse deixá-lo. Quer dizer...

— Tarde demais. Já tirei.

— Ah. — Rei tira a parte de trás do outro *piercing*. — Então... não vou falar isso para você ficar preocupada nem nada, mas você acha que Taylor ainda está por aí, em algum lugar?

Ok, então nem tudo está bem. Eu não respondo imediatamente porque gostaria de ter pelo menos mais alguns segundos abençoados de negação, mas Rei está certo. Eu estava um pouco ocupada demais para notar, mas duvido que a luz tenha aparecido desta vez, porque eu não morri e Taylor já estava morta. Pelo que sabemos, ela obviamente continua presa nesta dimensão e pode estar pairando no canto da sala neste exato instante.

— Anna?

— Sim, eu ouvi. Mesmo que ela não esteja aqui agora, tenho certeza de que vai aparecer em algum momento — digo a ele quando tira o último brinco da minha orelha. Ah! É tão bom poder me coçar sem todas essas coisas!

— Cuidado, você vai arrancar sangue coçando assim. — Rei pega as minhas duas mãos e as envolve com as dele. Tento libertá-las, mas ele prende meus dedos com uma das suas técnicas ninja. — Então, eu sei que às vezes você sai do corpo durante os sonhos, mas existe alguma maneira de controlar isso? Quer dizer, e se ela voltar a tomar posse do seu corpo?

— Essas são duas perguntas muito boas. E bem que eu queria ter...

Minha mãe entra apressada sem bater, brilhando de alegria. Assim que Rei se levanta para cumprimentá-la, eu coço a orelha rápido. Minha mãe parece surpresa ao ver a pilha de brincos sobre a bandeja.

— O que você está fazendo? — Ela olha para mim e depois para Rei.

Eu tenho cerca de quatro segundos para descobrir como vou explicar a semana passada. A única coisa lógica que me vem à cabeça é simplesmente fingir que não me lembro de nada depois que caí da cadeira.

— Estou tentando descobrir por que estou no hospital — falo sem pensar muito. — A última coisa que me lembro é de cair da minha cadeira e agora estou no hospital com as minhas orelhas cheias de furos. O que aconteceu? — Rei sorri para mim por trás das costas da minha mãe.

— Ah, querida — ela corre para a cama para me abraçar. — Eu senti sua falta! — Essa revelação me surpreende, depois de toda a diversão que a minha mãe teve no shopping com Taylor e tudo o que elas tinham em comum. — Eu estava tão preocupada com você, querida. Você não era mais a mesma. Não se lembra de ter furado as orelhas?

— Não.

— Você se lembra de ter feito uma tatuagem?

— Tatuagem! Quando eu fiz uma tatuagem!? — Eu não me atrevo a olhar para Rei porque não vou ser capaz de manter uma cara séria.

— Ah, querida — minha mãe hesita. — Você se lembra de ter batido no papai com uma garrafa?

— Eu fiz o quê? Por que eu faria isso? Ele está bem?

— Bem — seus olhos se enchem de lágrimas —, eles fizeram alguns exames nele logo que chegou ao hospital, e provavelmente é uma coisa boa que você... tenha feito o que fez, querida, porque descobriram que o fígado dele está em péssimo estado. Se continuasse bebendo do jeito que estava, o médico disse que ele não viveria muito mais tempo.

Ah... Eu posso não morrer de amores pelo sujeito, mas não quero que ele morra.

— Mas ele vai ficar bem agora?

Ela funga.

— Bem, é estranho. Quando eles trocaram o curativo hoje de manhã, notaram que o ferimento na cabeça está se curando muito mais rápido do que o esperado. Eles fizeram mais exames de sangue nesta manhã, e vamos ter que esperar os resultados para saber se o fígado apresentou alguma melhora.

Eu penso na noite passada e na energia que compartilhei com meu pai. Essa é a mesma energia que eu uso para aliviar as dores de cabeça de Rei, mas, embora ele diga que eu sou melhor do que aspirina, não é algo que eu possa ver ou mensurar. Será que a cura surpreendentemente rápida do meu pai tem alguma coisa a ver comigo? Enquanto meu cérebro considera essa possibilidade, minha boca continua no piloto automático.

— Então, quando ele pode voltar para casa?

— Ele tem um longo caminho pela frente, querida. Ainda vai precisar de um tempo antes que possa voltar para casa, mas, quando voltar, teremos que apoiá-lo.

Eu detesto sugerir isso, porque a ideia de entoar canções de louvor alegremente com os meus pais e um terapeuta só faz com que eu me retraia, mas acho que é hora de admitir que a minha família tem alguns problemas sérios para tratar.

— Talvez nós todos devêssemos procurar um aconselhamento familiar.

— Eu acho que é uma boa ideia, querida.

Por volta das seis e meia, depois de Rei ter tentado de tudo comigo, menos brincar de aviãozinho, para que eu comesse o meu jantar, Yumi, Robert e Saya aparecem. Tão logo nos cumprimentamos, minha mãe dá uma desculpa para ir visitar o meu pai, mas noto que algo estava errado na forma como ela e Yumi se cumprimentaram. Existe uma tensão no ar que eu consigo sentir, mas não sei explicar. Olho para Rei, mas ele não parece ter notado.

Saya brinca com os botões que fazem a cama subir e descer e salta sobre ela, enquanto Yumi e Robert lamentam em voz baixa a minha reação alérgica. Quando ela acha que eu não estou olhando, percebo Yumi olhando para mim com desconfiança, o que faz com que eu me pergunte o quanto ela sabe, se ela viu ou não Rei e Taylor se beijando em frente à casa deles. Por fim, Robert leva Saya até a caixa de luvas de látex fixa na parede. Ele mostra a ela como encher uma luva de ar e liberá-la para que faça um barulho alto e detestável enquanto voa ao redor do quarto... e sai para o corredor. Saya, Robert e eu achamos isso muito mais divertido do que Yumi, Rei ou a enfermeira que entra no quarto e diz a todos que o horário de visita acabou, embora sejam apenas sete e quarenta e cinco.

Enquanto a enfermeira os coloca para fora, Rei estica o braço e faz cócegas no meu pé descalço.

— Lembre-se do que eu disse sobre sair do corpo enquanto dorme.

Bem, isso só arruinou qualquer chance que eu poderia ter de dormir à noite. O médico me deixou uma noite em observação, mas e se Taylor passar mais tempo me observando do que as enfermeiras? E se eu sair do corpo durante um sonho e Taylor voltar a entrar em mim, ela não só vai testemunhar contra Seth, mas com certeza vai culpar Rei pela reação alérgica. Eu não posso deixar que isso aconteça. Felizmente, é fácil ficar acordada nesta cama estranha, com todos os barulhos que eu ouço vindos do corredor, e a cada poucas horas uma enfermeira alegre vem colocar um termômetro na minha boca.

Quando minha mãe e Rei me levam para casa na manhã seguinte, o inchaço no meu rosto já sumiu quase completamente. Eu não vejo a hora de tirar as unhas acrílicas, mas primeiro quero trocar de roupa, porque a minha mãe trouxe uma das camisas de Taylor e uma calcinha fio dental vermelha ridícula para eu ir do hospital para casa.

Dentro do meu armário e das gavetas da minha cômoda, tudo que eu consigo encontrar são as coisas de Taylor.

— Mãe! — eu grito. — Onde estão todas as minhas roupas? — Especialmente as minhas calcinhas normais e minhas botas de caminhadas favoritas, que me custaram seis semanas de pagamento.

— Você embalou em sacos de lixo e me disse para me livrar delas — explica minha mãe, enquanto procura o removedor de unhas postiças no armário.

— Não, não, não! Por favor, me diga que você não jogou as minhas roupas fora!

— Ainda estão na garagem.

— Graças a Deus!

Rei aperta a parte de trás do meu pescoço.

— Vou pegá-las — ele se oferece.

Enquanto ele faz isso, eu uso o braço para tirar toda a maquiagem de Taylor da minha penteadeira e jogá-la no lixo. Seu iPod Touch caríssimo ainda está lá também, junto com um monte de joias, e eu me pergunto o que vou fazer com aquilo agora. Ah, droga! E onde está aquela caixa de camisinhas? Eu preciso me livrar dela antes que a minha mãe encontre!

— Aqui está. — Rei coloca no chão os dois sacos de lixo cheios.

— Muito obrigada! — eu rasgo um saco e abraço as minhas roupas, mesmo que estejam cheirando a garagem.

Depois que eu visto uma calcinha de algodão branca, jeans, uma camiseta e um dos moletons que Rei me deu, nós nos sentamos à mesa da cozinha, enquanto eu mergulho os dedos numa tigela cheia de removedor de unhas postiças. Eu quero conversar com Rei sobre Seth e sobre o que eu vou dizer ao promotor, porque, pelo que sei, ainda tenho que testemunhar, mas a minha mãe se senta à mesa com a gente, por isso me limito a conversar sobre como a acetona fede e a dor de cabeça que nós dois estamos sentindo por causa dela.

— Então, Rei — minha mãe diz no mesmo tom açucarado que ela usa quando está tentando vender uma casa sem aquecimento central. — Sua mãe e eu estávamos conversando e ela está um pouco preocupada que você e Anna possam estar... namorando.

Juro que eu levantaria o queixo de Rei, se as minhas duas mãos não estivessem ocupadas no momento...

— Não que eu ache um problema vocês dois namorando, porque *sempre* achei que formam um belo casal — ressalta ela.

— Mãe!

— Eu não tinha certeza se você ia se lembrar ou não, querida, então pensei em comentar.

— Mãe!

— Porque, Rei, sua mãe viu vocês dois se beijando na rampa da garagem outro dia...

— MÃE! — Como faço para fazer essa mulher parar de falar? — Não se preocupe com isso! Nós não estamos namorando.

— Anna, querida, Yumi só está preocupada com a agenda lotada de Rei e ela quer ter certeza de que ele não está se distraindo enquanto se candidata às faculdades. Tenho certeza de que você entende isso.

Eu me viro para Rei.

— Estou distraindo você?

— Não.

— Ok, então. Vamos acabar de tirar essas minhas unhas e sair para fazer uma caminhada.

Está um dia ensolarado e quente, e tudo está verdejante. Eu adoro verde. É a minha cor favorita.

— Como está a sua cabeça? — eu pergunto enquanto caminhamos pela trilha entre as nossas casas em direção ao bosque.

— Está bem.

— Ainda dói, né?

— Um pouco — ele admite.

— Ok, vamos ver se eu ainda posso fazer isso.

Eu fecho os olhos e fico muito quieta, absorvendo a energia à minha volta. As árvores parecem felizes em compartilhá-la comigo; eu extraio energia da luz do sol e descubro que ainda consigo acessar as coisas boas do espaço. Não é tão fácil absorvê-la com esta parede de carne em torno de mim, mas logo eu sinto todo o meu corpo formigar. Eu concentro o formigamento nos meus dedos. Com as duas mãos, sinto o rosto de Rei e procuro suas têmporas. Eu o sinto sorrir sob as pontas dos meus dedos.

Eu irradio a energia aos poucos, até que ele diz:

— Você conseguiu.

Abro os olhos.

— A sua dor de cabeça passou?

— Passou. Eu estou te dizendo, Anna. Nós temos que contar à minha mãe que você faz isso.

— Eu não quero pensar na sua mãe agora. — Começo a andar novamente. — Para onde vamos?

— Onde mais? — Rei pergunta. — Para a cachoeira.

A cachoeira é o último lugar para onde eu quero ir agora, e acho que Rei sabe, mas ele é o tipo de cara que gosta de enfrentar os seus medos, e ele está certo. Não posso começar a evitar a cachoeira só por causa do que aconteceu. Não posso deixar que Taylor tenha esse tipo de poder sobre mim.

— Precisamos descobrir o que você vai dizer para o promotor, agora que Taylor se foi — Rei ressalta enquanto caminhamos pela trilha. Estranhamente, eu ainda posso ver um tênue brilho azul ao redor das árvores e, quando Rei está sob a luz do sol, posso ver uma tonalidade suave de laranja em torno dele também.

— E se eu só disser a verdade? — Em parte, só estou brincando. No máximo, eles vão pensar que eu sou maluca, e eu acho que não colocam loucos no banco das testemunhas.

— Que tal se simplesmente trancarmos você numa sala agora e jogarmos a chave fora?

— Ei, outras pessoas fazem projeção astral e escrevem livros sobre o assunto e ninguém as tranca numa sala. Eu te disse que deixei o promotor me ver quando ele estava interrogando Taylor?

Três segundos para o impacto... dois... um...

Eu adoro essa cara que Rei faz quando arregala os olhos e faz um "o" com a boca como se fosse um peixe. É tão adorável!

— Você fez o quê?

— Você me ouviu.

— Anna. Por quê? Por quê?

— Considere isso da seguinte maneira. Ele não pode contar isso a alguém; achariam que *ele* está louco. E se eu disser a verdade a ele, pode ser que acredite agora que me viu. De qualquer maneira, eles perderam sua melhor testemunha, então não têm escolha a não ser deixar Seth sair.

— Sim, bem, teoricamente isso deve funcionar, mas você sabe que nada é tão simples assim.

— Vós, homens de pouca fé.

— Anna — ele estende o braço e pega a minha mão —, nós realmente precisamos decidir isso antes que você faça qualquer coisa... por impulso.

— Por impulso? — eu aperto a mão dele antes de soltá-la. — Você quer dizer, tipo, alguma idiotice?

— Não, eu quero dizer por impulso. Nós temos que pensar em Seth.

— Eu *estou* pensando em Seth.

No momento em que chegamos à borda da cachoeira, o barulho da queda está alto em meus ouvidos. Eu me aproximo e fecho os olhos. Preciso voltar à cachoeira um sentido de cada vez.

— Você está bem? — Rei pergunta enquanto se aproxima de mim por trás. Sua mão gravita para aquele ponto, na minha nuca, reservado apenas para ele.

Concordo com a cabeça. Eu estou bem. Só preciso fazer isso devagar. Quando abro os olhos, a primeira coisa que noto é o grafite. Alguns dos nossos delinquentes juvenis decidiram prestar suas condolências a

Taylor pintando com spray grandes letras vermelhas nas pedras que margeiam a cachoeira.

— Sabe... — Eu começo, exasperada. — Que imbecis! — Ando em direção ao precipício para ver o estrago que fizeram, e Rei está na minha cola. Quando só faltam três passos para eu cair na ribanceira, ele enlaça a minha cintura com o braço.

— Já está perto o suficiente.

— Rei, eu só quero...

— Perto o suficiente — ele diz com firmeza. Rei envolve o outro braço em torno da minha cintura, me puxa de encontro a ele e repousa o queixo no topo da minha cabeça.

— Então, o que você está pensando?

Pensando? Como é que ele espera que eu pense quando está me segurando tão perto dele? Eu me sinto mole como geleia.

— Anna?

— Hmm? Ah! Por que estamos aqui de novo?

— Para ver se você consegue pensar em alguma coisa para dizer ao promotor.

— Ah, certo.

Eu olho em volta, revivendo os acontecimentos da semana passada. Eu conto a ele em detalhes tudo o que aconteceu aqui, cena por cena, e quanto mais perto eu chego da parte em que Taylor cai, mais Rei me aperta de encontro a ele. Eu acho que ele tem medo que uma pequena parte de mim vá escorregar na beirada também, agora que eu estou de volta a este lugar para enfrentar o que aconteceu.

Minha falta de sono está começando a me vencer, então eu encosto a cabeça contra o ombro de Rei e aponto para a minha direita.

— E este é o lugar onde Seth estava quando Taylor escorregou.

Ele diz algo tão baixo que eu não consigo ouvi-lo com o barulho da cachoeira.

— O quê? — Viro a cabeça para olhar seu rosto e ele se inclina como se estivesse prestes a repetir o que disse, mas agora que ele moveu a cabeça, o sol está batendo bem nos meus olhos e eu tenho que fechá-los para bloquear a luz, justo quando sinto algo macio roçando nos meus lábios.

Hum... Não que eu tenha algo para comparar, mas parece muito com um beijo.

Eu deixo a sensação se prolongar por um momento antes de abrir os olhos. Rei está olhando para mim com uma intensidade que amolece os meus joelhos.

— Você acabou de...? Isso foi...? — Eu tropeço nas palavras ao fazer essa pergunta simples, porque... e se eu estiver errada? E se ele estivesse simplesmente afastando um mosquito ou algo assim? O quanto eu não me sentiria idiota se perguntasse se ele tinha me beijado e a resposta fosse não?

— Sinto muito — ele é rápido em se desculpar. — Eu só... Eu não quis...

Eu me viro dentro do círculo que seus braços formam em torno de mim para olhá-lo de frente, mas o que me assusta é a visão de um outro rosto, sombrio e ameaçador, pairando bem atrás dele.

Taylor.

Capítulo 36

Faz sentido que, sem um corpo humano para conter a energia, o tamanho não seja mais algo relevante. Eu recentemente descobri que posso expandir a minha energia o suficiente para derrubar lápis das carteiras ou digitar no teclado de Rei, mas nunca me ocorreu que eu pudesse me esticar e ficar com vinte metros de altura quando estava fora do corpo. Parece um truque legal que eu adoraria tentar fazer se eu *realmente* sair do corpo de novo, mas agora que Taylor se ergue sobre Rei, parece simplesmente assustador.

— O que... — Rei olha para cima em alerta e me envolve como um burrito em seus braços, justo quando um redemoinho de areia e folhas começa a girar em torno de nós.

— Foi você que me matou desta vez! — ela grita. — Eu espero que apodreça no inferno, Rei Ellis! — Sua voz soa como se estivesse falando através de um rolo de papel-toalha, e estou surpresa em poder ouvi-la, já que Rei não era capaz disso quando eu estava fora do corpo.

Ele finca os pés no chão para impedir que sejamos levados pelo vento. Como Taylor está tão forte? Ela está causando um vento e tanto aqui, e a areia aferroa a minha pele e gruda no meu cabelo. Tão rápido quanto começou, ele para. Eu olho para cima com cautela, mas ela se foi.

— Você ouviu o que ela disse? — eu pergunto a Rei, que está tirando a areia dos olhos cuidadosamente.

— Não, você ouviu?

— Sua voz estava distorcida, mas, sim, ouvi. Isso é estranho.

— E agora? — ele está começando a se recuperar do choque de ver uma Taylor gigantesca e está compreensivelmente perturbado. — Será que ela vai nos assombrar pelo resto da vida?

— Não, se eu puder evitar. Venha, vamos voltar.

Minha mãe acena com um papelzinho rosa na minha direção quando voltamos para a minha casa.

— O promotor ligou para ver como você está se sentindo.

Eu acharia aquilo muito lisonjeiro, se não soubesse a pressa que ele tem de condenar Seth.

— Estou bem. Ele quer que eu ligue de volta ou algo assim? Quer dizer, hoje é sábado. Essas pessoas não têm vida pessoal?

Eu pego o papel da mão da minha mãe.

— Sim, eu disse a ele que você ligaria quando voltasse.

Rei e eu não chegamos a decidir o que eu direi, só sabemos que a verdade não é uma opção. Agora, temos que tomar uma decisão rapidamente.

— Você não se lembra de nada do que aconteceu — Rei aponta, pensando na minha mãe. — Parece que você perdeu a memória quando bateu a cabeça da primeira vez, e a reação alérgica fez com que ela voltasse. Como você vai se lembrar do que ia testemunhar?

— Eu não sei.

— Então, talvez sua mãe possa pedir um laudo ao seu médico ou algo assim.

— Ah, eu posso fazer isso — minha mãe nos assegura.

Eu ligo para o celular do promotor, que fica pouquíssimo satisfeito com essa informação.

— Quer dizer que você não consegue se lembrar de nada da semana passada? — ele pergunta.

Repito a minha lenga-lenga sobre meus muitos problemas médicos da semana passada, mas ele não me deixa escapar tão fácil assim.

— Tudo bem. Leve o laudo do seu médico para o juiz na segunda-feira de manhã, antes das nove. Eu te encontro lá, e quero uma declaração sua logo depois.

Sem pressão.

Não mais do que cinco minutos depois que eu desligo o telefone, a mãe de Rei liga no celular dele para lembrá-lo de que ele precisa ajudar com a contagem do estoque da loja durante todo o dia de amanhã; além disso, ele ainda tem que lavar sua roupa e fazer outras coisas divertidas hoje noite. Na verdade, eu fico feliz, porque estou cansada, aquele tipo de cansaço capaz de fazer você se ajeitar no lugar onde estiver e tirar uma soneca. Eu ainda tenho medo de sair do corpo durante um sonho, mas sei que fico rabugenta quando estou exausta e já abusei demais de Rei hoje.

— Vamos, eu te acompanho. — Eu quero me despedir longe da minha mãe, só para o caso de ele querer me beijar de novo.

— Eu não quero te deixar sozinha com Taylor à solta — ele diz enquanto andamos pelo meu quintal.

— Eu vou ficar bem — asseguro-lhe. Além disso, eu odeio frisar que, apesar de seus anos de treinamento em artes marciais, não há muito o que Rei possa fazer para deter um ataque metafísico.

— Mas e se ela voltar? Quem sabe o que pode fazer? — ele pergunta, expressando sua preocupação em voz alta.

— E se eu assistir à TV com a minha mãe a noite toda? Duvido que ela vá aparecer com a minha mãe por perto. E eu posso tentar convencer meu subconsciente a não sair do corpo quando eu estiver sonhando.

— Você sabe como fazer isso?

— Não, mas acho que é como meditar. Eu estava esperando que você pudesse me ensinar.

Rei dá um sorrisinho.

— É muito parecido com a meditação. Quando você for para a cama, relaxe e fique confortável; em seguida, tire tudo da sua mente, exceto aquilo que você precisa saber.

— Tudo bem. — Parece fácil. — Então eu só relaxo e repito "Eu não vou sair do corpo durante um sonho. Eu não vou sair do corpo durante um sonho".

— Exatamente. — Seu telefone vibra no bolso. Ele o pega, verifica o identificador de chamadas, desliga-o e volta a enfiá-lo no bolso. — Eu não sei quanto tempo vai demorar para fazermos o inventário da loja, mas, se der tempo, eu venho quando terminar. E eu estou planejando não ir à escola na segunda-feira para ir ao fórum com você.

— A sua mãe não vai ficar brava se você perder mais um dia de aula?

Rei dá de ombros.

— Que fique. Não seria novidade.

— Eu não quero que ela fique com raiva de mim. Ela deixou bem claro que não quer que eu o distraia.

— Sim. Bom — Rei olha para o chão enquanto anda —, me distrair não é algo que você esteja a fim de fazer, de qualquer maneira.

Eu paro de andar.

— O que você quer dizer com isso?

Rei encolhe os ombros.

— Nada. Esqueça.

Aposto que o bairro inteiro pode ouvir a voz irada de Yumi através do quintal.

— Rei! Vamos!

Eu não sei dizer se ele está irritado ou aliviado.

— Ligue se ela aparecer.

Eu fico com a minha mãe pelo resto da noite. Nós esquentamos nossos jantares congelados no micro-ondas, então vemos um programa de mulheres detetives que perseguem os caras maus e sexy usando sapatos de bico fino. É incrível como essas mulheres conseguem correr rápido com esses sapatos. Às onze horas, minha mãe boceja e me faz bocejar também.

— Vamos para a cama, querida?

— Não sei. — Eu coloco no Animal Planet, onde está passando um documentário sobre uns gatinhos fofos. — Eu acho que vou ver isso. Talvez papai queira comprar um gatinho para mim quando vier para casa.

— Ah, querida. — Ela ri sem entusiasmo. — É bom sonhar.

Não é não, pelo menos não enquanto Taylor estiver por perto.

— Durma bem — diz ela e fecha a porta do quarto.

Quando escovo os dentes e vou para a cama, já posso ouvir os roncos suaves da minha mãe através da parede fina que separa os nossos quartos. Através da janela aberta, ouço alguns acordes de música e me pergunto se Rei está tocando guitarra. Embora esteja esfriando, eu deixo a janela aberta e puxo o horrível edredom cor de lavanda que Taylor comprou para cobrir as minhas pernas nuas. Justamente quando estou relaxando em preparação para uma boa conversa com o meu subconsciente...

Uau!

O edredom infla e sai de cima de mim. Eu grito de absoluta surpresa. De algum lugar nas sombras, ouço a risadinha de Taylor.

Minha escova de cabelo, meu espelho cor-de-rosa, meu *gloss* de cereja disparam todos da minha cômoda como tiros de metralhadora. Eu tento usar o travesseiro como escudo.

— Pare com isso! — sussurro num tom urgente para ela. — Você vai acordar a minha mãe! — Livros caem da minha estante, um por um; em seguida, a porta do armário se abre e roupas começam a cair em uma pilha.

Eu pensei que a energia positiva fosse mais forte do que a negativa, mas, diante dos danos que Taylor está causando agora, vejo que ela arruinou a minha teoria.

— Está gostando? — ela pergunta com aquela voz mutante. — Toda noite, até você morrer, eu vou te assombrar, Anna. A menos que eu esteja aqui na casa ao lado, assombrando Rei. Ou assombrando Seth na cadeia.

Eu estava com medo dela na cachoeira hoje, mas agora estou furiosa. Acendo a lâmpada e ela a desliga em seguida.

— Tá — eu digo a ela. — Que seja assim, então.

A lei de Newton diz que, para toda ação, existe uma reação igual e oposta. Então, se ela quer ser negativa, eu vou ser positiva. Se ela quer ficar no escuro, eu vou me cercar de luz. A concentração é mais difícil porque estou cansada, mas em pouco tempo, consigo evocar a luz.

— Chega desta luz maldita! — Taylor grita antes de passar pelas cortinas da minha janela com tanta violência que as tira do suporte. Eu olho em volta, para a bagunça que vou ter que arrumar antes que a minha mãe veja, e decido que isso pode esperar até amanhã. Eu só tenho energia suficiente para estender a mão e puxar o edredom.

— Obrigada — eu sussurro.

Quando eu tinha cerca de doze anos, minha mãe decidiu que a religião devia ser mais presente na minha vida. Todo domingo de manhã, por cerca de um mês, ela me escoltava até a igreja, onde eu passava uma hora admirando o sol brilhando através dos vitrais e tentando descobrir por que as pessoas se levantavam tão cedo em uma manhã de domingo para resmungar as mesmas preces decoradas que tinham murmurado na semana anterior.

— Fé — Rei me disse quando eu perguntei a ele. — Algumas pessoas se sentem mais perto de Deus em uma igreja ou templo ou onde quer que sua religião lhes diga para ir.

Rei gosta de aprender sobre diferentes religiões, mas na maioria das vezes eu as acho complicadas e confusas. Eu *sei* que existe vida após a morte, então não tenho medo de que ela seja um sono eterno. E se eu quiser me sentir mais perto de Deus, eu simplesmente vou lá para fora e olho para o céu estrelado. Para mim, fé é confiar em meus instintos quando a lógica me diz que eu sou uma idiota. Esta noite, é a fé que me diz para eu fechar os olhos, que é seguro dormir, porque a luz vai manter Taylor a distância, e eu estou agradecida.

A próxima coisa que vejo é a luz do sol entrando através das minhas janelas sem cortina, na manhã seguinte.

A persuasão é uma habilidade importante que eu preciso aprender, e a minha mãe é especialista nisso. Eu vou ao hospital com ela, e ela está tentando persuadir a equipe a entrar em contato com os médicos que me trataram. Os dois redigem laudos para o juiz, dizendo que, pelo visto, a minha concussão resultou numa severa perda de memória e, talvez, até mesmo em amnésia dissociativa (seja lá o que isso for), mas, aparentemente, o stress da minha reação alérgica provocou a recuperação completa da minha memória.

Em poucas palavras? Na opinião profissional dos médicos, eu não sou uma testemunha confiável.

Depois de garantir os laudos, eu me sento na sala de espera e tento ficar acordada enquanto minha mãe vai ver meu pai. Eu não tenho permissão para vê-lo ainda. Aparentemente, a minha mãe estava certa. O tratamento de desintoxicação não é nada fácil, a menos que você goste de suar, tremer e ter alucinações em que pessoas minúsculas rastejam pelas paredes. Minha mãe não quer que eu o veja assim — como se isso de alguma forma fosse afetar a minha opinião sobre ele. Eu não discuto, porém. Ela prometeu me levar ao KFC quando formos embora, e eu não vejo a hora de pedir dois pedaços de frango extracrocantes acompanhados de molho e purê de batatas, e em seguida fazer uma visita à minha boa amiga sorveteria. Eu não provo nada realmente delicioso há muito tempo, embora o pensamento de que Taylor está lá fora, me espiando, me deixe enjoada.

Felizmente, Taylor fica fora de vista durante o dia todo. Infelizmente, Rei também, pois Yumi o mantém ocupado na loja. É difícil acreditar que o estoque seja tão grande a ponto de obrigá-lo a ficar na loja até depois das seis, mas, aparentemente, é. Ele vai me ver antes de ir para casa, pedindo desculpas por não ter tomado banho, e eu posso dizer pelos círculos escuros sob seus olhos que ele está exausto. É o fim de uma longa semana, e ainda falta amanhã.

— Eu adoraria que você ficasse — digo a ele, e eu não consigo resistir e estendo o braço para traçar um daqueles círculos escuros com o meu polegar —, mas você precisa dormir.

— E quem consegue dormir? — ele pergunta. — Taylor apareceu depois da meia-noite e destruiu o meu quarto. Passei o resto da noite arrumando tudo e esperando ela aparecer novamente.

— Eu sinto muito. Ela fez o mesmo com o meu.

Rei só fica ali parado, a barba por fazer, parecendo esgotado, com ar de total descrença.

— Então você não dormiu a noite toda também?

— Não, eu dormi. Eu, hum... — Eu nunca tentei explicar sobre a luz para Rei. — Não se assuste se você vir uma luz no seu quarto mais tarde esta noite.

— Que tipo de luz? — ele pergunta, desconfiado.

— Bem, é a mesma luz que aparece quando as pessoas morrem, então...

— Ah, *aquela* luz. — Rei quase sorri. — Claro, sem problema.

— Eu sei que parece estranho, mas, quando estávamos em Nova York, eu descobri que posso evocar a luz — explico. — Eu tenho tentado convencer Taylor a segui-la, mas sempre que a vê, ela foge. Por isso eu pedi à luz para ficar no meu quarto ontem à noite, e ela ficou. Então talvez ela possa ir ao seu quarto hoje à noite.

— Mas e você?

— Eu tenho certeza de que essa luz pode estar em mais de um lugar ao mesmo tempo.

Depois que Rei vai embora, não consigo suportar a perspectiva de mais uma noite de programas tediosos com a minha mãe, então fico no meu quarto. Tento enviar mensagens de texto para Rei, e, como ele não responde, espero que esteja finalmente dormindo. Eu me torturo verificando horários de shows *online*, mas já que não posso me projetar astralmente com Taylor à solta, parece que eu vou perder alguns shows de verão incríveis.

Tristeza.

Mas talvez eu possa projetar apenas um pedaço de mim para fora do meu corpo, enquanto o resto fica alerta. Isso não pode ser perigoso, pode? Vamos experimentar... Demoro mais de uma hora, mas consigo descobrir como projetar a minha mão. Apenas a minha mão. E, quando faço isso, expando a energia para que eu possa mover coisas, até mesmo o que está do outro lado do quarto. Eu me sento na minha cama e movo coisas sobre a minha penteadeira, ligo e desligo a luz do abajur e assopro a poeira que encontro embaixo da cama. Eu ainda não sou tão forte quanto Taylor, mas isso é muito legal.

Minha mãe vai para o fórum na manhã de segunda-feira, com os laudos dos médicos na mão, e passa uma conversa no juiz. Ele lê os laudos, que estão escritos em papel timbrado e assinados com garranchos ilegíveis. Eu fico ali, parecendo totalmente confusa, e ele concorda que seria antiético me colocar no banco das testemunhas. Até aí tudo bem, mas é o promotor que me assusta. Ele se encontra comigo perto de um dos escritórios e pede que Rei aguarde do lado de fora, num banco do saguão. Minha mãe fica comigo enquanto ele me faz perguntas, e há outra pessoa na sala, uma mulher rechonchuda com cabelo cor de pêssego e um colar de pérolas sustentando os óculos no pescoço. Seus dedos voam pelas teclas do computador enquanto ela registra a minha declaração.

— Então — ele diz enquanto se acomoda na cadeira e franze a testa ao ler os laudos dos médicos em sua mão —, você não é mais considerada uma testemunha confiável, porque tem problemas de memória.

— Sim.

— Você tem problemas de memória — ele repete.

— Sim — eu confirmo, e sinto um nó no estômago quando me lembro do jeito como ele tenta confundir as testemunhas com suas perguntas obscuras. Eu me pergunto se a minha aparição espectral durante o depoimento de Taylor me ajudou ou me prejudicou.

— Mas você sabia o que Taylor Gleason estava usando quando morreu — ele disse. Seus olhos são como raios laser.

Eu luto contra a vontade de piscar.

— Eu não sei como. Talvez eu a tenha visto antes de ela ir encontrá-lo. Eu não tenho certeza, não me lembro.

O promotor se recosta na cadeira e coça o queixo, pensativo, olhando para mim. Ele parece que quer me cutucar para ver se eu sou real. Por fim, balança a cabeça e seu olhar gelado derrete um pouco.

— Bem, já que a polícia revistou a casa dos Gleason e encontrou as revistas de onde a senhorita Gleason recortou as letras do bilhete, e visto que todas as amigas da falecida estão agora muito bem informadas sobre o que significa exatamente a palavra "perjúrio" e os médicos confirmaram que a nossa única testemunha está com amnésia, parece que não temos provas suficientes para acusar Seth Murphy. Mas, só por curiosidade, senhorita Rogan — ele coloca os cotovelos sobre a mesa e se inclina para ficar mais perto de mim —, a senhorita está familiarizada com o conceito de projeção astral?

Se eu quiser parecer burra para usar isso em meu benefício, não há ocasião melhor do que agora.

— Hum — eu olho para todos os lugares, menos para ele —, não é quando, há, uma pessoa pode fazer projeções astrais?

Ele dá um sorriso carregado de significado.

— Na verdade, é.

Parece uma boa hora para mudar de assunto.

— Então o que vai acontecer com Seth agora?

— O caso vai ser arquivado por falta de provas. Seth será libertado, e ficará sob a custódia do pai. — Ele verifica o relógio. — E eu tenho que estar no tribunal em dez minutos. Até logo. Boa sorte. E se cuide, senhorita Rogan. — Ele acompanha minha mãe e eu até a porta.

Quando a porta se abre, Rei pula do banco como o pão da torradeira.

— Caso arquivado por falta de provas — digo a ele, e posso literalmente sentir a tensão diminuindo enquanto ele me abraça com um braço só.

— Essa é a melhor notícia que eu ouço em muito tempo — ele admite.

— É — eu baixo a voz, embora a minha mãe já esteja ocupada verificando as mensagens no seu celular —, mas ainda temos um problema para resolver.

Capítulo 37

Minha mãe tem que trabalhar, então Rei me leva para casa.

— Nós deveríamos ir à aula, já que acabamos cedo? — ele pergunta.

— Eu pensei que tínhamos avisado que ficaríamos fora o dia inteiro. — Abro a janela e estendo a mão para surfar nas ondas do vento.

— Nós avisamos. Eu apenas pensei que, já que você perdeu tantas aulas, talvez não quisesse perder mais.

Eu olho para Rei e ele tira os olhos da rua por uma fração de segundo para olhar para mim, e nós caímos na risada. Ele está de bom humor agora que sabe que Seth será inocentado das acusações. Eu também estou.

— Ei, quer ver o que eu aprendi a fazer sozinha ontem? — pergunto a ele.

— Hum, não sei. Será que eu quero? — ele pergunta com cautela.

— Olha isso. — Espero que ele não pense que eu estou me exibindo, mas vou mostrar a ele de qualquer jeito. Concentro-me até que minha mão sai para fora do corpo e estendo o braço para ligar o rádio.

— Você acabou de ligar o rádio? — ele pergunta.

— Sim. Sem as mãos, *baby*. — Eu procuro uma estação.

— Então você está me dizendo que pode fazer telecinese agora.

— Eu estou dizendo que posso soltar apenas uma mão e mover coisas. Só coisas pequenas. Nada muito grande.

Eu decido me testar e passar para algo um pouco maior.

O celular de Rei sai do bolso da sua calça, e eu preciso fazer um esforço significativo para movê-lo e colocá-lo no console.

Rei sorri e balança a cabeça.

— Minha Mágica e Mística Menina Áurica.

— É, mas sinta-se à vontade para me dar um apelido mais legal.

Rei ri.

— Vou pensar no seu caso. Enquanto isso, vamos voltar para a minha casa e almoçar.

Almoçar? Gostei da ideia.

A ideia de Rei de salada de atum não é o convencional sanduíche cheio de maionese. Quando chegamos à casa dele, eu sigo automaticamente para a geladeira e tiro dali alface, tomate, um pepino e uma cebola, então encontro no armário azeitonas pretas e latas de atum com aquele selo garantindo que não foram causados danos aos golfinhos.

Rei fica encarregado de cortar a melancia para a sobremesa.

— Uma para você — ele puxa uma faca do faqueiro e a passa para mim — e uma para mim. — Ele fica com a faca grande para a melancia.

— Melancia é a minha fruta favorita — eu o lembro quando ele começa a cortar as grandes fatias em pedaços menores.

Ele se oferece para colocar um pedaço direto na minha boca e, quando eu inclino a cabeça e abro a boca para pegá-lo, nossos olhos se encontram e seu rosto adquire um adorável tom rosa-salmão. Eu realmente quero repetir aquele beijo da cachoeira, mas sinto que começo a corar também, só de pensar nisso.

Nós comemos a nossa salada e a nossa melancia, então deixamos a louça para depois e ficamos sentados à mesa, falando de coisas que não têm nada a ver com as últimas duas semanas. Coisas aleatórias. Coisas engraçadas. Tudo parece tão bom e normal, como se pudéssemos juntar os cacos e continuar com as nossas vidas, pois tudo vai ficar bem agora que Seth é um homem livre.

Até que o copo de Rei voa da mesa e se estilhaça no chão de ladrilhos.

— Oops! — A voz baixa de Taylor vem da minha direita e ela se materializa atrás de Rei. — O que temos para o almoço? Ah, é verdade! Isso não importa mais para mim, porque *os mortos não podem comer!*

Rei gira na cadeira.

— Merda — ele resmunga. — Onde está aquela luz que você enviou na noite passada?

— Ah, não, não ouse! — diz Taylor, justo quando tudo no cômodo começa a girar com a força de um pequeno tornado. Pratos, copos, cascas de melancia, folhas de alface, cascas de cebola se chocam a esmo contra as paredes, o teto, as nossas cabeças.

Rei se levanta e me puxa para mais perto, protegendo a minha cabeça com os braços.

— Como ela está fazendo isso? Você nunca conseguiu mover objetos pesados. — Um braço se afasta de mim por um instante e eu posso dizer que ele acabou de bloquear algo grande só pela força que faz para lançá-lo para longe.

— O que foi isso? — Minha voz está abafada contra o seu peito.

— O liquidificador.

Rei tem razão, eu nunca poderia mover algo tão grande quanto um liquidificador, e com certeza não era capaz de provocar o meu tornado pessoal. Pelo menos, quando ela estava no meu corpo, estava controlada. Agora é como se tivéssemos cutucado um ninho de vespas furiosas. Rei está gritando no meio da confusão, tentando por algum bom senso na cabeça de Taylor, quando de repente ele arqueia as costas e o seu peito se choca contra mim, empurrando a minha cabeça.

Tudo fica muito quieto.

— Rei? — Eu olho para cima com cautela, e os olhos de Rei estão fixos, olhando para mim. — Rei!

— Ah, *merda!*— Taylor desce rapidamente e para ao lado de Rei. — Foi um acidente!

Por que ele ainda não tomou fôlego?

— Rei? Você está bem? Respire!

Ele balança a cabeça uma vez sem piscar e luta para conseguir respirar.

— Eu juro, eu não queria fazer isso! — Taylor insiste.

Eu olho atrás dele para ver o que Taylor não quis fazer, e vejo a droga da faca de melancia fincada entre as escápulas de Rei.

— Ah, meu Deus! — Só a lâmina deve ter uns trinta centímetros de comprimento, mas apenas uns quinze estão para fora das suas costas. Cada parte de mim quer entrar em pânico. Rei sempre foi a pessoa mais controlada numa crise, não eu, mas não posso desmoronar agora. Uma ambulância! Precisamos de uma ambulância. Rei estende o braço para trás e tenta pegar o cabo da faca.

— Não! Não! Não puxe...

Tarde demais. Ouço-o ofegar como um moribundo enquanto olha surpreso para a faca ensanguentada. Eu tento tirar a faca da sua mão, mas ele balança a cabeça.

— Não toque nisso! — ele diz com a voz baixa e entrecortada. — Eu não quero suas digitais nela.

— Por que não? — Eu pego um pano de prato e pressiono com força para conter o sangramento, enquanto o levo até uma cadeira. O pano branco fica manchado em segundos. Como posso deixá-lo sangrando desse jeito para chamar uma ambulância?

— Eu juro que não queria que ninguém se machucasse. Eu só queria...

— Então faça alguma coisa útil! — eu grito para Taylor. — Encontre o telefone nesta bagunça para que eu possa chamar uma ambulância!

Acalme-se, Anna, eu lembro a mim mesma. Eu não vou poder ajudar Rei se surtar.

— Está muito ruim? — ele pergunta com a voz áspera.

— Está... Eu não sei. Vou levantar sua camiseta para poder ver. — Minha voz, minhas mãos, tudo está tremendo. Eu levanto a camiseta encharcada de sangue e a passo pela sua cabeça, depois a enrolo e a uso para fazer mais pressão.

— Acho que perfurou um pulmão. — É evidente que ele precisa fazer um grande esforço para falar.

— Chhh. Taylor está procurando o telefone para que a gente possa chamar uma ambulância — digo a ele e em seguida grito: — Já achou, Taylor?

— Eu não consigo encontrar! — Ela está jogando as coisas para todos os lados, fazendo uma bagunça maior ainda.

— Use o meu. No meu bolso. — Ele se move para pegá-lo, mas eu intercepto sua mão. Seus dedos estão gelados.

— Eu pego. — Coloco a mão no seu bolso da frente, e aquela sensação nauseante de *déjà vu* quase me mata. Eu já tirei o telefone de Rei do seu bolso hoje, sem usar as mãos, e o deixei no console do carro. Um pensamento súbito e brutal se forma na minha cabeça: Rei pode morrer de hemorragia antes que eu consiga pegar o telefone e pedir ajuda. É uma droga de pensamento inútil. Apesar de eu saber com toda a certeza que existe vida após a morte, eu não estou pronta para perder o meu melhor amigo.

— Eu deixei no console, não foi? — Rei está calmo demais.

— Não, *eu* deixei no console — sussurro, porque não quero que a minha voz zangada seja a última coisa que Rei vai ouvir.

— Tudo bem, Anna. — Ele tosse, cobrindo a boca com a dobra do cotovelo e olha para o borrifo de sangue no braço antes de voltar a olhar para mim com olhos firmes. — Você sabe que é a minha melhor amiga e eu te amo muito.

Não, não estamos fazendo isso. Nós não estamos dizendo adeus. Eu troco a camisa sangrenta por um pano de prato limpo.

— Eu pensei que Seth fosse seu melhor amigo.

— Não. — Ele descansa a cabeça sobre a mesa e me olha. — Sempre foi você.

— Eles não têm mais de um telefone nesta casa? — Taylor pergunta, passando por mim a toda velocidade.

— Escritório... — Eu aponto o corredor, sem tirar os olhos de Rei.

Pensepensepense, Anna!

Eu posso aliviar as dores de cabeça de Rei, e seja qual for a energia que transmiti ao meu pai, ajudou a curar o corte em sua cabeça. Talvez eu possa conseguir um pouco mais de tempo para Rei se eu diminuir a hemorragia. Só preciso mantê-lo vivo até chegarmos ao hospital e os médicos cuidarão dele.

Eu fecho os olhos e me abstraio de tudo. Sei que as leis da física dizem que o positivo atrai o negativo, mas a energia positiva de que preciso para curar Rei é atraída apenas pelo positivo. Eu afasto o meu medo de que Rei possa estar morrendo, esqueço a animosidade que sinto por Taylor, reprimo a preocupação ao pensar em qual seria a reação de Yumi se ela entrasse agora, em meio a essa tragédia. Tenha pensamentos felizes, Anna, eu digo a mim mesma. Eu absorvo a positividade que há em torno de mim, dentro de mim, e imagino Rei saudável e íntegro novamente. Com cautela, toco as suas costas, passo os dedos nos grandes filetes de sangue até sentir a ferida, e Rei se encolhe um pouco.

Pensamentos aleatórios surgem na minha cabeça, como a possibilidade de eu só estar piorando as coisas. E se eu selar uma artéria ou fizer algo irreparável? Não. Eu não posso pensar nisso agora. Eu preciso da fé e do destemor que senti na outra noite, quando soube que a luz iria manter Taylor a distância.

— Luz. — Eu não sei se Rei quis sussurrar isso ou se é o que ele vê. Abro os olhos, e lá está ela, a luz que Taylor tanto detesta. Ela formou um cilindro a poucos metros de onde Rei está sentado. — Isso é pra mim? — Não há medo em sua voz, apenas uma curiosidade solene.

Balanço a cabeça e fecho os olhos novamente.

— Não tem nenhum telefone lá, também — a voz de Taylor vem do corredor e de repente fica estridente. — Por que essa luz está aqui?

Eu não posso fazê-la ficar quieta, mas, com um esforço enorme, tiro-a da minha sintonia, lembrando-me do que está em jogo aqui. Rei. Esse único pensamento é suficiente para que eu concentre a atenção no que preciso fazer. Eu irradio a energia através dos dedos até me sentir vazia, então volto a me preencher com o infinito suprimento de energia positiva do universo à minha volta e irradio-a novamente. Eu me concentro em Rei e na sua vibração tão conhecida para mim, ainda fraca, mas estou levemente consciente de que o chiado assustador na respiração de Rei sumiu.

— Anna, o que você está fazendo? — A voz de Taylor está bem no meu ouvido, o que torna mais difícil para mim tirá-la da minha sintonia.

Rei respira fundo.

— A luz se foi.

— Sério? — Eu abro os olhos.

— Ainda estou sangrando?

Eu limpo o sangue, mas não consigo nem mesmo identificar o local onde a faca estava enterrada.

Até mesmo Taylor parece impressionada.

— Como você fez isso?

Eu dou de ombros enquanto procuro nas costas de Rei uma cicatriz, uma mancha, qualquer coisa que indique onde a faca penetrou. Debaixo de todo aquele sangue, não há nada além de uma pele intacta.

— Você está bem mesmo? — pergunto a ele em voz baixa.

— Agora estou. E você?

Eu considero tudo o que aconteceu e o que acabei de fazer. Curar uma dor de cabeça parece não ser nada de mais. Yumi faz isso o tempo todo. Mas curar uma facada de quinze centímetros de profundidade é algo completamente diferente. O que mais eu posso fazer, se tentar? Curar o fígado destruído do meu pai? Reconstituir um osso fraturado? Curar o câncer de uma criança? Essa nova capacidade é um dom surpreendente ou uma maldição? Eu ainda não sei.

— Não vamos contar a ninguém sobre isso — digo a ele.

— Concordo.

Molhei um pano de prato com água morna.

— Quer que eu limpe um pouco desse sangue das suas costas?

— Obrigado.

Até as costas de Rei são puro músculo. Começo limpando as manchas de sangue ao redor dos seus ombros e tento me lembrar de que estou numa missão humanitária aqui. Eu tenho que lavar a toalha várias vezes antes de chegar à cintura da calça jeans, que está pegajosa com o sangue.

— Como você se sente? — pergunto.

— Ainda meio fraco — ele admite. — Onde está Taylor?

Eu olho em volta da cozinha cheia de sangue, sujeira espalhada por todas as paredes, pratos e utensílios pelo chão, sangue, vidro quebrado, e olha só... mais sangue. Mas Taylor não está ali.

— Eu não sei aonde ela foi.

— Isso está fora de controle, Anna. Precisamos encontrá-la e fazer alguma coisa.

— Eu sei. Nós vamos fazer isso, mas quero limpar esta cozinha antes que a sua mãe chegue em casa, e, além disso, eu penso melhor quando faço faxina. Você precisa ficar sentado.

— Eu vou ajudar — Rei valentemente se oferece, levantando-se.

— Não vai, não. Vai ficar nesta cadeira bebendo alguma coisa antes que entre em choque por perder tanto sangue.

— Uau! — Rei sorri para mim e se senta. — Sim, senhora.

Rei dá um gole no seu suco enquanto me observa. Eu devo estar sendo bombardeada com a minha própria adrenalina natural, porque não demoro muito para arrumar tudo e esfregar o sangue do chão. Eu olho ao redor.

— Falta alguma coisa?

Rei balança a cabeça.

— Você fez um ótimo trabalho. A única coisa que não está limpa ainda sou eu. — Ele ainda está um pouco pálido e, apesar de eu ter limpado a maior parte do sangue das suas costas, sei o que ele quer.

— Você se sente bem o suficiente para tomar um banho?

— Sim, eu estou bem. Só tenho receio de te deixar sozinha. E se ela voltar?

Eu dou de ombros.

— Você é rápido no banho. Mas — eu considero as possibilidades —, talvez você não devesse trancar a porta, só no caso de desmaiar ou algo assim.

Rei ri.

— E aí você vai me salvar?

— Bem, eu posso pelo menos desligar o chuveiro para que você não se afogue.

Rei parece estar se divertindo, mas não está convencido, e eu finalmente vejo aonde ele quer chegar... Ele tem receio de que eu vá espiá-lo no chuveiro de novo.

— Ei. — Eu estou de pé e ele está sentado, então tenho a vantagem da altura para variar. — Depois que você me viu sem blusa no Jeep de Jason Trent, ficamos quites, amigão.

Estou surpresa ao ver que Rei ainda tem sangue suficiente para corar.

Capítulo 38

Rei desce as escadas limpo e perfumado, mas ainda está um pouco trêmulo.

— Como está se sentindo? — Sirvo-lhe um copo de suco assim que ele se senta.

— Bem. — Ele bebe metade num único gole. — Mas não cem por cento.

— Quer ir tomar um ar no balanço da varanda comigo?

— Que tal a rede? Aí eu posso me deitar.

Faz sentido.

— Quero pegar o celular no carro antes de ir. Talvez Seth tenha ligado.

— Eu vou buscar.

Nós nos levantamos e Rei espera por mim na porta enquanto eu corro para o carro. O telefone está no console, bem onde eu o deixei. Sei que tudo está bem agora, mas, quando penso que quase perdi Rei porque queria me exibir, eu me sinto péssima.

— Aqui está. — Eu entrego o celular a ele.

— Obrigado. Ei, tem uma mensagem... talvez seja de Seth.

Rei liga para o correio de voz e, no momento em que chegamos à rede, eu ouço Seth ao telefone. Ele parece mais feliz do que jamais o vi, desde que a confusão toda começou. Eu quero dar a eles alguma privacidade, então gesticulo para Rei, avisando que vou me sentar sob o salgueiro.

— Eu espero você ali — sussurro quando Rei franze a testa. — Você pode me ver daqui.

Ele concorda com relutância.

As árvores têm que ser uns dos seres mais pacientes do universo. Ano após ano, elas ficam enraizadas no mesmo lugar. Eu enlouqueceria. Mas, além das flores na primavera, da sombra no verão e dos frutos no outono, as árvores me oferecem um certo conforto, uma estabilidade que deve ser difícil para alguns entender.

— Olá! — eu cumprimento o salgueiro quando abro o seu véu de folhas. Passo levemente sobre o tapete de pequenas folhas mortas e me sento com as costas contra o tronco maciço. A tatuagem está causando uma coceira terrível no meu braço, então levanto a manga e raspo as unhas na crosta dura e escura. Ok, agora meu braço está coçando e sangrando também. — Você gostaria, salgueiro, de ter *isto* esculpido em sua casca pelo resto da vida? — Os galhos do salgueiro agitam-se à minha volta como se houvesse uma súbita rajada de vento, mas eu sei que ele está apenas rindo de mim.

Estou me perguntando se sou capaz de me curar quando percebo que não estou sozinha. Taylor paira acima de mim, olhando para baixo com um olhar arrependido. Eu olho na direção de Rei, mas ele não percebeu que eu tenho companhia.

— Olá — eu mantenho a voz baixa, porque não quero que Rei se preocupe.

— Eu não queria que ele se machucasse — ela se explica rapidamente. — Eu só estava extravasando um pouco.

— Mas, ainda assim, ele se machucou — eu a lembro. — Você quase o matou.

— Mas, você o curou, Anna. Como isso é possível?

Eu quase ri. Como algo é possível? Apesar de todo o tempo que passei dentro e fora do meu corpo, ainda não entendo nem uma fração do que é possível neste complexo universo — eu só sei que as coisas ficam melhores quando eu me cerco de energia positiva. Mesmo agora, eu posso sentir a negatividade de Taylor escorrendo dela, como lodo.

— Taylor, o que você quer? Sério. Eu não posso acreditar que você queira passar a eternidade nos assombrando.

Ela olha para cima, para baixo, para todos os lugares, menos para mim.

— Eu não sei mais — ela admite. — Eu quero estar viva, mas isso não vai acontecer. Sabe — ela sorri com esperança nos olhos —, depois que eu vi o que você fez com Rei, tive a ideia maluca de que você poderia desenterrar o meu corpo e me trazer de volta à vida.

Ah, só me faltava essa... ser responsável pelo início do apocalipse zumbi.

— Taylor, eu não posso fazer isso.

— Não, eu percebi que não ia funcionar. Eu só... quero... Eu preciso... Eu... Eu sei que a vida nem sempre é justa, mas o que aconteceu comigo é horrível em tantos níveis diferentes... Eu não sei como ficar em paz com isso, Anna.

Bem, eu sei como ela pode encontrar a sua paz. Eu fecho os olhos e me concentro até ouvi-la dizer:

— Eu tinha a sensação de que você ia fazer isso. — Ela observa a luz com cautela e estica um dedo na direção dela, como se para checar sua temperatura. — Para onde é que esta luz vai mesmo?

Eu dou de ombros.

— Tudo o que sei é que sempre que alguém morre, a pessoa pode escolher entrar na luz ou não, mas eu não sei o que há dentro dela.

— Dê um palpite, Anna. Eu quero saber aonde você acha que ela vai.

— Bem... Eu acho que ela vai me levar a algum lugar onde os meus avós estão esperando por mim, onde eu não vou ser alérgica a amendoim, onde vou poder ter quantos gatinhos quiser — eu digo lentamente. — Rei está lendo tudo sobre o budismo, e ele acha que vai para o lugar onde as pessoas esperam até que possam reencarnar.

Ela pensa nisso por alguns segundos, enquanto afunda a mão um pouco mais na luz, para avaliá-la.

— Então ele acha que temos outra chance. Que ironia! — Ela sorri com tristeza. — Mas, se realmente reencarnamos, devemos ser capazes de aprender com nossos erros para não repeti-los na próxima vida. Sabe o que eu quero dizer?

Eu sei exatamente o que ela quer dizer.

— Taylor, depois da semana que tivemos, quem pode dizer que alguma coisa é impossível? Talvez a luz a leve para um lugar onde não haja arrependimentos.

— Sem arrependimentos... esse é um lugar aonde eu gostaria de ir. — Ela aproxima da luz os dedos dos pés, como se estivesse testando a temperatura da água na praia. — Você vai continuar com a tatuagem? Só assim vou saber que alguém vai se lembrar de mim...

Ai, Deus. Gostaria de tranquilizá-la dizendo que sim, mas eu sei que vou me arrepender cada vez que olhar para o meu braço.

— Taylor — eu procuro a maneira mais delicada possível de desapontá-la —, e se eu encontrasse outra forma de fazer as pessoas se lembrarem de você, como uma bolsa de estudos ou algo assim.

Ela considera isso por um minuto enquanto estuda a tatuagem no meu braço.

— O meu nariz era tão torto assim?

— Não. — E eu não posso deixar de sorrir. — Você tinha um nariz muito bonito.

Ela sorri de volta.

— Bolsa de Estudos Taylor Gleason? Eu gosto. — Ela se inclina um pouco mais para a luz, justo quando ouço Rei chamar o meu nome. Taylor ouve também.

— Pode dizer a ele que estou arrependida? Eu realmente me sentiria horrível se eu tivesse, você sabe...

Concordo com a cabeça, segurando a respiração, até que ela dá um passo para trás e a luz a envolve. Nesse instante, uma brisa quente passa por mim. Taylor olha para cima por um instante, então sorri quando a luz se retrai, levando-a com ela.

Ela se foi. Taylor Gleason se foi. Eu deveria me sentir em êxtase porque finalmente ela se foi, mas tudo o que eu sinto é uma vertigem, e percebo que ainda estou segurando a respiração.

— Anna?

Eu finalmente respiro, afasto os ramos do salgueiro e vejo Rei se levantando, pronto para entrar no seu modo ninja.

— Fique aí, eu estou indo. — Corro com os pés descalços pela grama aquecida pelo sol, sentindo-me mais leve do que algodão-doce. — Adivinhe!

— O quê? — Rei bate a mão na rede, então eu subo nela, ajoelhando-me ao lado dele. Ele parece tão feliz que eu só posso deduzir que seja porque Seth está livre.

— Taylor foi para a luz.

Por um segundo ele parece atordoado.

— Tem certeza?

— Tenho. Acabei de vê-la ir.

— Aleluia! — Ele me puxa para um abraço de corpo inteiro e se deixa cair na rede, levando-me com ele. Eu solto um gritinho, só porque ele me pegou de surpresa, então nós dois percebemos que estamos deitados de forma bastante íntima.

— Hum... — Há uma estranha vibração em algumas partes dos nossos corpos, até que eu me acomodo ao lado dele e minha cabeça encontra o ponto macio em seu ombro.

— Então — eu digo para quebrar o silêncio —, ela queria que você soubesse que sente muito por ter te esfaqueado acidentalmente.

Rei balança a cabeça e, em seguida, descansa o queixo na minha cabeça.

— Seth está bem? — pergunto.

— Seth está excelente! Ele foi solto logo depois que saímos do tribunal. Ele vai dar uma passada aqui mais tarde.

O que Seth deve estar pensando? Anna Rogan estava pronta para testemunhar contra ele e enviá-lo para a prisão por um crime que não cometeu.

— Ele está bravo comigo? — eu tenho que perguntar.

— Não — Rei parece surpreso. — Por que ele ficaria bravo com você? Eu disse a ele que você bateu a cabeça e sua memória ficou bagunçada. Mas ele acha que viu você na floresta no dia em que fomos pegos em Nova York.

— É, eu percebi que ele me viu.

— Eu nem tinha pensado nisso, havia tanta coisa acontecendo! Vou ter que descobrir uma maneira de explicarmos tudo isso. — Rei tamborila os dedos no meu ombro.

— Seria muito ruim se ele soubesse? Quero dizer, talvez não a parte em que eu curei as suas costas, mas eu não quero que, além de tudo, ainda pense que ele é louco.

— Eu não sei. Acho que seria pior você deixar o seu corpo e alguém entrar nele — Rei admite. — Ou você ser sugada por um buraco negro.

Eu o cutuco na barriga.

— Por que você é tão paranoico com buracos negros?

Ele ri.

— Eu só quero que você fique segura.

Não pode haver melhor lugar no universo do que este em que eu estou, deitada ao lado de Rei. Descanso minha mão em seu peito, bem em cima do coração, e ele entrelaça seus dedos nos meus. É um momento quase perfeito. Mas o que eu não faria por esse garoto que conheci durante toda a minha vida? Eu daria as chaves do universo? Pode apostar que sim.

— Eu não quero que você se preocupe, Rei. Não posso garantir que nunca irei sair do corpo durante um sonho, mas, se isso o deixar mais tranquilo, não vou sair de novo intencionalmente.

Ele está apenas olhando para as árvores.

— Eu não poderia te pedir isso, Anna. Sei que você adora ir aos lugares em que vai, e eu não iria prender você desse jeito. Não é divertido ficar preso. É só que... talvez, quem sabe, você possa ficar na Terra...

— Eu posso. — Eu acho. Mas por mais que pareça tão certo ficar ali aconchegada a Rei na rede, algo ainda parece errado, e eu percebo que o que eu não posso fazer é ficar sentada ali com Rei e me preocupar com Yumi. — Você sabe que, se a sua mãe chegar em casa e nos ver deitados nesta rede juntos, ela vai ter um ataque.

— Então, que ela tenha um ataque.

— Mas e se ela estiver certa? — Esse pensamento é doloroso, mas eu quero que ele saiba o que está me preocupando. — O que vai acontecer quando você for para a faculdade? Você vai conhecer outras garotas que não tenham DNA de alcoolismo e que realmente tenham um pouco de bom senso.

— Anna — Rei começa, mas eu me apoio num cotovelo e coloco os dedos nos lábios dele para silenciá-lo.

— E você é brilhante e vai fazer algo incrível na sua vida, e o que eu vou fazer?

Rei suspira.

— Você não tem um DNA defeituoso. E nem sabe onde eu quero fazer faculdade ou o que eu quero fazer com a minha vida.

— Claro que não. Você nunca me disse.

— Porque eu estava com medo de admitir. Mas a única coisa boa que Taylor fez enquanto estava aqui foi me fazer perceber que eu não tenho que seguir os planos que a minha mãe fez para mim. O fato de eu ser bom em matemática e ciências não significa que eu queira seguir carreira em alguma dessas áreas. Eu sei o que eu quero fazer, e ela não vai gostar, mas tem que aceitar que a decisão é minha, não dela.

— E o que você quer fazer?

— Eu quero ir para a Universidade de Vermont — ele diz. — Quero uma especialização dupla em nutrição e administração, então quero fazer um MBA, abrir algumas lojas como os meus pais e vender franquias delas. — Ele olha para mim com expectativa. — O que você acha?

Uau. Ele obviamente já pensou seriamente em tudo isso. Só há um problema.

— Se você se formar em nutrição, vai ficar me enchendo o saco cada vez que eu comer um biscoito cheio de gordura trans?

— Não.

— Então, eu adorei! Você vai me contratar para dar aula de yoga para as criancinhas?

— É isso o que você realmente quer fazer?

O que eu realmente quero fazer? Uma semana atrás, eu teria dito que adoraria ensinar yoga para crianças, mas agora eu sinto como se tivesse descoberto esse dom de cura por alguma razão. Talvez haja uma maneira de canalizar energia de cura para fazer algum bem, de uma maneira que não chame muita atenção.

— Se eu puder pagar uma escola para aprender mais sobre medicina alternativa — eu fantasio —, talvez você precise de alguém para aplicar Reiki nas suas lojas.

— Você está contratada — ele diz imediatamente.

— Espere um minuto. — Eu rio e rolo na rede até ficar de bruços, apoiando-me nos cotovelos para poder olhar para ele, deitado ali, tão lindo. — Não devíamos discutir coisas como salário, férias e pacote de benefícios?

— De que tipo de benefício estamos falando aqui? — ele pergunta.

— Bem, convênio médico...

— Tudo bem. — Seu sorriso é irresistível.

— ...odontológico... — Eu escovei os dentes recentemente, não escovei?

Ele inclina a cabeça até ficar um pouco mais próximo de mim e a conexão entre nós é quase audível, como um cinto de segurança clicando ao se encaixar. Como uma chave abrindo um cadeado. Como a primeira mordida num bolinho de canela quente com uma crosta de açúcar, seu beijo é quente, doce e terno. Eu não posso resistir e deixo escapar um "Mmmmm", e sinto o sorriso dos seus lábios contra os meus. Ele move a mão pelas minhas costas e rola nós dois juntos, de modo que eu fique por baixo; dentro de mim há um sentimento insaciável de que eu poderia ficar aqui beijando Rei até...

...o mundo acabar.

Ok, admito que gritei quando caí. Um daqueles gritos de surpresa, e a palavra que escapou da boca do Rei não estava em japonês. Felizmente, não estávamos muito longe do chão.

— Desculpe! Você está bem?

Eu começo a rir, porque desabei em cima dele, então é claro que estou bem.

— Sim. E você? — Eu me apoio nos braços para olhar para ele, e ele também parece achar graça do nosso tombo.

— O que aconteceu? — pergunto.

— Foi a gravidade. Acho que não percebi onde estava o fim da rede. Ei — ele diz enquanto inclina lentamente a cabeça para trás e olha ao redor —, o que há com o salgueiro?

Eu olho em volta e vejo que, com certeza, tudo está perfeitamente imóvel exceto os ramos do salgueiro, que estão balançando como se um forte vendaval estivesse soprando.

— Isso é realmente estranho — Rei observa.

— Não, não é. Essa árvore não é um salgueiro-chorão — informo.

— É um salgueiro-espião.

Ele ri. Eu deixo o sol me preencher com a sua luz até que me sinto brilhando por dentro, então corro os dedos pela têmpora de Rei até a bochecha e dali até o seu queixo.

Ele sente o formigamento familiar, e vira a cabeça para beijar os meus dedos.

— Você sabe o que é ainda melhor do que uma supernova? — pergunto a ele.

— O quê?

Eu me inclino para baixo até que as nossas testas se toquem, então, quando eu falo, meus lábios tocam levemente os dele.

— Isto...

Agradecimentos

Agradecimentos infinitos às duas pessoas que tornaram possível a publicação deste livro. À minha agente, Andrea Somberg, da Harvey Klinger, por me resgatar da pilha das baboseiras, por pacientemente ir muito além e muito acima da sua obrigação e por descobrir a editora perfeita para *Áurica*. E à minha editora, Katherine Jacobs, da Roaring Brook Press, por dizer "*Sim!*", por adorar os meus personagens tanto quanto eu e por abrir um caminho suave e alegre para mim até a publicação deste livro.

Também quero agradecer a toda a equipe da Roaring Brook Press, especialmente a Sarah DeCapua e a Jill Freshney, por prepararem o texto com olhos atentos; a Roberta Pressel pelo trabalho especial de design, e a Mike Yuen, pela linda capa original.

Aos meus primeiros leitores — Dee Avery, Victoria Cetrone, Marissa Duckworth, Becca e Deborah Mathis, Jill Mulholland, Gale e Tatiana Taylor, Ariel, Cassie e Dorothy Weithman — meu grupo de críticos, os Autores Infantis da Região de Nashua — e aos talentosos autores dos grupos de autores estreantes Class of 2k12 e Apocalypsies.

A Barb Aeschliman pelo meu site; a Marc Nozell pelas minhas fotos; a Sensei Verne pelos conselhos em artes marciais; a Holly Robinson por aquele primeiro rompante de confiança; a Joe Annutto, por responder a uma desesperada pergunta sobre questões jurídicas (quaisquer incorreções são minha responsabilidade), e um agradecimento especial a Peggy

Annutto, por compartilhar seus pensamentos sobre o poder da energia positiva.

A Marcia McNulty, Wendy Thomas, Laura Denehy, Carol Figueroa, Diane Fitzgerald, Cindy Hann, Rosemarie Rung, Paula Super, meus amigos da Broadway Bound e todos os que encorajaram *Auracle*.

Para minha irmã Cathy Cabral; meu irmão John Cetrone, Joe Turco, Jerry e Mary Rosati, Art, Linda, Brad e Scott Everly.

Infinito amor e gratidão ao meu marido, Jerry, e aos meus filhos, Jerry e Laynie — vocês são o meu raio de sol!

Um agradecimento especial às minhas Marys, principalmente a minha mãe, Mary Hurley, que está sempre sorrindo.

E a vocês, leitores maravilhosos. Escrever é muito mais divertido quando não estou apenas falando comigo mesma.

PRÓXIMOS LANÇAMENTOS

Para receber informações sobre os lançamentos
da Editora Jangada, basta cadastrar-se
no site: www.editorajangada.com.br

Para enviar seus comentários sobre este livro,
visite o site www.editorajangada.com.br ou
mande um e-mail para atendimento@editorajangada.com.br